POSÉIDON

POSÉIDON

Anna Banks

Traduit de l'anglais par
Daphné Jacques et Sophie Beaume

Éditeur : François Doucet
Traduction : Daphné Jacques et Sophie Beaume
Révision linguistique : Féminin pluriel
Correction d'épreuves : Nancy Coulombe, Katherine Lacombe
Conception de la couverture : Rich Deas
Montage de la couverture : Matthieu Fortin
Photo de la couverture : © 2012 Andrejs Zaradskis
Mise en pages : Sébastien Michaud
ISBN papier 978-2-89752-154-7
ISBN PDF numérique 978-2-89752-155-4
ISBN ePub 978-2-89752-156-1
Première impression : 2014
Dépôt légal : 2014
Bibliothèque et Archives nationales du Québec
Bibliothèque Nationale du Canada

Éditions AdA Inc.
1385, boul. Lionel-Boulet
Varennes, Québec, Canada, J3X 1P7
Téléphone : 450-929-0296
Télécopieur : 450-929-0220
www.ada-inc.com
info@ada-inc.com

Diffusion
Canada :   Éditions AdA Inc.
France :   D.G. Diffusion
                  Z.I. des Bogues
                  31750 Escalquens — France
                  Téléphone : 05.61.00.09.99
Suisse :   Transat — 23.42.77.40
Belgique :   D.G. Diffusion — 05.61.00.09.99

Imprimé au Canada

Participation de la SODEC.
Nous reconnaissons l'aide financière du gouvernement du Canada par l'entremise du Fonds du livre du Canada (FLC) pour nos activités d'édition.
Gouvernement du Québec — Programme de crédit d'impôt pour l'édition de livres — Gestion SODEC.

Catalogage avant publication de Bibliothèque et Archives nationales du Québec et Bibliothèque et Archives Canada

Banks, Anna

   [Of Poseidon. Français]
   Poséidon
   (L'héritage de Syrénas ; 1)
   Traduction de : Of Poseidon.
   Pour les jeunes de 13 ans et plus.
   ISBN 978-2-89752-154-7
   I. Beaume, Sophie, 1968-   . II. Titre. III. Titre : Of Poseidon. Français.

PZ23.B36Po 2014   j813'.6   C2014-941871-X

*À ma mère, qui a cru que je pouvais
tout faire, et à mon père, qui a aussi cru que je pouvais
tout faire, sauf le mal.*

1

Boum! Je lui rentre dedans. Comme si on m'avait poussée par-derrière. Mais il ne bouge pas d'un poil. Il se contente de me prendre les épaules et attend. Peut-être attend-il que je retrouve mon équilibre. Ou que je reprenne ma dignité. J'espère qu'il a toute la journée.

J'entends des gens passer sur la promenade en bois et je les imagine en train de nous dévisager. Au mieux, ils pensent que je connais ce garçon, qu'on se fait une accolade. Au pire, ils m'ont vue tituber comme un morse éméché et entrer en collision avec ce parfait étranger, parce que je regardais la plage à la recherche d'un endroit pour poser tout notre attirail. Dans tous les cas, *lui* sait ce qui est arrivé. *Il* sait pourquoi ma joue est plaquée contre son torse nu. J'anticipe déjà l'humiliation totale qui m'attend quand je finirai par lever les yeux.

Les options défilent dans ma tête. Comme dans un folioscope.

Première option : m'enfuir aussi vite que mes gougounes à un dollar me le permettront. Le hic, c'est que mon dilemme actuel vient en partie du fait d'avoir trébuché dans mes sandales. En fait, l'une d'elles manque à l'appel, probablement prisonnière entre deux planches. Je parie que Cendrillon, elle, ne s'était pas sentie aussi idiote, mais voilà, elle n'était pas aussi maladroite qu'un morse aviné.

Deuxième option : simuler l'évanouissement. Devenir molle et tout. Baver, même. Mais je sais que ça ne marchera pas : mes yeux palpitent trop, et puis une personne inconsciente ne rougit pas.

Troisième option : prier pour qu'un éclair me foudroie. Un coup de foudre mortel, dont on pressent l'imminence à cause de l'électricité dans l'air et de la peau qui se hérisse ; du moins, selon les manuels de science. Il pourrait nous tuer tous les deux, mais sincèrement, *il* aurait dû prendre garde à *moi*, quand il a vu que je ne regardais pas *du tout*.

Pendant une fraction de seconde, je crois que mes vœux sont exaucés, car je suis parcourue de picotements. Puis je me rends compte que cela vient de mes épaules. De ses *mains*.

Dernière option : pour l'amour du ciel, décoller ma joue de sa poitrine et m'excuser pour cette agression accidentelle. Puis m'éloigner en clopinant sur mon unique sandale avant de défaillir. Avec ma chance, la foudre se contenterait de m'estropier, et il se sentirait obligé de me transporter quelque part de toute façon. Donc, je dois agir *maintenant*.

Je me détache doucement et lève les yeux. Mes joues en feu n'ont rien à voir avec les 31 degrés moites du soleil de Floride et tout à voir avec le fait que je viens de trébucher sur le gars le plus séduisant de la planète. *Fantastiflippant*.

— Euh, ça va ? demande-t-il, incrédule.

Je crois distinguer l'empreinte de ma joue sur sa poitrine.

Je hoche la tête.

— Ça va, j'ai l'habitude. Désolée.

D'un haussement d'épaules, je le fais me lâcher. Le picotement continue, comme si une partie de lui était restée sur moi.

— Seigneur, Emma, ça va? lance Chloé derrière moi.

Le claquement calme des sandales de ma meilleure amie dément le ton inquiet de sa voix. Si elle me croyait réellement blessée, cette sprinteuse née serait déjà à mes côtés. Avec un grognement, je me tourne vers elle, aucunement surprise de la voir afficher un sourire de la largeur de l'équateur. Elle me tend ma gougoune, que je me retiens de lui arracher des mains.

— Ça va. Tout le monde va bien, dis-je.

Je me retourne vers le garçon, qui semble plus beau chaque seconde qui passe.

— Tu vas bien, pas vrai? Rien de cassé?

Il cligne des yeux et acquiesce d'un bref signe de tête.

Chloé appuie sa planche de surf contre la rampe de la promenade et lui tend la main. Il la prend sans me lâcher du regard.

— Je m'appelle Chloé. Voici Emma, dit-elle. D'habitude, on trimbale toujours son casque, mais cette fois-ci, on l'a laissé dans la chambre d'hôtel.

J'ai le souffle coupé. D'ailleurs, je me demande quelle sorte de fleurs je vais apporter à ses funérailles, une fois que je l'aurai étranglée. J'aurais dû rester dans le New Jersey, comme l'avait dit maman. Je n'aurais pas dû suivre Chloé et ses parents. Qu'est-ce que je peux bien trouver à faire en Floride? Après tout, nous habitons à Jersey Shore. Quand on a vu une plage, on les a toutes vues, pas vrai?

Mais non! Il fallait que je vienne passer la fin de l'été avec Chloé, car ce serait notre dernier été ensemble avant l'université et patati et patata. Et la voilà qui se venge du fait qu'hier soir, je ne l'ai pas laissée utiliser ma carte d'identité pour pouvoir se faire tatouer. Mais qu'espérait-elle ? Je suis blanche ; elle est noire. Et je ne suis même pas bronzée. Je suis du même blanc que les touristes canadiens. Si le tatoueur était capable de la prendre pour moi, alors il devrait changer de métier, non ? Je ne faisais que la *protéger*. Mais elle ne s'en rend pas compte. Je devine à son regard — elle avait la même expression la fois où elle a substitué du lubrifiant à mon gel antibactérien — qu'elle est sur le point de piétiner violemment ce qui me reste de dignité.

— Euh, tu ne nous as pas dit ton nom. Sais-tu son nom, Emma ? me demande-t-elle, comme par hasard.

— J'ai essayé, Chloé. Mais il n'a pas voulu le dire, alors je l'ai plaqué, dis-je, en levant les yeux au ciel.

Le garçon esquisse un sourire. Cette ébauche de sourire laisse imaginer à quel point un véritable sourire serait étourdissant. Les picotements reprennent de plus belle, et je me masse les bras.

— Hé, Galen, es-tu prêt à…

Nous nous retournons vers une fille menue aux cheveux noirs, qui lui tapote l'épaule. Elle s'interrompt sitôt qu'elle m'aperçoit. Même sans la similarité de leur chevelure sombre, de leurs yeux violets et la perfection de leur teint olive, j'aurais compris qu'ils sont parents juste à leur manie de dévisager les gens.

— Je m'appelle Chloé. Voici mon amie Emma, qui semble-t-il, vient d'entrer en collision avec ton copain Galen. Nous étions en train de nous excuser.

Je me pince l'arête du nez et compte jusqu'à 10, mais vraiment, j'aurais besoin de me rendre jusqu'à 50. Cela me donnerait plus de temps afin de m'imaginer arrachant les extensions capillaires de Chloé.

— Emma, que se passe-t-il? Tu n'es pas en train de saigner du nez, j'espère? lance-t-elle avec jubilation.

Du bout des doigts, Galen me soulève le visage. Du coup, j'ai des fourmis au menton.

— Tu saignes du nez? Fais voir, dit-il.

Il fait aller ma tête d'un côté à l'autre, se penchant pour bien voir.

Et j'atteins le summum de l'embarras. Trébucher est déjà gênant. Trébucher sur *quelqu'un* est pire. Mais si ce quelqu'un a un corps à rendre jalouses les statues grecques et pense qu'on s'est cassé le nez sur ses pectoraux, eh bien, c'est là qu'on s'aperçoit que le fait de trébucher est très loin de l'euthanasie.

Il est visiblement surpris par ma réaction quand je tape sa main et fais un pas en arrière. Sa copine/parente semble interloquée que je reproduise la position du garçon : bras croisés et sourcils froncés. Je parie qu'elle n'a jamais atteint le summum de l'embarras.

— Ça va, j'ai dit. Pas de sang, pas de faute.

— Voici ma sœur Rayna, dit-il le plus naturellement du monde.

Le rictus de Rayna est aussi naturel qu'un sourire arraché sous la menace d'un couteau. C'est un sourire uniquement de convenance, celui avec lequel on remercie sa grand-mère lorsqu'elle nous offre un pull couleur chou pourri tricoté à la main. Je pense au pull au moment où je lui rends son sourire.

Galen observe la planche de surf abandonnée contre la rampe en bois.

— Les vagues ne sont pas idéales ici pour le surf.

Galen n'est pas doué pour la conversation. Tout comme sa sœur, son attitude paraît forcée. Mais, contrairement à elle, il ne manifeste aucune hostilité voilée, seulement un malaise, un peu comme s'il manquait d'expérience. Puisqu'il semble faire cet effort pour moi, je coopère. Je regarde avec ostentation les crêtes émeraude du golfe du Mexique qui s'écrasent paresseusement sur le rivage. Un homme est immergé jusqu'à la taille, un bambin dans les bras. Il saute à l'apogée de chaque vague, au rythme de la houle. Comparée aux vagues de ma région, la marée ici me rappelle les manèges pour enfants.

— On le sait. On la prend seulement pour flotter dessus, dit Chloé, indifférente au fait que Galen s'adressait à moi. On vient du New Jersey, alors on sait ce qu'est une vraie vague.

Tandis qu'elle se rapproche, Rayna recule d'un pas.

— Hé, c'est bizarre, dit Chloé. Vous avez tous les deux la même couleur d'yeux qu'Emma. Je n'ai jamais vu ça. J'ai toujours cru que c'était parce qu'elle était terriblement pâle. Aïe ! Ça va me faire une marque, Emma, lance-t-elle en frottant son biceps fraîchement pincé.

— Tant mieux, dis-je sèchement.

Je voulais leur demander à propos de leurs yeux (d'ailleurs, ceux de Galen contrastent magnifiquement avec sa peau olive), mais Chloé vient d'anéantir mes chances de me remettre de mon humiliation. Je devrais me contenter du fait que mon père (et Google) avait eu tort : ma couleur d'yeux ne peut pas être si rare que ça. Certes, mon père a été médecin jusqu'à sa mort, il y a deux ans. Et il est vrai que Google ne m'a jamais déçue. Mais qui suis-je pour contester les preuves en chair et en os que cette couleur existe bel et bien ? Absolument personne. Cela tombe bien, car de toute façon, j'ai perdu toute envie de discuter. Je ne veux pas entraîner Galen dans cette conversation embarrassante. Ni donner la chance à Chloé de m'enflammer les joues davantage. Je veux juste que cela finisse.

Je passe devant Chloé en la bousculant et attrape la planche. À sa décharge, je dois reconnaître qu'à mon second passage, elle a pris soin de s'écarter. Je m'arrête en face de Galen et sa sœur.

— Ravie de vous avoir rencontrés. Désolée de t'être rentrée dedans. Allez, on y va, Chloé.

Galen semble vouloir dire quelque chose, mais je fais demi-tour. Il a été beau joueur, mais je n'ai aucun désir de discuter de sécurité aquatique — ou de rencontrer un autre de ses proches hostiles. Rien de ce qu'il peut dire ne peut effacer le fait que l'ADN de ma joue est étalé sur sa poitrine.

Essayant de ne pas adopter une démarche trop militaire, je les dépasse et emprunte l'escalier qui mène à la plage d'un blanc immaculé. Chloé me rattrape en gloussant. Et je me décide pour des tournesols lors de ses funérailles.

2

Les coudes appuyés sur la rampe, le frère et la sœur observent les deux filles qu'ils viennent de rencontrer enlever leur t-shirt — ce qui dévoile leur bikini — et patauger dans l'eau, leur planche flottant entre elles.

— Elle porte certainement des lentilles, dit Rayna. Ils en font de cette couleur, tu sais.

Il secoue la tête.

— Elle ne porte pas de lentilles. Tu l'as vue comme moi. Elle est des nôtres.

— T'as perdu la tête. C'est impossible, regarde ses cheveux ! On ne peut même pas appeler ça du « blond », c'est presque *blanc*.

Galen fronce les sourcils. Avant qu'il l'ait touchée, il avait lui aussi été déconcerté par la couleur de ses cheveux. Mais quand il l'a rattrapée dans sa chute, le seul contact de son bras a suffi à dissiper ses doutes. Les Syrénas sont toujours attirés par leurs semblables, ce qui les aide à se retrouver, même séparés par des kilomètres et des kilomètres d'océan. En général, cette attraction est simplement transmise par l'eau, milieu dans lequel ils peuvent deviner la présence d'un de leurs congénères. Il n'a jamais entendu parler d'une telle connexion sur la terre ferme — et jamais il n'en avait senti une aussi forte —, mais il sait ce qu'il a ressenti. Il ne réagirait pas ainsi — *impossible* — à la présence d'un être humain. Surtout considérant à quel point il les méprise.

— Je sais que c'est inhabituel…

— Inhabituel ? Tu veux dire impossible, Galen ! L'option « blonde » n'est pas incluse dans nos gènes.

— Arrête d'en faire un plat. Elle *est* des nôtres. Ça se voit qu'elle n'est pas à l'aise dans sa peau d'humaine. J'ai cru qu'elle allait s'assommer contre la rampe.

— OK. Admettons, même si c'est hautement improbable, qu'elle ait trouvé le moyen de renverser des milliers d'années d'évolution génétique en se décolorant les cheveux. Maintenant, explique-moi pourquoi elle traîne, non, pourquoi elle *part en vacances* avec des êtres humains. Elle enfreint la loi ouvertement en barbotant dans l'eau avec son amie humaine détestable. Pourquoi, Galen ?

Il hausse les épaules.

— Peut-être qu'elle ne sait pas qui nous sommes.

— Mais qu'est-ce que tu racontes ? Tout le monde sait qui nous sommes !

— Apparemment, non. On ne l'a jamais rencontrée avant, n'oublie pas.

Elle pouffe.

— Es-tu déshydraté ? Notre marque est visible. Ce n'est pas comme si on la cachait.

— Peut-être pense-t-elle que c'est un tatouage, suggère-t-il.

— Un quoi ?

— Regarde, Rayna. Tu vois les marques sur la cheville de cette fille ?

Il désigne un homme qui monte l'escalier.

— Vois-tu cet homme? Il a des marques, que les humains appellent des « tatouages », sur tout le corps. Peut-être a-t-elle pensé…

Rayna l'interrompt.

— Je t'arrête tout de suite. *Si* elle était l'une des nôtres, elle reconnaîtrait le trident.

Galen hoche la tête. Elle a raison. Un Syréna de la famille royale est reconnaissable par le petit trident bleu sur son ventre. Puisqu'ils sont en tenue humaine de plage, la marque est bien visible sur eux deux. Donc, elle a les cheveux blonds, non, blancs, et elle ne les a pas identifiés comme des membres de la famille royale. Mais il sait ce qu'il a ressenti. Et ses yeux…

Rayna grogne.

— Oh, non.

— Quoi?

— Tu fais cette tête-là.

— Quelle tête?

— Celle que tu fais quand tu crois avoir raison.

— Vraiment?

Il observe Emma. À califourchon sur la planche, elle éclabousse la figure de son amie avec acharnement. Il sourit.

— On ne rentre pas à la maison, hein? dit Rayna alors qu'elle s'appuie contre la rampe.

— Le Dr Milligan n'appelle pas pour rien. S'il trouve ça intrigant, il a probablement raison. Tu peux partir si tu veux, mais moi, j'ai l'intention de me pencher là-dessus.

Le Dr Milligan est un des rares humains auxquels Galen fait confiance. Si le scientifique avait eu l'intention de révéler l'existence des Syrénas, il l'aurait fait le jour où Galen lui avait sauvé la vie, plusieurs années auparavant. Le Dr Milligan lui avait renvoyé l'ascenseur en niant catégoriquement avoir vu Galen, et ce, même quand ses partenaires de plongée avaient alerté la presse. Depuis, ils s'étaient liés d'amitié en partageant des sushis, des baignades l'après-midi et, plus particulièrement, des informations. Directeur du Gulfarium, situé près de la côte, le Dr Milligan est un océanographe reconnu dont les relations le mettent en excellente position pour surveiller les activités de ses collègues.

Hier, le Dr Milligan a laissé un message pressant sur le répondeur de Galen pour l'informer de la présence d'une Syréna blonde à forme humaine au Gulfarium. Dès qu'il en a pris connaissance, Galen a traversé le golfe à la nage en une journée. Si le Dr Milligan voit juste au sujet des aptitudes d'Emma, il n'a pas seulement démasqué une Syréna qui enfreint les règles. Le bon docteur pourrait avoir découvert la clé pour unifier les deux royaumes.

Mais puisque la discrétion n'est pas la première des qualités chez Rayna (quand elle était jeune, elle se trahissait *elle-même*), Galen est conscient qu'il ne peut lui révéler ce secret. De toute façon, il n'est même pas certain d'y croire lui-même. À supposer qu'il y croie *vraiment* et qu'il *puisse* le prouver, est-ce qu'Emma remplirait son devoir? D'ailleurs, où se cachait-elle? Et pourquoi? Tout était mystérieux au sujet d'Emma. Ni son nom, ni sa peau, ni ses cheveux ne sont typiques d'une Syréna. Et la façon dont ses lèvres se coloraient quand elle rougissait lui coupait presque le souffle.

— Quoi? lui demande sa sœur.

— Rien.

Il détourne son regard d'Emma.

«Voilà qu'elle me fait marmonner mes pensées tout haut.»

— Je te l'ai dit, tu perds la tête.

Rayna fait mine de se tordre le cou et se racle bruyamment la gorge.

— Voilà ce qui m'attend si je rentre sans toi encore une fois. Qu'est-ce que je vais dire quand père me demandera où tu es passé? Et quand il me demandera d'où vient ton obsession pour les humains? «Mais père, celle-là, c'est une belle blonde qui porte de jolies lentilles?»

Galen fait une grimace.

— Il va regretter de ne pas s'être penché sur eux. Grom, lui, est raisonnable, au moins. C'est seulement une question de temps avant qu'ils ne nous découvrent et...

— Je sais, je sais, lâche-t-elle d'une voix traînante. Je sais à quel point tu hais les humains. Bon sang, c'était pour rigoler! Tu sais, c'est pour ça que je te suis partout. Pour être là si tu as besoin d'aide.

Adossé à la rampe, Galen se passe la main dans les cheveux. Il est vrai que sa sœur jumelle lui colle aux talons, mais ce n'est certainement pas dans le but de lui être utile.

— Oh, tu es sûre que ça n'a rien à voir avec l'arrangement avec...

— Je te défends de dire son nom.

— OK, mais qu'est-ce que je dois penser de tout ça? Depuis que Toraf a demandé à père ta...

— Toraf est stupide!

Toraf était leur meilleur ami depuis toujours. Enfin, jusqu'à ce qu'il fasse connaître ses intentions envers Rayna. Depuis, il a eu le bon sens de se faire discret après que

Rayna lui a proféré des menaces, le temps que ses paroles ne soient plus qu'un souvenir. Cependant, Rayna le traite maintenant d'une façon encore plus cruelle : elle lui témoigne une indifférence totale. Ni les prières ni les cajoleries de Toraf ne l'ont attendrie. Mais depuis qu'elle a atteint ses 20 ans, au printemps dernier, père ne pouvait plus opposer de refus à cette union. Rayna avait dépassé de deux ans l'âge normal de reproduction. Toraf est un bon parti, et que Rayna le veuille ou non, la décision est prise.

— Je commence à croire que tu as raison. Qui voudrait s'attacher à un animal sauvage ? dit Galen avec un grand sourire.

— Je ne suis pas un animal sauvage ! C'est toi qui t'isoles de tous en préférant la compagnie d'humains à celle de tes semblables.

— C'est ma responsabilité.

— C'est toi qui l'as voulue !

Elle disait vrai. Galen, s'inspirant d'un vieux dicton humain selon lequel il faut garder ses amis près de soi et ses ennemis plus près encore, a demandé à son frère aîné Grom la permission de faire figure d'ambassadeur auprès des humains. Grom, étant le dauphin du trône, comprenait l'importance de rester prudent avec les occupants de la terre. Il a donc accordé à Galen le droit exclusif de se soustraire à la loi interdisant l'interaction avec les humains, reconnaissant la nécessité d'une communication pour le bien de tous.

— Parce que personne d'autre ne l'aurait fait. Quelqu'un doit bien les surveiller. Est-ce qu'on est encore en train de parler de ça ? dit Galen.

— C'est toi qui as commencé.

— Je n'ai pas de temps à perdre avec ça. Tu restes ici ou tu t'en vas ?

Elle croise les bras et fait la moue.

— Bien, qu'est-ce que tu penses faire ? Moi, je dis qu'on devrait l'arrêter.

— *On* ?

— Tu sais très bien ce que je veux dire.

Il hausse les épaules.

— J'imagine qu'on va la suivre un moment. Pour la surveiller.

Rayna ouvre la bouche pour dire quelque chose, mais émet plutôt un hoquet.

— Peut-être que ce ne sera pas nécessaire, murmure-t-elle, les yeux grands comme des coquilles Saint-Jacques.

Il suit son regard et distingue une ombre rôdant sous les vagues, près de l'endroit où les filles partagent leur planche. Il lâche un juron entre ses dents.

Un requin.

3

J'envoie suffisamment d'eau dans la figure de Chloé pour éteindre un petit incendie. Je ne veux pas la noyer, seulement lui exfolier les yeux avec du sel de mer. Quand elle pense que j'en ai assez, elle rouvre les yeux et la bouche. Erreur. La prochaine éclaboussure lui racle la luette et coule dans ses poumons avant qu'elle puisse avaler. Elle s'étouffe, tousse et se frotte les yeux comme si elle venait de se faire gazer.

— Génial, Emma! Tu as mouillé mes nouveaux cheveux, bredouille-t-elle. Contente, maintenant?

— Non.

— J'ai dit que j'étais désolée.

Elle se mouche dans sa main, puis offre sa morve à la mer.

— C'est dégoûtant! Et ton «désolée» n'est pas suffisant.

— OK, je vais me racheter. Que veux-tu?

— Laisse-moi te maintenir la tête sous l'eau jusqu'à ce que je me sente mieux, dis-je.

Je croise les bras. Ce n'est pas si simple. La planche que je chevauche tangue à cause des vagues créées par un hors-bord à proximité. Chloé sait que le fait d'être si loin de la plage me rend nerveuse, mais me retenir serait un signe de faiblesse.

— Je vais te laisser faire parce que je t'aime. Mais tu ne te sentiras pas mieux.

— Je n'en serai pas sûre tant que je n'aurai pas essayé.

Je maintiens le contact visuel tandis que je me redresse un peu.

— D'accord. Mais tu auras toujours l'air aussi albinos quand tu me laisseras sortir de l'eau.

Elle secoue la planche, me forçant à l'attraper pour conserver mon équilibre.

— Enlève tes sales pattes morveuses de cette planche. Et je ne suis pas albinos. Juste blanche.

Je me recroise les bras, mais on se fait presque renverser par une vague. Finalement, ravaler ma fierté s'avère beaucoup plus facile que de boire le golfe du Mexique.

— Plus blanche que la plupart des gens, ajoute-t-elle en souriant. Si tu portais mon maillot, on croirait que tu es toute nue.

Je jette un coup œil aux triangles qui lui servent de bikini. Leur couleur blanche contraste magnifiquement avec sa peau chocolat au lait. Elle surprend mon regard et glousse.

— Eh bien, peut-être que je vais bronzer un peu pendant notre séjour ici, dis-je en rougissant.

Je sens que ma colère fond, et ça m'énerve. Pour une fois, j'ai envie de rester fâchée contre Chloé.

— Peut-être que tu vas attraper un coup de soleil, tu veux dire. D'ailleurs, t'as mis de la crème solaire ?

Je secoue la tête.

Elle la secoue à son tour en émettant un « tss » identique à celui de sa mère.

— C'est ce que je pensais. Si tu en avais mis, tu aurais glissé sur le torse de ce gars plutôt que d'y adhérer comme tu l'as fait.

— Je sais, grogné-je.

— Probablement le plus beau gars que j'aie jamais vu, dit-elle en utilisant sa main comme éventail pour appuyer son propos.

— Oui, je sais. Je lui suis rentrée dedans. Sans mon casque, tu te souviens ?

Elle rit.

— Désolée de te l'apprendre, mais il te regarde toujours. Lui, et aussi sa détestable sœur.

— La. Ferme.

Elle ricane.

— Mais, sérieusement, lequel des deux serait capable de soutenir le regard de l'autre le plus longtemps selon toi ? J'allais lui proposer de nous rejoindre à Baytowne ce soir, mais c'est peut-être un de ces gars pots de colle. C'est dommage, tout de même. Il y a plein de petits recoins sombres où vous auriez pu vous faire des mamours…

— OhmondouxSeigneur, Chloé, arrête !

J'ai un rire accompagné de frissons. Je m'imagine accidentellement en promenade avec Galen dans le Village à Baytowne Wharf. Le Village porte bien son nom : une localité endormie constituée de boutiques touristiques au milieu d'un complexe de golf. En revanche, la nuit… c'est *le* moment où la discothèque se réveille et ouvre ses portes à tous les fêtards. Brûlés par le soleil, ils se baladent sur le pavé, daiquiri à la main. Même avec une chemise, Galen serait superbe sous les lumières étincelantes...

Chloé a un petit sourire.

— Ah, ah ! Tu y avais déjà pensé, hein ?

— Non !

— Ah. Alors, pourquoi es-tu rouge comme une cerise ?

— Non !

J'éclate de rire, et elle aussi.

— Tu veux que je lui demande de nous rejoindre, alors ?

Je hoche la tête.

— Quel âge tu lui donnes ?

Elle hausse les épaules.

— Pas assez vieux pour être répugnant. Sauf que *moi*, je représenterais son passeport pour la prison. Mais heureusement pour lui, *tu* viens d'avoir 18 ans. Qu'est-ce que... Est-ce que tu viens de me donner un coup de pied ?

Elle examine l'eau, passe sa main sur la surface comme pour chasser quelque chose qui l'empêche de voir.

— Quelque chose m'a heurtée.

Elle place ses mains en visière et plisse les yeux. Elle se penche si près qu'une bonne vague pourrait lui gifler le menton. Sa concentration me convainc presque. Presque. Mais j'ai grandi avec Chloé. Nous sommes voisines depuis l'école primaire. Je me suis habituée à voir des serpents en caoutchouc sur le porche, du sel dans le sucrier, du film alimentaire sur le siège des toilettes... En fait, c'est maman qui en a été victime, cette fois-là. Bref, Chloé aime les tours presque autant que la course. Et je n'ai aucun doute qu'il s'agit d'une farce.

— Oui, c'était moi, dis-je en roulant les yeux.

— Mais... tu ne peux pas m'atteindre, Emma. Mes jambes sont plus longues que les tiennes, et je ne peux pas te toucher... Encore ! Tu n'as rien senti ?

Je n'ai rien senti, mais j'ai vu ses jambes tressaillir. Je me demande depuis quand elle planifie son coup. Depuis notre arrivée ? Depuis l'embarquement dans l'avion ? Depuis nos 12 ans ?

— Mais oui, c'est ça, Chloé. Tu vas devoir faire mieux que ça si...

Son cri est à glacer le sang. Elle arrondit les yeux au point qu'ils pourraient sortir de leurs orbites. Les rides sur son front ressemblent à un escalier. Elle attrape sa cuisse gauche et la serre si fort qu'elle perd un de ses faux ongles.

— Arrête, Chloé, ce n'est pas drôle !

Je me mords la lèvre et essaie de garder mon masque d'indifférence.

Elle perd un autre ongle. Elle tente un geste vers moi, mais elle est trop loin. Sa jambe tressaute dans l'eau. Elle lance un autre cri, plus épouvantable encore. Elle attrape la planche des deux mains, mais ses bras tremblent trop pour bien s'accrocher. De vraies larmes se mélangent à l'eau saline et à la sueur sur son visage. Ses sanglots viennent par hoquets, comme si elle ne pouvait se décider entre les larmes et les hurlements.

Et maintenant, je la crois.

Je m'élance et saisis son avant-bras pour la hisser sur la planche. Du sang forme un nuage autour de nous. Quand elle le voit, ses cris deviennent frénétiques, inhumains. Je lui prends la main, mais elle la serre à peine.

— Accroche-toi à moi, Chloé ! Mets ta jambe sur la planche !

— Non, non, non, non, non, non, non, sanglote-t-elle en s'étouffant entre chaque bouffée.

Son corps tout entier est saisi de tremblements, et ses dents claquent autant que si on s'était retrouvées dans l'océan Arctique.

Puis je ne vois plus qu'un aileron. Nos mains se lâchent. Je hurle lorsque la planche chavire et que Chloé en est arrachée. La mer engloutit son cri aigu. Laissant une traînée sanglante derrière elle, mon amie n'est plus qu'une ombre qui s'enfonce toujours davantage, de plus en plus loin de la lumière, de l'oxygène. De moi.

— Un requin! Un requin! À l'aide! Au secours! *Un requiiiiiiiiiin!*

J'agite les bras et je hurle. Je donne des coups de pied et je hurle. Je trépigne sur la planche. Et je hurle, je hurle, je hurle. Je me laisse glisser en bas de la planche, je la tiens en l'air en l'agitant de toutes mes forces. Son poids me fait couler. L'eau et la terreur m'enveloppent comme un cocon. L'espace d'un instant, j'ai quatre ans de nouveau, comme lorsque je me noyais dans l'étang de ma grand-mère. La panique s'installe en moi, aussi envahissante que de la boue gluante. Mais, cette fois-ci, je reste ancrée dans la réalité. Je ne me déconnecte pas, je ne laisse pas mon imagination prendre le dessus. Je n'imagine pas un poisson-chat ou un bar rayé salvateur qui me ramènerait à la surface.

Peut-être est-ce parce que je suis plus âgée. Peut-être est-ce parce que cette fois, une vie dépend de ma capacité à rester calme. Peu importe la raison, je m'accroche à la planche et me tire vers la surface, avalant une bonne quantité d'eau en chemin. Le sel me met la gorge à vif, même après avoir recraché.

Sur le rivage, les humains se réduisent à de petites taches qui s'agitent comme des puces sur un chien. Personne ne me voit. Ni ceux qui prennent un bain de soleil, ni les nageurs en eau peu profonde, ni les mères en pleine chasse aux coquillages avec leurs tout-petits. Il n'y a ni bateau ni motomarine à proximité. Seulement la mer, le ciel et le soleil couchant.

Mes sanglots se transforment en hoquets propres à faire éclater mes poumons. Personne ne m'entend. Personne ne me voit. Personne ne vient au secours de Chloé.

Je pousse la planche plus loin, en direction du rivage. Si la mer la ramène, peut-être que quelqu'un constatera l'absence de son propriétaire. Peut-être même qu'on se souviendra de celles qui l'ont emportée. Et peut-être qu'ils se mettront à notre recherche.

Au fond de moi, j'ai l'impression que ma propre existence s'éloigne sur la planche scintillante. Mais dans l'eau, la vie de Chloé se dissout devant mes yeux. Chaque vague efface la traînée de sang, qui devient de plus en plus floue et indistincte. Pour moi, le choix est évident.

J'inspire autant d'air que mes pouvons peuvent en contenir sans exploser. Puis je plonge.

4

« Trop tard. »

En dépit de sa rapidité, Galen arrive trop tard. Il se propulse contre le courant, dans une eau qui devient de plus en
plus profonde. À chaque cri désespéré d'Emma, il redouble
d'énergie, se démenant plus que jamais. Mais il ne veut pas
voir. Il ne veut pas découvrir la cause de ses hurlements,
quelle qu'elle soit. Il ne veut pas mettre une image sur ces
cris qui le hanteront pour toujours. Chloé a déjà cessé
de crier ; il ne tient pas à connaître la signification de ce
silence. Et il refuse d'admettre depuis combien de temps il a
cessé d'entendre Emma. Il serre les dents et glisse dans
l'eau, si vite qu'il n'a même pas le temps de voir où il va.

Et enfin, enfin, il les retrouve. Et il arrive trop tard.

Il grogne en voyant Emma. Cramponnée au bras inerte
de Chloé, elle tire, se débat et se tortille pour dégager son
amie de la mâchoire du requin-bouledogue. Elle ne voit pas
que chaque secousse, chaque coup sec, chaque centimètre
gagné ne font qu'arracher plus de chair à la jambe de Chloé.
Et elle ne voit pas que son amie a cessé de lutter depuis
longtemps.

La bête et elle sont en guerre. Le requin se tord et s'agite,
véritable miroir de son opposante. Il essaie d'entraîner la

lutte vers le large, mais Emma n'abandonne pas. Galen, inquiet des intervenants que le sang pourrait attirer, jette un œil aux alentours. Cependant, le brouillard rouge se dissipe ; Chloé s'est presque vidée de son sang.

« Pourquoi Emma ne s'est-elle pas transformée ? Pourquoi n'a-t-elle pas sauvé son amie ? »

Ravalant la bile qui lui remonte dans la gorge, il est saisi de doutes mêlés de remords.

« Rayna a raison. »

Elle n'est pas des leurs. Autrement, elle aurait sauvé son amie. Elle se serait transformée, aurait mis Chloé à l'abri ; n'importe quel Syréna bien portant est plus rapide qu'un requin.

« J'ai eu tort. »

Emma est humaine, ce qui signifie qu'elle a besoin d'oxygène. Immédiatement. Il amorce un mouvement vers elle, mais il s'immobilise.

Après plusieurs minutes de combat, elle devrait être épuisée. Mais ses tractions *ont gagné en force*. Elle gagne même du terrain dans l'eau peu profonde.

« Elle gagne du terrain dans un affrontement avec un requin-bouledogue. »

Galen se souvient des paroles du Dr Milligan. Selon lui, les humains produisent une substance appelée « adrénaline », qui augmente leurs forces et qui leur donne de l'énergie quand leur survie en dépend. Peut-être que le corps d'Emma produit une dose d'adrénaline supplémentaire.

« Mais pourquoi je pense à ça ? Même s'il s'agit d'adrénaline, elle reste une humaine. Elle a besoin d'aide. Et où est

Rayna ? Elle devrait déjà être ici, accompagnée de ces prétendus sauveteurs. »

Des humains qui, perchés sur de hautes chaises de bois, surveillent la plage de sable fin pour empêcher une demoiselle en bikini de se noyer.

Galen n'a pas le temps d'attendre l'arrivée d'un quelconque jeune sauveteur. Même si Emma sécrète assez d'adrénaline pour *rester sur place*, c'est un miracle que le requin n'ait pas abandonné Chloé pour s'attaquer à *elle*. Galen veut la rejoindre, mais s'interrompt de nouveau.

C'est simplement que… elle n'a pas *l'air* en détresse. En fait, son pâle visage grimaçant n'affiche nulle trace de peur ou de désarroi ; il n'est que fureur. Sa chevelure blanche forme une auréole qui sursaute à chacune de ses manœuvres habiles. Elle émet des grognements de frustration. Galen écarquille les yeux quand elle donne un coup de pied. Sa jambe d'humaine n'est certainement pas assez puissante pour infliger des dommages ; l'eau la ralentit et diminue sa force d'impact. Pourtant, elle atteint l'œil de l'animal, ce qui suffit à le faire lâcher prise. Cependant, il ne s'éloigne pas. Il se contente de décrire un cercle autour des deux filles. Puis, il se dirige directement vers elles.

Galen charge. Étant le plus rapide de son espèce, il estime avoir le temps de la rejoindre avant le requin, de l'éloigner du danger, et même de retrouver une forme humaine avant qu'elle ne le voie. Mais pourquoi se donner cette peine ? Il est sous sa forme mixte actuellement ; sa peau se confond avec l'eau. Elle ne verrait qu'une masse aqueuse qui la ramènerait vers la côte. Même s'il reprenait son apparence normale et qu'elle le voyait, personne ne croirait son histoire. Ils diraient qu'elle a perdu connaissance, qu'elle a avalé trop d'eau et qu'elle a été trop traumatisée pour savoir ce qu'elle a vu.

Mais il veut qu'elle sache, qu'elle le voit. Pour une raison qui lui échappe, il désire qu'Emma se souvienne de lui. Parce que ce sera la dernière fois qu'il la verra. En effet, il n'y a plus aucune nécessité de la suivre ni de la surveiller. Après aujourd'hui, elle perdra tout intérêt pour lui, car un humain, même à couper le souffle, ne peut unifier son peuple.

« À couper le souffle ? Rayna a raison : je suis devenu fou ! »

Il grogne et accélère. Il s'étouffe presque en entendant le cri d'Emma.

— Arrête ! crie-t-elle.

Galen s'arrête. Mais ce n'est pas à lui qu'Emma s'adresse. Elle parle au requin.

Et celui-ci s'arrête.

Emma prend Chloé dans ses bras et la serre contre elle, éloignant son amie du danger.

— Tu ne l'auras pas ! Laisse-la tranquille ! Laisse-nous tranquille, toutes les deux !

Le requin se détourne et part lentement, presque boudeur.

Galen étouffe un cri de surprise. Il regarde la bête s'éloigner en balançant la queue doucement. Galen tente de comprendre ce qui vient de se passer. Parce que s'il y a une chose *certaine* à propos des requins-bouledogues, c'est qu'ils ne battent pas en retraite. Agressifs, impitoyables, ils font partie des prédateurs les plus redoutés par les humains et les Syrénas. En effet, ce sont les bêtes les plus susceptibles de s'attaquer aux jeunes des deux espèces. Et voilà que celui-là vient de renoncer à un repas bien mérité.

Puis, un cri étouffé attire immédiatement l'attention de Galen. Toujours cramponnée à Chloé, Emma coule. Elle lance des coups de pied et elle se débat de son bras libre. Sa colère évanouie, elle semble simplement en détresse. Apeurée. Épuisée. Elle semble tout à fait humaine, maintenant.

Galen entend le ronronnement d'un bateau qui s'approche.

«Rayna. Est-ce qu'elle arrivera à temps?»

L'instinct de survie d'Emma s'affaiblit de seconde en seconde. Ses jambes bougent de façon de plus en plus désordonnée; ses bras s'agitent sans but précis.

L'indécision paralyse Galen. Elle n'est pas humaine... C'est impossible. L'adrénaline peut aider un humain à retenir sa respiration, mais pas aussi longtemps. De plus, les humains ne parlent pas sous l'eau... d'autant plus que parler gaspille du précieux oxygène. Et les requins-bouledogues ne cèdent pas devant un humain. Encore moins devant une jeune fille frêle comme Emma. D'ailleurs, ils n'abandonnent pas devant un Syréna non plus. À moins que le Dr Milligan ait raison. À moins qu'Emma ait le pouvoir de Poséidon.

Mais si c'est une Syréna, pourquoi *ne s'est-elle pas* méta-morphosée? Elle aurait pu sauver son amie. Pourquoi ne se transforme-t-elle pas maintenant? Emma sait certaine-ment que son amie est morte. Pourquoi faire tout ce cinéma en se battant sous forme humaine?

« Peut-elle me sentir comme je la sens ? »

Galen secoue la tête. Il n'a pas le temps de se questionner. Pour une raison quelconque, Emma semble prête à se laisser mourir pour garder sa forme humaine.

Et Galen ne le permettra pas.

Il s'élance vers elle. Le bateau fend les vagues et n'est plus qu'à faible distance. D'une manière ou d'une autre, Emma sera sauvée. Le bateau s'arrête à leur hauteur. Galen s'arrête, mais il peut encore atteindre Emma si nécessaire.

Une lumière blanche transperce l'eau. Le faisceau s'arrête sur Emma et Chloé. Galen remarque enfin l'obscurité autour de lui. Le soleil est probablement couché. Deux humains plongent en direction des deux filles. Galen devine que Rayna est sûrement restée à bord du bateau pour diriger la lumière. En effet, dépourvus de la capacité de voir sous l'eau, ces humains sans ressources n'auraient jamais pu les retrouver, pas même avec un projecteur.

Emma hoche la tête avec compréhension quand les sauveteurs arrachent le corps sans vie de son amie à son étreinte protectrice. Ils remontent à la surface en échangeant un air surpris. Pendant qu'ils embarquent Chloé à bord, Emma a un aperçu de sa jambe. Entre le genou et la cheville, un os pend, exposé. Son cri d'angoisse vient à bout de ses réserves d'oxygène et de tout désir de se battre. Son corps faiblit ; ses yeux se ferment.

Avant qu'elle ne coule d'un centimètre, Galen passe ses bras autour d'elle. Sans tenir compte des deux sauveteurs qui barbotent de l'autre côté du bateau, il la soulève vers sa sœur qui tend les bras, prête à la cueillir. Rayna la soulève par-dessus le rebord de l'embarcation.

Quand Galen retombe à l'eau, il voit les deux sauveteurs et lève les yeux au ciel. Ils ne voient même pas qu'Emma est déjà en sécurité. Ils nagent sur place, sans faire l'effort de chercher plus loin que la longueur d'un bras. Sans projecteur, ces pauvres créatures sont aveugles. Si Galen n'avait pas été là, Emma serait morte.

Furieux, il fonce entre les deux telle une torpille. Son élan les fait tourbillonner sur eux-mêmes comme l'eau d'un jacuzzi. Ils crient de surprise tandis qu'il s'éloigne à la nage.

Galen récupère son maillot de bain sous la roche. La plage fourmillant d'humains, il lui avait fallu l'enlever sous l'eau. Il l'enfile, enfonce les pieds dans le fond boueux, puis marche vers le rivage.

Assise sur le sable, Rayna l'attend. Elle est en train d'essorer un vêtement, si fort qu'elle le réduit à une corde. Galen reconnaît le t-shirt que portait Emma quand il l'a vue pour la première fois, sur la promenade. Même au clair de lune, il peut voir les larmes de sa sœur.

Il soupire et s'assoit auprès d'elle. Quand il passe son bras autour de ses épaules, elle ne résiste pas. Elle laisse même retomber sa tête sur sa poitrine lorsqu'il l'attire vers lui.

— Chloé est morte, lâche-t-elle dans un hoquet.

Malgré tout son fiel, la vie importe à Rayna après tout — humaine ou non. Il hoche la tête.

— Je sais. Je ne suis pas arrivé à temps.

Rayna renifle.

— Galen, tu n'es pas responsable de ce qui est arrivé. J'ai dit qu'elle était morte. Je n'ai pas dit que c'est de ta faute. Si *toi,* tu n'as pas pu la sauver, alors personne n'aurait pu.

Il se pince l'arête du nez.

— J'ai attendu trop longtemps avant d'intervenir.

— Galen…

— Laisse tomber. Et Emma ?

Rayna soupire.

— Elle a repris connaissance lorsqu'on est revenus sur la terre ferme. Ils l'ont laissée aller dans le camion blanc avec Chloé.

— Mais *comment* va-t-elle ?

Elle hausse les épaules.

— Aucune idée. Elle respire. Elle pleure.

Galen hoche la tête. Il lâche un soupir alors qu'il ne savait même pas qu'il retenait sa respiration.

— Alors, elle va bien.

Sa sœur se dégage et se penche vers l'arrière. Il laisse tomber son bras sans la regarder.

— Je crois que tu devrais rentrer, dit-il doucement.

Rayna se relève et se plante devant lui, les mains sur les hanches. Elle lui cache le clair de lune. Malgré sa pose, il ne s'attendait pas à ce qu'elle crie comme elle le fait.

— Elle n'est pas des nôtres ! Ce n'est qu'une humaine pathétique qui n'a même pas pu sauver son amie. Et tu sais quoi ? Même si elle *l'est*, je ne veux pas le savoir ! Parce qu'alors, je devrais la tuer pour avoir laissé son amie mourir !

Galen est sur pied avant qu'elle finisse sa tirade.

— Donc, si elle est humaine, tu la détestes, et si elle est Syréna, tu la détestes. J'ai bien saisi ?

Il essaie de ne pas être trop sur la défensive. Peut-être que sa sœur penserait autrement si elle avait vu la même chose que lui. Mais ce n'est pas le cas. Et considérant qu'il n'est pas encore prêt à lui révéler quoi que ce soit — ni les paroles du Dr Milligan, ni le comportement du requin —, il devra supporter ses préjugés envers Emma. Et redoubler de patience.

— Elle n'est pas une Syréna ! Si elle l'était, on le sentirait, Galen.

Galen est réduit au silence. Il a tenu pour acquis que Rayna pouvait sentir Emma comme lui, puisqu'elle est sa jumelle. Mais a-t-on déjà entendu parler de la détection d'un autre Syréna sur la terre ferme ? Était-ce son imagination ? Serait-ce possible qu'il soit simplement attiré par une humaine ?

« Non. »

Il sait ce qu'il a ressenti quand il l'a touchée.

« Ça veut dire quelque chose, non ? »

— Attends, dit Rayna en enfonçant son index dans sa poitrine nue. Est-ce que… est-ce que t'es en train de me dire que tu l'as *sentie* ?

Il hausse les épaules.

— Es-tu entrée dans l'eau ?

Elle penche la tête.

— Non. Je suis restée à bord tout le long.

— Alors, comment sais-tu si tu peux la percevoir ou pas ?

Elle croise les bras.

— Cesse de répondre à mes questions par d'autres questions. Ça marchait seulement quand on était jeunes.

Galen grimace intérieurement. Il ne voit pas comment s'expliquer à sa sœur sans se ridiculiser. Et sa réponse attirerait d'autres questions, dont les réponses ne la regardaient pas. Du moins, pas pour l'instant.

Il croise les bras aussi.

— Ça marche encore, parfois. Souviens-toi, il y a quelques jours, quand nous avons croisé une rascasse et…

— Arrête ça! Par le trident de Triton, je te jure que si tu ne me réponds pas…

Une faible mélodie s'élève, délivrant Galen. Tous deux s'écartent, attentifs. Galen remue doucement le sable de ses pieds, à la recherche du téléphone cellulaire. Il le retrouve au moment où retentit la dernière sonnerie. Il le prend et l'époussette.

Ce téléphone-là diffère de celui que Rachel (son assistante humaine autoproclamée) lui a acheté. Il est rose avec des brillants sur toute la surface. Il presse un bouton et une photo d'Emma et Chloé illumine l'écran.

— Oh, dit Rayna avec un froncement de sourcils. C'est… C'est à qui?

— Je ne sais pas.

Il regarde qui est l'appelant, mais l'appareil indique seulement « maman ».

— Je ne sais pas comment savoir à qui il appartient.

— Est-ce que Rachel le saurait?

Il hausse les épaules.

— Y a-t-il quelque chose que Rachel ne sait pas?

Le Dr Milligan lui-même reconnaît que Rachel est probablement la personne la plus ingénieuse sur Terre. Galen ne lui a jamais parlé de ses antécédents ni de la façon dont il l'a trouvée, mais si le Dr Milligan est impressionné, alors lui aussi.

— On va l'appeler.

— Elle ne répondra pas si on l'appelle de cet appareil, si ?

— Non, mais je vais appeler le numéro de sécurité et laisser un message.

Il compose le numéro 800, que son assistante a tenu à acheter. Il appartient à une entreprise, une société-écran, comme elle l'appelle, qui est censée vendre des assurances automobiles. Elle ne reçoit presque jamais d'appels, mais quand cela arrive, elle ne répond pas. Et elle rappelle uniquement Galen.

Lorsqu'il entend la voix invitant à laisser un message, il dit :

— Rachel, rappelle-moi au présent numéro. Je n'ai pas mon téléphone. Je dois savoir à qui le téléphone appartient, les deux noms si possible. Ah, et je veux aussi savoir où est le New Jersey et si j'ai assez d'argent pour l'acheter.

Lorsqu'il raccroche, Rayna est en train de le dévisager.

— Les *deux* noms ?

Galen hoche la tête.

— Oui, tu sais, par exemple, les noms du Dr Milligan sont Jerry et Milligan.

— Ah. Je vois. J'avais oublié. Rachel a dit qu'elle avait plus de noms qu'un répertoire téléphonique. Qu'est-ce que ça veut dire ?

— Elle veut dire qu'elle a tellement de noms différents que personne ne peut découvrir son identité.

— Oui, c'est logique, murmure-t-elle en donnant des coups de pied dans le sable. Merci pour les explications.

Le téléphone retentit et affiche le numéro de sécurité.

— Salut, Rachel.

— Salut, mon beau. Je peux te trouver ça pour demain matin, dit-elle.

Elle pousse un bâillement.

— Je t'ai réveillée ? Je suis désolé.

— Ah, tu sais bien que ça ne me dérange pas, mon chou.

— OK. Et le New Jersey ?

Rachel rit.

— Désolé, chéri, mais le New Jersey n'est pas à vendre. S'il l'était, mon oncle Sylvester le posséderait déjà.

— Bon, alors, j'ai besoin d'une maison là-bas. Et probablement d'une autre voiture aussi.

Il se détourne de sa sœur, qui semble sur le point de dévorer le pauvre chemisier d'Emma. Qu'elle le fasse... si ça lui évite de le mordre, *lui*.

Après un long silence, Rachel demande :

— Une maison ? Une voiture ? Que vas-tu faire là-bas ? Ça me paraît extrême. Est-ce que tout va bien ?

Il essaie de s'éloigner de sa sœur avant de murmurer :

— Il... Il se pourrait que j'aille à l'école là-bas pendant un moment.

Silence. Il regarde l'écran pour s'assurer de ne pas avoir perdu le signal.

— Allô ? murmure-t-il.

— Je suis là, mon chou. Tu m'as juste... euh... surprise, c'est tout.

Elle s'éclaircit la voix.

— Alors, quel genre d'école ? Le secondaire ? L'université ?

Il secoue la tête.

— Je ne sais pas encore. Je ne sais pas quel âge elle a.

— *Elle*? Tu achètes une maison et une voiture pour impressionner une *fille*? Oh là lààà!

— Non, c'est pas ça. Pas tout à fait. Mais vas-tu arrêter de couiner s'il te plaît?

— Non, non, non. *Je n'arrête pas* de couiner. Je viens avec toi. C'est *mon* rayon, ce genre d'histoire.

— Pas question! dit-il en passant la main dans ses cheveux.

Rayna lui attrape le bras et articule silencieusement : «Lâche le téléphone *immédiatement*!» Il la force à s'éloigner, elle lui répond par un grognement.

— Oh, s'il te plaît, Galen, dit Rachel d'une voix mielleuse. Tu dois me laisser venir. Et puis, tu auras besoin d'une mère si tu veux t'inscrire à l'école. Et tu ne saurais même pas comment t'acheter des vêtements. Tu as *besoin* de moi, mon chou.

Il grince des dents. D'une part, parce que Rayna lui tord le bras au point de le casser, et d'autre part, parce que Rachel a raison : il n'a pas la moindre idée de ce qu'il fait. Il repousse sa sœur sans ménagement, lui envoie du sable avec les pieds pour faire bonne mesure, puis il s'éloigne.

— D'accord. Tu peux venir.

Rachel glousse, puis tape des mains.

— Où es-tu? Je vais venir te chercher.

Galen remarque que sa fatigue semble évanouie.

— Euh, le Dr Milligan a dit Destin.

— OK. C'est où?

— Il a dit Destin et Floride.

— D'accord, compris. Laisse-moi voir…

Il entend des clics à l'autre bout du fil.

— D'accord, on dirait que je vais devoir prendre l'avion, mais je peux être là pour demain. Est-ce que Rayna vient aussi ?

— Jamais de la vie.

Le téléphone lui est arraché des mains. Rayna s'enfuit à toutes jambes avec sa prise en criant :

— Mais bien sûr que je viens ! Et apporte-moi ces espèces de biscuits au citron, hein, Rachel ? Et aussi, le truc brillant que tu mets sur les lèvres quand elles sont trop sèches...

Galen réfléchit à ce qu'il va faire en se massant les tempes du bout des doigts.

Et il envisage d'enlever Emma, plutôt.

5

Le jour se lève, indésirable et brumeux, à travers la baie vitrée du salon. Je grogne et me passe la couette par-dessus la tête. Mais j'ai tout de même eu le temps d'entrevoir la mine stoïque de l'horloge de parquet dans le coin. J'ai choisi le séjour pour dormir, parce que c'est la seule pièce de la maison avec une seule horloge. Toute la nuit, j'ai admiré l'horloge en bois flottant en évitant soigneusement de regarder l'heure. La dernière fois que j'ai échoué, il était 2 h. Maintenant, il est 6 h. Ce qui signifie que, pour la première fois depuis la mort de Chloé, j'ai dormi quatre heures d'affilée.

Cela signifie aussi que le premier jour de ma dernière année de secondaire commence dans deux heures. Je suis loin d'être prête à l'affronter.

Je repousse les couvertures et me redresse. À travers la fenêtre, je constate que le ciel n'est ni clair, ni sombre, mais bien gris. On dirait qu'il fait froid, mais je sais que ce n'est pas le cas. Derrière le porche, le vent siffle entre les herbes des dunes, qui ondulent tels des danseurs de hula. Je me demande quelle est l'humeur de la mer, ce matin. Pour la première fois depuis la disparition de Chloé, je décide d'aller voir.

J'ouvre la porte-fenêtre sur une chaude brise du mois d'août. D'un bond, je franchis la dernière marche du porche. J'atterris pieds nus sur le sable froid de la plage privée. Je me passe les bras autour du corps en empruntant un chemin entre deux immenses dunes derrière notre maison. Un peu plus loin, il y a une colline miniature, juste assez haute pour bloquer la vue sur l'océan depuis le salon. Si j'avais dormi dans ma chambre au deuxième étage, je serais déjà en train de profiter du lever du soleil sur mon balcon.

Sauf que ma chambre est pleine de Chloé. Il n'y a rien sur les étagères, le bureau ou dans le placard qui n'ait un lien avec elle : récompenses, photos, maquillage, vêtements, chaussures, animaux en peluche… Même ma couette est ornée d'un collage de photos de notre enfance. Nous l'avions confectionné ensemble pour un projet scolaire. Si j'enlevais tout ce qui me rattache à Chloé dans la pièce, elle serait à peu près vide.

Aussi vide que moi.

Je m'arrête à quelques pas du sable humide. Je m'affale à terre, les genoux sur la poitrine. Lorsqu'on recherche la solitude, la marée du matin est une merveilleuse compagne. Elle apaise et réconforte, sans rien demander en retour. C'est tout le contraire du soleil. Au fur et à mesure de son ascension, il me rappelle que le temps, lui, court toujours. Aucun espoir d'y échapper. Que l'on contemple l'horloge de parquet en bois flottant ou l'astre du jour, il s'écoule, inéluctablement.

L'heure du premier jour d'école sans Chloé a sonné.

Je sèche mes pleurs et retourne vers la maison. À chaque pas, mes orteils se crispent dans le sable. Maman m'attend sur les marches du porche arrière. D'une main, elle lisse son peignoir et de l'autre, elle tient un gobelet de café. Avec la maison en bardeaux gris comme toile de fond, vêtue de sa robe de chambre d'une blancheur éclatante, on dirait une apparition. Sauf que les esprits n'ont pas de longs cheveux noirs ni d'yeux incroyablement bleus. Et ils ne boivent pas d'expresso. Elle m'offre un sourire, celui que toute mère devrait adresser à une fille endeuillée. Et mes larmes redoublent d'intensité.

— Bonjour, dit-elle en tapotant le bois à côté d'elle.

Je m'assois et m'appuie contre elle. Elle passe ses bras autour de moi.

— Bonjour, dis-je, la voix éraillée.

Elle me tend le gobelet, et j'en bois une gorgée.

— Je te fais le déjeuner ? dit-elle en me pressant l'épaule.

— Merci, mais je n'ai pas faim.

— Tu as besoin d'énergie pour la rentrée. Je pourrais te faire des crêpes. Des tartines. Sinon, j'ai de quoi faire une excellente « omelette-poubelle ».

Je souris. J'adore les omelettes-poubelles. Ma mère prend tout ce qui lui tombe sous la main et l'intègre aux œufs : oignons, poivrons, champignons, galettes de pomme de terre, tomates… Tout ce qui va dans une omelette. Ou pas.

— D'accord, dis-je en me levant.

En sortant de la douche, je hume le parfum de la préparation en essayant de deviner ce qu'elle contient. Je perçois une forte odeur de piments jalapeños, ce qui me remonte un peu le moral. Je lance la serviette sur le lit et enfile un chandail. Je n'avais pas envie de m'acheter de nouveaux vêtements, alors mes compagnons de classe devront vivre avec mon uniforme habituel : jean, t-shirt et gougounes. De toute façon, c'est ce qu'ils porteront tous dans deux semaines, quand l'effet nouveauté de la rentrée se sera estompé. Je me noue les cheveux en un chignon que je fixe à l'aide d'un crayon. Je tends la main vers ma trousse à maquillage, puis je renonce : porter du mascara aujourd'hui n'est pas l'idée du siècle. Peut-être que je pourrais m'en tirer avec du fond de teint. Je prends la bouteille et lis le nom de la nuance. « Porcelaine ». Je rejette la bouteille sur la coiffeuse avec dédain. Ce liquide m'est aussi inutile que du liquide correcteur sur une feuille blanche. Je n'en ai pas besoin pour évoquer la « porcelaine ». Je suis pratiquement *faite* de porcelaine, ces temps-ci.

Un arôme épicé me titille les narines tandis que je descends l'escalier. L'omelette-poubelle est magnifique : imposante, fumante et débordante de bonnes choses. Pourtant, je ne fais que la tripatouiller dans mon assiette. Quel gaspillage… Je n'entame même pas mon verre de lait.

Je regarde l'ancienne place de papa, au bout de la table. Il y a deux ans que le cancer l'a emporté, mais je me souviens encore de la manière dont il pliait le journal à côté de son assiette. De la manière dont il se chamaillait avec Chloé pour obtenir le cahier des sports. Je me rappelle l'odeur qui flottait dans l'unique maison funéraire de la ville pendant ses obsèques. La même que lors des funérailles de Chloé.

Je me demande combien de places vides il est possible de regarder avant de commencer à craquer.

Maman me glisse une clé sur la table. Elle se cache derrière sa tasse de café.

— Tu te sens capable de conduire, aujourd'hui ?

Je suis étonnée que sa question ne soit pas accompagnée d'un « Tu vois ce que je veux dire, hein ? » appuyé. Ou encore d'une bannière géante qui dirait « TU DOIS RECOMMENCER À FAIRE DES CHOSES NORMALES, COMME CONDUIRE ».

Je hoche la tête. Mastique. Regarde la clé fixement. Continue à mastiquer. Attrape la clé et l'enfonce dans ma poche. Prends une autre bouchée. Je devrais avoir la bouche en feu, mais je ne sens rien. Le lait devrait être froid, mais on dirait de l'eau. Seule la clé dans ma poche me brûle, me défiant de la toucher. Je dépose la vaisselle sale dans l'évier, attrape mon sac à dos et me dirige vers le garage. Seule.

Tout ira bien tant que personne ne me prend dans ses bras. Je traverse un couloir de la Middle Point High School, saluant d'un signe de tête les jeunes que je connais depuis l'école primaire. La plupart d'entre eux ont le bon sens de se contenter d'envoyer un regard compatissant. Certains d'entre eux m'adressent la parole malgré tout, mais ne prononcent jamais rien d'imprudent, juste des paroles inoffensives comme : « Salut » ou « Je crois que nous sommes ensemble à la troisième période. » Même Mark Baker, quart-arrière et divinité de son état, m'envoie un sourire encourageant à travers la peinture de guerre sur son visage. En d'autres circonstances, j'aurais immédiatement envoyé un SMS à Chloé pour lui annoncer que le seul et unique Mark Baker était conscient de mon existence. Mais la raison pour laquelle je ne le fais pas est précisément à l'origine de son geste : Chloé est morte.

« Ils ont tous perdu la reine des pistes de course. Leur droit à la fanfaronnade. Dans quelques semaines, ils ne seront même plus conscients de son absence. Ils passeront à autre chose. Et oublieront Chloé. »

Je secoue la tête, même si je sais que c'est vrai. Il y a quelques années, une étudiante de première année assise à l'arrière de la moto de son frère aîné est morte quand celui-ci, après avoir grillé un panneau d'arrêt, a percuté une voiture. À l'occasion de son décès, on a collé des fleurs et des cartes de vœux sur son casier. L'association étudiante a tenu une veillée à la bougie dans le stade de football. Le délégué de sa classe a également livré un discours lors d'une cérémonie commémorative organisée par l'école. Et voilà qu'aujourd'hui, je suis absolument incapable de me rappeler son nom. Pourtant, non seulement elle a fréquenté quelques associations auxquelles j'appartenais, mais on a eu des cours ensemble. Je revois clairement son visage. Mais son nom m'échappe complètement.

Je teste la combinaison de mon nouveau casier. Le cadenas cède au troisième essai. Je fixe l'intérieur de la case. Je suis aussi vide qu'elle. J'attends que le corridor se vide, même si ça prend un moment. Une fois tout le monde parti, une fois les portes des classes doucement refermées, une fois les effluves de parfums estompés, à ce moment-là seulement, je claque la porte du casier de toutes mes forces. Et cela me fait du bien.

Vu que je suis en retard à mon cours, je dois m'asseoir à l'avant. Pour laisser son esprit vagabonder ou pour envoyer des SMS à son aise, la rangée arrière est idéale, mais je n'ai personne à qui envoyer des messages. De toute manière, aujourd'hui, j'arriverais à rêvasser dans des montagnes russes, alors m'asseoir à l'avant m'indiffère. Tandis que

M. Pinner fait passer des feuilles de règlements, j'observe la salle de classe. Du plafond pendent des avions miniatures, et des frises du temps parcourent les murs. Des photos de pyramides en noir et blanc ornent un panneau d'information. Autrefois, l'histoire était ma matière favorite. Mais depuis ma récente vendetta contre le temps, ce cours-là ne me dit absolument rien.

M. Pinner est en train d'expliquer la règle numéro trois lorsqu'il braque les yeux vers le fond de la classe.

— Puis-je vous être utile? Vous n'êtes pas déjà en train d'enfreindre la règle numéro un! Est-ce que quelqu'un s'en souvient?

— Être ponctuel, intervient une âme charitable à l'arrière.

— Est-ce le cours d'Histoire du monde? demande l'auteur présumé de l'infraction.

Sa voix est calme et assurée, ce qu'elle ne devrait pas être, considérant qu'il a dérogé à la règle numéro un. J'entends quelques personnes remuer sur leur chaise, sûrement pour voir qui c'est.

— Le seul et unique, répond M. Pinner. À moins, bien sûr, que vous ne parliez de celui à l'autre bout du corridor.

Il glousse à sa propre blague.

— Est-ce ici, le cours d'Histoire du monde, oui ou non? insiste l'élève.

Une série de murmures se fait entendre. Je souris à la frise du temps. M. Pinner se racle la gorge.

— Vous n'avez pas entendu? Je vous ai dit que oui.

— Je vous ai bien entendu. Mais vous n'avez pas été très clair.

Même les premiers de la classe ricanent. M. Pinner remue nerveusement ses feuilles de règlements et remonte ses lunettes. La fille derrière moi murmure à sa voisine :

— Trop beau !

Puisqu'elle ne parle certainement pas de notre enseignant, je me retourne, curieuse.

Je m'étrangle en le voyant. *Galen.* Il se tient dans le cadre de porte, non, il emplit le cadre de porte. Il n'a qu'un cartable et une expression irritée. Et il me dévisage déjà.

— Venez vous asseoir devant, jeune homme, dit M. Pinner. Et ce sera votre place pour le reste de la semaine, car je ne tolère pas les retards. Quel est votre nom ?

— Galen Forza, répond-il sans me quitter des yeux.

Puis il se dirige à grandes enjambées vers le bureau à côté de moi. Il s'assoit, mais la chaise, conçue pour un adolescent normal, est minuscule pour lui. Tandis qu'il l'ajuste pour être à son aise, quelques voix féminines murmurent derrière. J'ai envie de leur dire qu'il est encore plus beau torse nu, mais je dois admettre que son t-shirt ajusté et son jean usé lui rendent presque justice.

Tout de même, je suis abasourdie par sa présence. Galen a joué un rôle de premier plan dans mes cauchemars ces derniers temps, qui n'ont été rien d'autre qu'une répétition inconsciente du dernier jour de la vie de Chloé. Que je dorme 40 minutes ou 2 heures, c'est toujours la même chose : je lui rentre dedans, j'entends Chloé s'approcher et je me sens humiliée de nouveau. Parfois, elle lui demande d'aller à Baytowne avec nous, et il accepte. Ensuite, nous partons tous ensemble plutôt que d'aller dans l'eau.

Parfois, le rêve se mêle à un autre. Celui où je me noie dans l'étang derrière chez ma grand-mère. Alors, les événements se confondent comme les couleurs d'une aquarelle. Chloé et moi tombons dans l'eau, puis un banc de poissons-chats fait irruption et nous remonte à la surface. Le bateau de papa nous attend, mais j'avale de l'eau de mer, et non de l'eau douce.

Malgré cela, je préférerais que mon rêve se termine comme dans la réalité. La fin est horrible à revivre sans cesse, mais le rêve n'est pas long, et lorsque je me réveille, je sais que Chloé est morte. Dans les autres rêves, je me réveille en croyant qu'elle est vivante. Et je la perds de nouveau.

Mais les chatouillements ne font jamais partie de mes rêves. Je les avais complètement oubliées, en fait. Alors, quand elles refont surface, je rougis. Intensément.

Galen me jette un regard perplexe, et pour la première fois depuis qu'il s'est assis, je remarque ses yeux. Ils sont bleus et non violets comme les miens, comme j'avais vu sur la plage. Mais étaient-ils vraiment violets ? J'aurais pu jurer que Chloé avait fait une remarque sur ses yeux, mais c'est peut-être une fabrication de mon inconscient, comme les fins parallèles de mes rêves. Une chose est sûre : je n'ai pas rêvé sa manie de dévisager. Ni la façon dont elle me fait rougir.

Je me tourne vers l'avant, je joins les mains et je me force à regarder M. Pinner.

— Eh bien, M. Forza, n'oubliez pas quelle est votre place, parce que ce sera la vôtre jusqu'à la semaine prochaine.

Il remet une feuille de règlements à Galen.

— Merci. Je n'oublierai pas.

Quelques gloussements clairsemés jaillissent derrière nous. C'est officiel : Galen a un cercle d'admiratrices.

Tandis que M. Pinner parle de… eh bien, je n'ai vraiment aucune idée de ce qu'il est en train de raconter. Tout ce que je sais, c'est que les chatouillements cèdent la place à autre chose. Du feu. Comme si une coulée de lave se déversait entre mon bureau et celui de Galen.

— Mademoiselle McIntosh? appelle M. Pinner.

Si je me souviens bien, mademoiselle McIntosh, c'est moi.

— Euh, pardon? dis-je.

— Le *Titanic*, Mademoiselle McIntosh, dit-il, au bord de l'exaspération. Pourriez-vous me dire quand il a coulé?

«OhmondouxSeigneur, oui.»

L'an dernier, j'ai eu une obsession pour le *Titanic* pendant six bons mois, après l'avoir étudié. C'était avant mon ressentiment contre l'histoire et le passage du temps.

— Le 15 avril 1912.

M. Pinner est ravi. Ses lèvres minces s'étirent en un sourire dévoilant des gencives énormes. On dirait qu'il n'a pas de dents.

— Ah, nous avons une mordue de l'histoire, ici. Très bien, Mademoiselle McIntosh.

La cloche retentit.

«La cloche retentit?»

Pas possible, 50 minutes sont-elles déjà passées?

— Souvenez-vous, jeunes gens, étudiez le règlement. Blottissez-vous contre lui la nuit, dînez en tête-à-tête, amenez-le au cinéma. C'est la seule façon de réussir avec moi, annonce M. Pinner à travers le brouhaha des élèves qui se dirigent vers la porte.

Dans le but de laisser à Galen la chance de me devancer, j'ouvre mon cartable, je feuillette des feuilles de notes vierges et j'ajuste de façon ostensible mon sac à dos. Il ne bouge pas. « Bon. » Je me lève, je rassemble mes affaires et je me faufile pour m'éloigner. Quand il attrape mon poignet, de la lave s'y concentre, comme s'il me marquait au fer rouge.

— Attends, Emma.

Il se souvient de mon nom. Donc, il se souvient aussi que je me suis quasi assommée contre son torse nu. J'aurais dû mettre du fond de teint, finalement... Peut-être aurait-il camouflé mes joues en feu.

— Salut, dis-je. Je ne pensais pas que tu te souviendrais de moi.

Je sens des regards fixes provenant de l'arrière de la classe. Restés derrière, des admiratrices attendent leur tour patiemment.

— En tout cas, bienvenue à Middle Point. Tu as sûrement un autre cours, alors on se voit plus tard.

Sa poigne devient plus ferme lorsque je tente de m'éloigner.

— Attends.

Je regarde sa main ; il me relâche.

— Oui ? dis-je.

Il regarde son bureau et passe la main dans ses cheveux noirs. Je me rappelle que Galen n'est pas doué pour la conversation. Finalement, il lève les yeux, de nouveau confiant.

— Crois-tu que tu pourrais m'aider à trouver la salle de mon prochain cours ?

— Bien sûr, mais c'est assez simple. Ici, il y a trois corridors. Le corridor 100, le corridor 200 et le corridor 300. Montre-moi ton emploi du temps.

Il fouille dans sa poche, en tire une feuille qu'il me laisse le soin de défroisser.

— Ton cours est en salle 123. Alors tu dois aller dans le corridor 100.

— Mais pourrais-tu me montrer ?

Je vérifie mon emploi du temps pour voir où je dois aller tout en sachant que même si ma classe est à l'extrême opposé de la sienne, je le conduirai à la salle 123. Heureusement pour moi, mon prochain cours, Littérature anglaise, a lieu au même endroit.

— Euh, en fait, nous sommes dans le même cours, lui dis-je, confuse.

Il suit mon allure plutôt lente tandis que je compare nos emplois du temps pour voir pendant combien de cours il devra endurer ma présence — et pendant lesquels je peux m'attendre à devenir cramoisie. La réponse : tous. Je grogne. De façon tout à fait audible.

— Quoi ? dit-il. Il y a un problème ?

— C'est juste que… On dirait bien que nous avons exactement le même emploi du temps. Sept cours ensemble.

— Ça te dérange ?

« Oui. »

— Non. Enfin, pas moi, c'est juste que… je me suis dit que tu préférerais peut-être ne pas avoir à subir ma compagnie après ce qui est arrivé à la plage.

Il s'arrête et me tire hors du chemin des étudiants, m'amenant près des casiers. La familiarité du geste attire l'attention de quelques élèves. Les derniers membres de son cercle d'admiratrices s'attardent toujours, dans l'attente que je cède ma place.

— Peut-être devrions-nous aller dans un endroit privé pour en discuter, dit-il doucement en se penchant.

Il jette un œil autour de lui.

— Privé ? dis-je en couinant.

Il hoche la tête.

— Je suis heureux que tu abordes le sujet. Je ne savais pas comment t'en parler, mais ainsi, ce sera plus simple pour tous les deux, tu ne crois pas ? Et si tu collabores, je suis certain que je peux t'obtenir la clémence.

Je déglutis.

— La clémence ?

— Oui, Emma. Bien sûr, tu es consciente que je pourrais t'arrêter, ici et maintenant. Tu comprends ça, non ?

OhmondouxSeigneur, il est venu jusqu'ici pour porter plainte contre moi pour agression ! Va-t-il me poursuivre, moi ou ma famille ? Il pourrait bien, j'ai 18 ans, maintenant. D'après la loi, je suis majeure. Je suis rouge de honte et de rage. Une partie de moi supplie : « Donnez-moi une corde », mais l'autre partie pense plutôt : « Pourquoi le couteau n'est-il jamais là quand on en a besoin ? »

— Mais c'était un accident, dis-je entre mes dents.

— *Un accident ?* Tu plaisantes ?

Il se pince l'arête du nez.

— Non, je ne plaisante pas. Pourquoi aurais-je fait exprès de te rentrer dedans ? Je ne te connais même pas. De toute façon, comment puis-je savoir que ce n'est pas *toi* qui m'es rentré dedans, hein ?

L'idée est ridicule, mais elle laisse planer un doute raisonnable. Je peux voir par son expression qu'il n'y avait pas songé.

— Quoi?

Il ne me suit pas, mais je m'attendais à quoi? Ce gars n'est même pas capable de trouver sa salle de classe dans une école où il n'y a que trois couloirs différents. Le fait qu'il m'ait trouvée de l'autre côté du pays est plus miraculeux que l'effet d'un soutien-gorge pigeonnant.

— J'ai dit que tu devras prouver que je te suis rentrée dedans exprès. Que j'ai voulu te faire mal. Et puis, quand je suis arrivée, je t'ai demandé...

— Emma.

— ... et tu m'as dit que tu n'étais pas blessé...

— Emma.

— ... mais le seul témoin que j'avais est mort.

— EMMA!

— T'as entendu, Galen?

Je me retourne et, tandis que la cloche retentit, je hurle à la face des derniers spectateurs dans le hall.

— CHLOÉ EST MORTE!

Déjà, en ce qui me concerne, piquer un *sprint* est une mauvaise idée en soi. Mais de surcroît, courir des gougounes aux pieds *et* la vue brouillée par les larmes dénote un véritable mépris de la vie humaine, à commencer par la mienne. Alors, je ne m'étonne pas quand la porte de la cafétéria s'ouvre. Ni de la recevoir en pleine figure. En revanche, je suis légèrement surprise quand tout devient noir.

6

Il se gare dans l'allée de la maison pas-si-modeste qu'il a demandé à Rachel de ne pas acheter. Après avoir coupé le moteur de la voiture, pas-si-modeste non plus, il jette son sac à dos plein de livres par-dessus son épaule.

Il retrouve Rachel dans la cuisine, en train de sortir des filets de poisson du four. Un tablier protège sa robe à pois. Sa tignasse noire et bouclée est retenue par une queue de cheval. Elle souffle dans sa frange pour se dégager le front et se retourne en souriant.

— Salut, mon beau ! Comment s'est passée ta première journée d'école ?

Elle referme la porte du four d'un mouvement de hanche.

Il secoue la tête et approche un tabouret de Rayna, assise au comptoir. Elle s'applique un vernis de la couleur d'un vivaneau rouge.

— Ça ne marchera pas. Je ne sais pas ce que je fais, dit-il.

— Oh mon chou, qu'est-il arrivé ? Ça ne peut pas être *si* terrible.

— Ça l'est. Je l'ai assommée.

Rayna recrache sa gorgée de vin dans son verre.

— Oh, mon chou, euh… Ce genre de chose est mal vu depuis des années, maintenant.

— Très bien. Tu lui en devais une, dit Rayna en ricanant. Elle l'a bousculé à la plage, explique-t-elle à Rachel.

— Ah? dit Rachel. C'est comme ça qu'elle a attiré ton attention?

— Elle ne m'a pas poussé, elle a trébuché sur moi. Et je ne l'ai pas assommée exprès. Elle s'est sauvée, je lui ai couru après et…

Rachel lève la main.

— Attends, attends. Est-ce que les flics vont se pointer? Tu sais que ça me rend nerveuse.

— Non, dit Galen en levant les yeux au ciel.

Si les policiers n'avaient pas encore retrouvé Rachel, cela ne risquait pas d'arriver maintenant. De toute façon, après tout ce temps, ils avaient probablement abandonné les recherches. Quant aux autres personnes qui la recherchaient, ils la croyaient morte.

— Bon, excellent. Revenons à nos moutons, mon chou. Pourquoi s'enfuyait-elle?

— À cause d'un malentendu.

Rachel joint les mains.

— Oui, oui, je sais. Mais pour t'aider, je dois connaître les détails. Nous sommes des créatures compliquées, nous, les filles.

Il se passe la main dans les cheveux.

— Tu parles! Au début, elle est gentille, elle coopère, et une seconde plus tard, elle me hurle en pleine figure!

Rayna a le souffle coupé.

— Elle t'a *crié* après?

Elle lance la bouteille de vernis sur le comptoir et pointe Rachel.

— Je veux que tu sois ma mère aussi. Je veux m'inscrire à l'école.

— Pas question. Tu mets un pied hors de cette maison, et je t'arrête moi-même, dit Galen. Et ne songe même à tremper tes sales doigts pleins de peinture humaine dans l'eau.

— T'inquiète, je n'ai pas l'intention d'aller dans l'eau.

Galen s'apprête à la contredire. Il veut lui ordonner de rentrer à la maison, le lendemain, pour y rester, mais il remarque son expression exaspérée. Il sourit.

— Il t'a retrouvée.

Rayna croise les bras et hoche la tête.

— Pourquoi il ne peut pas me laisser tranquille ? Et pourquoi tu trouves ça si drôle ? Tu es mon frère ! Tu devrais me protéger !

Il rit.

— Te protéger de Toraf ? Et pourquoi je ferais ça ?

— J'essayais d'attraper du poisson pour Rachel et je l'ai senti dans l'eau. Proche. Je suis sortie de l'eau aussi vite que j'ai pu, mais il s'en doute probablement. *Comment fait-il pour toujours me retrouver ?*

— Oups, dit Rachel.

Le frère et la sœur se retournent vers Rachel, qui sourit à Rayna, gênée.

— Je ne savais pas que vous étiez en froid. Ce matin, il est apparu sur le porche arrière pour te voir et... je l'ai invité à dîner. Désolée.

Galen et Rayna parlent en même temps.

— Et si quelqu'un le voit, Rachel?

— Non. Non, non, non, non, il ne dîne pas avec nous.

Rachel se racle la gorge et leur fait signe de se retourner.

— Rayna, c'est très blessant, ce que tu viens de dire. Après tout ce que nous avons traversé… dit Toraf.

En entendant sa voix, Rayna tressaille sur son tabouret et gronde. Elle jette un regard glacial à Rachel, qui s'affaire à presser du jus de citron sur les filets de poisson comme si de rien n'était.

D'un bond, Galen descend du tabouret. Il accueille son ami d'une vigoureuse tape sur le bras.

— Salut, têtard. Je vois que tu as trouvé un de mes maillots de bain. Content de voir que tes talents de traqueur sont restés intacts après l'accident et tout le reste.

Toraf fixe le dos de Rayna.

— Un accident, oui. La prochaine fois, je garderai les yeux ouverts en l'embrassant. Comme ça, je ne risquerai pas de me cogner le nez contre une roche. Je suis trop nul, hein?

Galen sourit de toutes ses dents. Toraf est un des meilleurs traqueurs de l'histoire des Syrénas. Non seulement sa capacité à détecter la présence de ses semblables est particulièrement développée, mais il peut distinguer chacun d'entre eux individuellement. Pour y arriver, il lui suffit de passer un court instant avec eux pour être capable de les identifier précisément à des distances impossibles. Et l'être auquel il est le plus sensible fixe, l'air mauvais, un couteau à filet posé de l'autre côté du comptoir.

— Rayna, ton partenaire est venu de loin pour te voir. Tu es vraiment grossière. Pourquoi ne t'éloignerais-tu pas du comptoir? Maintenant? dit Galen d'un ton dissuasif.

Il n'a envie de se battre avec ni l'un ni l'autre. Si Rayna tente une manœuvre, il sera forcé de la maîtriser. Mais s'il la malmène trop, Toraf, indigné, va s'en mêler, et c'est *lui* qui sera rudoyé. De toute façon, Galen est affamé, et les filets sont presque prêts à être mangés.

Rayna recule et se retourne.

— Ce n'est *pas* mon partenaire.

Toraf se racle la gorge. Galen écarquille les yeux. Toraf lance à celui-ci un regard d'avertissement en secouant la tête d'un mouvement à peine perceptible.

— J'espérais que tes sentiments auraient changé après tout ce temps, ma princesse. Tu sais bien que tu ne trouveras personne d'aussi dévoué que moi. Je te suivais déjà comme une ombre avant même que tu saches nager correctement, dit Toraf.

En dépit du ton badin de Toraf, Galen sait qu'il pense tout ce qu'il vient de dire.

— Et c'est pour ça que je te faisais confiance, grogne Rayna. Tu me connaissais encore mieux que Galen. Tu savais que je ne voudrais jamais m'accoupler. Tu m'as fait croire que tu étais d'accord avec ma décision. Et pendant tout ce temps, tout ce que tu voulais, c'était me voler ma liberté.

— Wow, tu devrais avoir honte, Toraf, dit Rachel, devant l'évier. Bon, qui a faim ?

— Je suis affamé, disent Galen et Toraf.

Rayna lève les yeux au ciel et, d'un pas lourd, se dirige vers la table.

Ils s'affalent sur la plage éclairée par la lune. Toraf prend soin d'arroser Galen en secouant ses cheveux humides.

Galen lui rend la monnaie de sa pièce en lui jetant une poi- gnée de sable en pleine figure. Galen s'appuie sur ses coudes et contemple la nuit étoilée. Il secoue la tête.

— Quand vas-tu lui annoncer ?

À ses côtés, Toraf s'étire et s'allonge, les mains derrière la nuque.

— Lui annoncer quoi ?

— Que vous êtes déjà accouplés.

Toraf sourit de toutes ses dents.

— Votre Altesse, vous me connaissez un peu trop bien.

— Ne m'appelle pas comme ça. Quand est-ce que mon père a accepté ?

— En fait, il n'a pas accepté. C'est Grom qui a scellé l'union.

Galen se tourne sur le côté et pose sa tête sur son coude.

— Elle va essayer de l'annuler, tu sais. Techniquement, Grom n'est pas encore roi.

— Techniquement, si. Et entre nous, tu as intérêt à avoir une excellente raison pour justifier ton absence. D'ailleurs, ça me rappelle…

Il le frappe solidement à la mâchoire.

— Ça, c'est pour avoir permis à ta sœur de se cacher sur la terre ferme avec toi. J'ai passé les deux dernières semaines à croire que vous étiez morts, tous les deux.

Galen se redresse et hoche la tête en se massant le menton. Il n'y a pas moyen de se justifier : Rayna enfreint la loi en gardant une forme humaine pendant plus d'une journée. Elle n'a pas l'immunité de son frère, mais même la sienne n'est pas si généreuse, et il le sait. Toraf le sait aussi.

— Donc… tu me dis que tu ne peux pas sentir Rayna sur la terre ferme ?

— Tu sais que nous ne pouvons pas nous sentir sur terre, Galen.

— Oui, c'est ce que je croyais. Attends, viens-tu de dire que Grom est maintenant le roi ? Depuis quand ?

Toraf se redresse.

— Premièrement, change de ton. Je suis parti à ta recherche pour te ramener à la cérémonie. Alors, ne fais pas comme si tu étais facile à trouver. *Ça fait deux semaines,* rappelle-t-il. Et c'est ce que tu *croyais* ? Qu'est-ce que tu veux dire par là ? Quand je suis à côté de toi, tu ne me sens pas, non ?

Galen secoue la tête.

— Non, pas toi.

— D'accord. Donc, tu es en train de dire que tu peux sentir quelqu'un. Sur terre. Je ne te crois pas.

Galen se frotte les yeux.

— Je sais. J'y crois à peine moi-même. Je ne l'ai pas dit à Rayna. Elle a déjà dit qu'elle ne la sent pas et…

— Elle ne *la* sent pas ? Qui ça ?

— Elle s'appelle Emma. C'est le Dr Milligan qui l'a trouvée.

Il raconte tout à Toraf : le message que le scientifique a laissé sur son répondeur, le voyage de Galen en Floride pour vérifier les dires du Dr Milligan, la façon dont Emma a ordonné au requin de s'en aller. Et son habitude de toujours foncer dans des choses.

Toraf reste silencieux un bon moment. Puis il déclare :

— Cela n'a pas de sens. Comment pourrait-elle être des nôtres ? Si elle l'était, elle aurait endommagé la porte, pas le contraire. Sa tête aurait été assez solide pour faire une entaille dans le bois.

— Je sais, dit Galen en hochant la tête. Au début, je croyais qu'elle faisait semblant. Mais quand je l'ai prise dans mes bras, elle n'a pas rougi. Elle était réellement évanouie.

— Même si elle ne faisait pas semblant, comment peut-elle être descendante de Poséidon, Galen ? L'unique héritière du roi Antonis est morte dans l'explosion.

Galen secoue la tête.

— Ça n'a aucun sens, n'est-ce pas ?

Peu importe combien de fois il passe les faits en revue, ils ne concordent pas avec le cas d'Emma. Il y a longtemps, avant la naissance de Galen et Rayna, leur frère Grom était fiancé à la fille du roi Antonis, Nalia. Selon les échos qui sont parvenus à Galen, le couple était très amoureux. Il représentait une alliance parfaite entre les maisons de Triton et de Poséidon.

La loi exige que toutes les trois générations, les premiers-nés de chaque maison soient réunis l'un avec l'autre. Pour la plupart des gens, c'est une obligation, un devoir à remplir. Les premiers-nés en question ne *désirent* presque jamais leur union. Mais ces deux-là étaient différents. Tout le monde souligne le fait qu'ils se sont liés dès leur première rencontre. Mais juste avant la cérémonie de leur réunion, ils se sont disputés. À quel sujet ? Nul ne s'en souvient ou ne veut le dire. Certains ont vu Nalia s'enfuir. Apparemment, Grom l'a poursuivie, et leur course les a conduits droit sur une mine antipersonnel posée par les humains. À l'époque, les humains étaient en pleine guerre mondiale, semble-t-il. Grom a été grièvement blessé. Les meilleurs traqueurs des deux royaumes ont ratissé partout à la suite de l'accident. Après quelques jours, ils ont annoncé que Nalia avait probablement été déchiquetée par la détonation. Dévasté, le roi de Poséidon, qui avait déjà perdu sa femme, a accusé Grom d'avoir tué Nalia. Puis, Antonis a juré de ne plus jamais s'accoupler et de ne plus jamais engendrer d'héritier, éliminant, par le fait même, toutes les chances que leurs descendants héritent du pouvoir des généraux Poséidon et Triton.

Quand Antonis a déclaré la maison de Triton ennemie, les deux royaumes se sont séparés pour de bon. Grom n'a jamais reparlé des événements ni laissé transparaître une quelconque émotion à ce sujet. Sauf qu'il n'a jamais choisi une autre partenaire.

Mais maintenant, il n'a plus le choix. Si Grom prend officiellement les rênes du pouvoir des mains de son père, la loi exige qu'il choisisse une partenaire. Et si Emma est membre de la maison de Poséidon, alors elle lui permettrait de satisfaire cette exigence.

— Ça n'a pas de sens, reprend Galen. Mais je sais ce que j'ai vu. Elle parle aux poissons. Et ils obéissent. Elle descend certainement de la lignée de Poséidon.

Toraf expire d'un coup.

— Alors, où se cachait-elle tout ce temps ? Pourquoi préfère-t-elle la compagnie des humains ?

— C'est ce que j'essaie de découvrir, idiot.

— Écoute, fretin, je ne veux pas être négatif, mais tu n'as pas l'air de savoir ce que tu fais. Tu menaces de l'arrêter ? Tu la poursuis dans le couloir ? Ce n'est pas ton genre, tu ne trouves pas ?

— J'étais frustré. Est-ce que tu te rends compte à quel point les femelles humaines sont… sont… *sensuelles* ? Même pas 10 minutes après que j'ai franchi la porte, une horde de femelles s'est mise à me suivre. *Partout.* Même les femmes *adultes* dans le bureau m'envoyaient des signaux de reproduction ! Rachel appelle ça des « hormones ». Elle pense que les hormones d'Emma sont responsables de son comportement si bizarre et du fait qu'elle se soit enfuie.

— Mais si Emma a des hormones, ça veut dire qu'elle est humaine.

— Est-ce que tu m'écoutes quand je parle ? Elle ne peut pas être humaine. Elle a nos yeux. Et si elle était humaine, je ne la sentirais pas comme ça.

Toraf sourit à pleines dents.

— Comme quoi ? Tu la sens comment ?

— Arrête de sourire comme si tu savais quelque chose. Ce n'est pas ce que tu penses.

— Eh bien, c'est comment, alors ? N'oublie pas que je suis un traqueur. Peut-être que je peux t'aider.

Galen hoche la tête. Si quelqu'un était bien placé pour l'aider à comprendre ses sensations, c'était un traqueur.

— C'est comme… une bataille avec une raie électrique. Et quand on se touche, c'est comme nager au-dessus de la bouche d'un volcan. Ça me brûle tout le corps. Mais c'est plus que ça. Tu sais la sensation quand l'un des nôtres est proche ? Tu sens sa pulsation et tu as simplement la certitude de sa présence ?

Toraf hoche la tête.

— Eh bien, avec Emma, ce n'est pas exactement ça. Je n'ai pas simplement conscience de sa présence… Je… Je suis…

— Attiré par elle ?

Galen regarde son ami.

— Oui, exactement. Comment le sais-tu ?

— Tu te souviens du traqueur qui m'a formé ?

Galen hoche la tête.

— Yudor. Pourquoi ?

— Eh bien, il m'a dit une fois que… Tu sais quoi ? Oublie ça. C'est bête.

— Je te jure, Toraf, que je vais te frapper à en faire tomber toutes tes dents si…

— Il a dit que ça veut dire qu'elle est ta partenaire, lâche-t-il. Et pas n'importe quelle partenaire. Ta partenaire *spéciale*. C'est l'attraction que tu ressens, Galen.

Galen roule les yeux.

— J'ai déjà entendu ça. Romul affirme que c'est un mythe. Personne n'a de partenaire spécial.

Romul, le plus âgé de tous les Tritons, le saurait. Galen a commencé à le fréquenter il y a des années, quand il est devenu ambassadeur auprès des humains. Romul lui a enseigné toutes les lois des Syrénas, toute leur histoire et celle de leurs relations avec les humains. Il lui a aussi expliqué le rituel de séduction entre mâles et femelles — à un âge plus précoce que ses parents ne l'auraient souhaité. Normalement, quand un Syréna mâle atteint ses 18 ans, il se sent attiré par plusieurs femelles à la fois. Après avoir passé du temps avec chacune d'entre elles, il est capable de décider laquelle remplira au mieux son rôle de procréation tout en étant la meilleure compagne. Toutefois, lorsque l'« attraction » se fait sentir, le Syréna n'est attiré que par une femelle. Elle représente alors la compagne idéale pour lui sur tous les plans. On croit que les descendants issus d'une attraction sont les plus vigoureux et que ce phénomène assure la survie de leur espèce. Quelques Syrénas y croient toujours. Mais Galen n'en fait pas partie.

— Certains croient que Grom a ressenti l'attraction envers Nalia, dit Toraf. Peut-être que c'est de famille.

— Eh bien, c'est là que tu te trompes, Toraf. Je ne devrais pas sentir l'attraction envers Emma. Sa place est auprès de Grom. Il est le premier-né de la troisième génération de Triton. Et elle est manifestement membre de la lignée de Poséidon.

Galen passe la main dans ses cheveux.

— Je crois que si Grom était destiné à être son partenaire, ce serait lui qui l'aurait trouvé d'une manière ou d'une autre, plutôt que toi.

— Mais ce n'est pas moi qui ai trouvé Emma. C'est le Dr Milligan. Ça t'apprendra à réfléchir.

— D'accord. J'ai une petite question pour toi, dit Toraf en pointant Galen du doigt. Tu as 20 ans. Pourquoi n'as-tu pas commencé à filtrer pour te trouver une partenaire ?

Galen cligne des yeux. L'idée ne l'a jamais effleuré, en fait. Pas même quand Toraf a demandé la main de Rayna. Est-ce que sa démarche aurait dû lui rappeler son statut de célibataire ? Il secoue la tête. Il ne devrait pas se laisser influencer par les commérages de Toraf. Il hausse les épaules.

— J'étais juste occupé. Ce n'est pas que je ne voudrais pas m'accoupler, si c'est ce que tu insinues.

— Avec qui ?

— Quoi ?

— Nomme quelqu'un, Galen. La première femelle qui te vient à l'esprit.

Il essaie de chasser son nom, son visage de son esprit. Mais il n'y arrive pas à temps.

« Emma. »

Il grimace. « C'est juste qu'on a tellement parlé d'elle récemment, c'est normal qu'elle me vienne en tête en premier », se dit-il.

— Je n'ai personne pour l'instant. Mais je suis certain que ce serait différent si je passais plus de temps à la maison.

— Bon. Et pourquoi es-tu toujours parti ? Peut-être qu'inconsciemment, tu cherches quelque chose.

— Je m'absente parce que je surveille les humains, ce qui relève de ma responsabilité, si tu te souviens bien. Peut-être que tu te souviens aussi qu'ils sont la véritable cause de la séparation de nos deux royaumes. S'ils n'avaient pas installé cette mine, rien de tout ça ne serait arrivé. Et nous savons très bien que ça arrivera de nouveau.

— Allez, Galen. Si tu ne peux pas m'en parler à moi, *à qui* tu le diras ?

— Je ne sais pas de quoi tu parles. Et je crois que toi non plus.

— Je comprends que tu ne veuilles pas parler de ça. Je ne le voudrais pas, à ta place. Trouver ma partenaire spéciale, uniquement pour devoir la céder à mon propre frère… Savoir qu'elle s'accouple avec lui sur une île, enlacés tous les deux…

Galen applique un crochet précis sur le nez de Toraf. Du sang jaillit et se répand sur son torse nu. Toraf renverse la tête et se bouche les narines. Puis il rit.

— Je sais maintenant qui a montré à Rayna comment cogner.

Galen se masse les tempes.

— Désolé. Je ne sais pas d'où ça sort. Je t'avais dit que j'étais frustré.

Toraf rit.

— Tu es tellement aveuglé, fretin. Je te souhaite d'ouvrir les yeux avant qu'il ne soit trop tard.

Galen a un rire moqueur.

— Arrête de régurgiter ces superstitions. Je te l'ai dit, je suis juste frustré. Rien de plus.

Toraf incline la tête sur le côté et renifle pour empêcher le sang de couler.

— Comme ça, les femmes te suivaient partout, ce qui te mettait mal à l'aise.

— C'est ce que je viens de dire, non?

Toraf hoche la tête, pensif.

— Alors, imagine comment se sent Emma, dit Toraf.

— Quoi?

— Penses-y. Les humains t'ont suivi dans un édifice, et ça t'a mis mal à l'aise. Toi, tu as suivi Emma à travers le pays. Rachel a pris soin de t'inscrire à tous ses cours. Et quand Emma essaie de se sauver, tu lui cours après. Je crois que tu lui fais peur.

— Un peu comme toi avec Rayna.

— Mouais. Je l'avais pas vu comme ça.

— Idiot, murmure Galen.

Mais il y a du vrai dans l'observation de Toraf. Peut-être qu'Emma trouve son attitude étouffante. Et, visiblement, elle est toujours en deuil de Chloé. Peut-être devrait-il prendre son temps. S'il réussit à gagner sa confiance, peut-être même se confiera-t-elle sur son don et sur son passé. Mais la question demeure : de combien de temps a-t-elle besoin? Son frère Grom a le devoir d'engendrer un successeur, qu'il désire s'accoupler ou non. Et cet enfant devra lui être donné par Emma.

Toraf lui donne un petit coup de coude, le tirant de ses pensées.

— Tu sais à qui je devrais demander conseil?

Il pointe du menton l'énorme maison derrière eux.

— Rachel.

— En fait, non, dit Galen en se levant et en tendant la main vers son ami pour l'aider à se mettre debout.

— Pourquoi ça?

— L'expertise de Rachel, c'est plutôt la communication. Ce n'est pas de communication dont tu auras besoin quand Rayna apprendra que vous êtes déjà un couple.

— Nous sommes *quoi*?

Ils se retournent. Rayna se dirigeait vers eux, mais elle s'est arrêtée net. Son visage passe de la surprise à la rage meurtrière.

— Ça, ça va te coûter particulièrement cher, fretin!

Toraf lance un cri avant de se jeter à l'eau.

Le visage de Galen se fend en un large sourire en voyant Rayna, assoiffée de sang, fendre les vagues à la poursuite de Toraf. Puis il se dirige vers la maison pour aller discuter avec Rachel.

7

J'attrape mon poudrier et m'étale du fond de teint porcelaine sur tout le visage. La pression me fait ressentir une douleur lancinante dans les yeux. Je grimace. Au moins, je n'ai pas de bleu. Les ecchymoses — et les boutons — sont particulièrement visibles sur une peau blanche. Je m'applique du brillant à lèvres et plisse la bouche devant le miroir. Puis je l'essuie. À quoi bon? Ce truc collant m'agacerait toute la journée. Près du lavabo de la salle de bain, le tube de mascara semble me défier, moqueur. Je décide d'oser. Pas de danger que je fonde en larmes aujourd'hui. Je saisis le tube et applique deux bonnes couches. C'est fou comment un peu de sommeil, un peu de maquillage et beaucoup de réflexion peuvent donner l'impression d'être quelqu'un d'autre — une autre version de soi, plus forte.

Maman voudrait que je manque une autre journée d'école. Elle sera déçue. Hier, j'ai passé toute la journée au lit, alternant entre les pleurs et le sommeil. Finalement, vers minuit, le flot s'est tari, et mon cerveau s'est remis en marche.

J'ai pris une décision. Chloé nous a quittés pour toujours. Et ma conduite lui ferait de la peine. Pendant une heure au moins, j'inverse les rôles : je suis morte, elle est vivante. Comment vivrait-elle la chose? Elle pleurerait, bien sûr. Elle serait triste. Je lui manquerais. Mais elle ne cesserait pas de vivre pour autant. Elle accepterait d'être réconfortée. Elle dormirait dans sa propre chambre et s'endormirait le sourire aux lèvres en repensant à ses souvenirs. Et elle frapperait sûrement Galen Forza. Ce qui m'amène à ma deuxième résolution.

Galen Forza est un connard. Les détails restent confus, mais je suis presque certaine qu'il a quelque chose à voir avec mon accident de lundi. Et puis, il est un peu étrange. Non seulement à cause de son habitude de dévisager, mais aussi parce que je tombe toujours sur lui. Et chaque fois, je gère la situation avec la grâce d'un rhinocéros sur des échasses. Par conséquent, je vais changer mon emploi du temps dès mon retour à l'école. Il n'y a pas de raison de s'humilier sept heures par jour.

Satisfaite de mon plan, je souris en me mettant à table. Maman m'a fait une omelette-poubelle encore une fois, mais cette fois-ci, je la mange. J'en redemande même. Elle nous verse un verre de lait pour nous deux. Par mégarde, je l'avale tout entier. Je n'ai même pas un regard pour la place de papa. Ou celle de Chloé.

— On dirait bien que tu te sens mieux, dit maman. Mais j'aimerais vraiment que tu restes à la maison encore une journée. Toi et moi, on pourrait se faire une journée filles. On loue des films de filles, on se goinfre de chocolat, on boit du soda sans sucre, on s'échange les derniers potins. Qu'est-ce t'en dis?

J'éclate de rire, ce qui fait palpiter ma tête au point que j'ai l'impression que mon cerveau essaie de s'échapper. Vu comme ça, il est tentant de rester à la maison, et pas seulement pour le chocolat. Voir maman essayer d'être féminine est un divertissement en soi. La dernière fois que nous avons voulu nous offrir une journée entre filles, cela a commencé par une pédicure et s'est terminé par un rallye de camions monstres. C'était il y a cinq ans. C'est sa dernière pédicure en date.

Néanmoins, ma décision de reprendre ma vie normale aujourd'hui est finale. Traîner une couverture et deux litres de crème glacée sur le canapé me paraît être une échappatoire. En outre, j'ai autant envie d'assister à un autre rallye de camions monstres que de me faire pousser une troisième narine.

— En fait, j'ai vraiment envie d'aller à l'école. J'ai besoin de changer d'air, tu comprends? On remettra ça? dis-je en allant déposer ma vaisselle dans l'évier.

Elle feint un sourire. Je le sais parce qu'il ne creuse pas de pattes d'oie.

— Bien sûr. Une autre fois.

Je hoche la tête et attrape les clés de la voiture. Avant que j'allume le garage, elle surgit derrière moi et tire sur mon sac à dos.

— Tu veux aller à l'école? Très bien. Mais tu ne conduis pas. Donne-moi la clé.

— Ça va, maman. Vraiment. On se voit ce soir.

Je plante un baiser rapide sur sa joue et me retourne vers la porte.

— Charmant. Allez, donne.

Elle me tend la main. Je serre la clé dans mon poing.

— Tu m'as presque forcée à prendre la voiture lundi, et maintenant, tu veux me prendre la clé? Qu'est-ce que j'ai fait?

— Ce que tu as fait? Eh bien, premièrement, tu as utilisé ta tête pour empêcher la porte de la cafétéria de s'ouvrir.

Est-ce qu'elle tape du pied? *Oui.* Est-ce qu'elle fronce les sourcils? *Oui.* Son ton annonce-t-il une punition? *Oui, oui, oui.* Tous les signes avant-coureurs sont présents : je suis dans le pétrin et je ne sais pas pourquoi.

— Euh, je t'ai dit que j'allais mieux. Le Dr Morton a dit que je pouvais reprendre mes activités si mon état s'améliorait. Et je suis sur le point d'être en retard.

Le Dr Morton n'a rien dit de tel. Mais comme il était le meilleur ami de mon père, il a attendu que maman sorte de la salle avant de m'annoncer que j'avais probablement fait une commotion cérébrale. Il sait à quel point elle peut être obsessive. Elle a fait une déclaration sous serment à l'école pour que celle-ci n'appelle pas une ambulance pour moi en cas d'urgence, mais le cabinet du Dr Morton, en face de l'établissement.

— À l'école, hein? Es-tu certaine? C'est vraiment à l'école que tu vas?

Sa main est toujours tendue dans l'attente d'une clé qu'elle n'obtiendra pas. Après quelques secondes de flottement, elle croise les bras.

— Mais *où* voudrais-tu que j'aille avec mon sac à dos et mes livres?

— Oh, je ne sais pas... Peut-être chez Galen Forza?

Aïe! Celle-là, je ne l'ai pas vu venir... Sinon, j'aurais pu m'empêcher de devenir écarlate.

— Euh. Comment connais-tu Galen?

— Madame Strickland m'a parlé de lui. Elle a dit que vous vous disputiez dans le corridor. Que tu étais fâchée et que tu t'es mise à courir. Elle a dit qu'il t'a transportée lui-même jusqu'au bureau après la collision.

Je *savais* qu'il avait quelque chose à voir avec mon accident. Et maman en a discuté avec la directrice. Je passe la langue sur mes lèvres. Elles sont tellement sèches que je m'attends à un goût de poussière. Je me sens rougir jusqu'aux oreilles.

— Il m'a *transportée*?

— Elle a dit que Galen n'a pas voulu te quitter avant l'arrivée du Dr Morton. Il n'a pas voulu retourner en classe avant que le médecin ne l'assure que tu te remettras.

Elle tape du pied plus vite, puis s'arrête.

— Alors?

Je cligne des yeux.

— Alors, quoi?

«Ma mère vient-elle vraiment de grogner?»

Elle lance les bras en l'air et marche jusqu'à l'évier. Elle se penche vers l'arrière et serre le comptoir si fort que ses jointures deviennent blanches comme des haricots.

— Je croyais que nous étions proches, Emma. J'ai toujours cru que tu serais franche avec moi à propos de ça, que tu étais à l'aise pour m'en parler.

Je roule les yeux.

«Tu parles de la fois où j'ai failli me noyer et où tu m'as ri en pleine figure quand je t'ai raconté comment les poissons m'avaient sauvée?»

Elle rêve en couleur ou quoi? Elle sait aussi bien que moi que papa était ma poubelle parentale, le réceptacle paternel où je pouvais recracher toutes mes émotions. Pense-t-elle vraiment qu'en m'offrant une couverture et du chocolat parfumé à je ne sais quoi, elle obtiendra la clé de mon journal intime intérieur? Euh, pas vraiment, non.

— Je sais que tu as 18 ans maintenant, souffle-t-elle. Ça va, je sais. Mais tu ne sais pas tout. Et tu sais quoi ? Je n'aime pas les secrets.

J'ai la tête qui tourne. Le premier jour de mon grand retour à la vie normale ne se passe pas comme prévu. Je secoue la tête.

— Je ne comprends toujours pas ce que tu me demandes.

Elle donne un grand coup avec son pied.

— Depuis quand fréquentes-tu Galen, Emma ? Depuis quand êtes-vous un couple ?

OhmondouxSeigneur.

— Je ne fréquente pas Galen, murmuré-je. Mais qu'est-ce qui peut bien te faire croire ça ?

— Pourquoi je crois ça ? Peut-être devrais-tu demander à madame Strickland ? C'est elle qui m'a dit à quel point vous sembliez proches, dans le corridor. Elle a dit qu'il était fou d'inquiétude en voyant que tu ne reprenais pas connaissance. Qu'il n'a pas cessé de te serrer la main.

Proches ? Je laisse mon sac à dos glisser de mon épaule et s'écraser par terre. D'un pas lourd, je marche vers la table et m'assois. La pièce tourne, tel un manège géant.

Je suis... gênée ? Non, la gêne, c'est une éclaboussure de ketchup sur l'entrejambe qui laisse une marque à un endroit douteux.

Humiliée ? Non. L'humiliation, c'est expérimenter de la lotion autobronzante en oubliant de s'en mettre sur les pieds, ce qui donne l'impression qu'on porte une robe bain de soleil, des gougounes... et des bas.

Perplexe ? Oui, c'est ça. Perplexe devant le fait qu'après s'être fait engueuler — oh oui, maintenant, je me souviens de lui avoir crié après —, il a soulevé mon corps inerte, il m'a transportée jusqu'au bureau et il est resté assis auprès de moi jusqu'à l'arrivée des secours. Ah, et il me tenait la main, aussi.

Je m'enfouis le visage dans les mains en pensant que j'ai failli me présenter à l'école sans détenir cette information. J'ai failli me présenter devant lui pour lui dire que ses four-millements, il pouvait se les mettre là où toutes les pensées des filles se tenaient depuis son arrivée. J'émets un grogne-ment entre mes doigts entrelacés.

— Je ne pourrai plus jamais le regarder en face, dis-je à personne en particulier.

Malheureusement, maman pense que je m'adresse à elle.

— Pourquoi ? Il a rompu ?

Elle s'assoit à côté de moi et m'enlève les mains du visage.

— Est-ce que c'est parce que tu ne voulais pas faire l'amour avec lui ?

— Maman ! m'écrié-je. Non !

Elle retire sa main à toute vitesse.

— Tu veux dire que tu as *déjà* fait l'amour avec lui ?

Ses lèvres tremblent. Dites-moi que ce n'est pas vrai !

— Maman, je te l'ai dit, on ne se fréquente pas !

Crier n'était pas une très bonne idée : le sang me vrille les tempes.

— Vous ne *sortez* même pas ensemble, et tu as couché avec lui ?

Elle se tord les mains ; des larmes affluent à ses yeux.

Mille et un… mille et deux…

« Punaise, elle n'est pas sérieuse ? »

Mille et trois… mille et quatre…

« Si oui, je jure que je déménage. »

Mille et cinq… mille et six…

« Tant qu'à être accusée, je ferais aussi bien de coucher avec lui pour vrai »

Mille et sept… mille et huit…

« OhmondouxSeigneur, je n'ai pas pensé ça pour vrai ? »

Mille et neuf… mille et dix…

« Je dois parler à ma mère. Tout de suite. »

Je reste polie en disant :

— Maman, à moins que tu prennes en compte le fait d'être allongée inconsciente à côté de lui, je n'ai pas couché avec Galen. Et nous ne sortons pas ensemble. On ne s'est jamais fréquentés. Ce qui signifie qu'il n'a aucune raison de rompre avec moi. Ai-je fait le tour du sujet ?

— Pourquoi vous disputiez-vous dans le corridor, alors ?

— Je ne me souviens vraiment pas. Tout ce dont je me souviens, c'était que j'étais fâchée contre lui. Mais crois-moi, je vais le découvrir. Sauf que pour l'instant, je suis en retard.

Je me relève doucement et me penche vers mon sac à dos. M'incliner est une décision encore plus sotte que crier. Je veux m'arracher la tête.

— Comme ça, tu ne te souviens pas de quoi vous parliez ? Alors tu devrais vraiment rester à la maison pour te reposer. Emma ? Emma, je te défends de t'en aller, jeune demoiselle.

Toutefois, elle ne me suit pas, donc la discussion est close.

Je me gare sur l'aire de stationnement et vérifie mon maquillage dans le rétroviseur. Le fond de teint porcelaine dissimule ma rougeur avec autant d'efficacité qu'une loupe. Et ce sera pire si jamais je croise Galen. Je prends une grande respiration et j'ouvre la porte tandis que la cloche sonne.

Le secrétariat sent la peinture fraîche, le cahier neuf et le café. Je signe la feuille des retards injustifiés et j'attends mon laissez-passer. Mme Poindexter, une charmante vieille dame qui travaille au secrétariat depuis sa jeunesse, sort d'un tiroir un bloc-notes, sur lequel elle gribouille. Elle est reconnaissable sur les anciennes photos de finissants grâce à son authentique chignon, qu'elle arbore toujours. La quantité de laque qui retient ses cheveux blancs est probablement suffisante pour alerter l'Agence de protection de l'environnement. Ah oui, et son décolleté est plus audacieux que celui qu'arborent la plupart des filles au bal de finissants.

— Nous sommes si heureux que vous vous sentiez mieux, Mademoiselle McIntosh. Par contre, on dirait que vous avez toujours une belle bosse sur la caboche, dit-elle de sa voix enfantine.

Je suis plutôt vexée, car je n'ai pas de «bosse sur la caboche», mais je décide de ne pas protester.

— Merci, Madame Poindexter. C'est moins grave que ça en a l'air. C'est juste un peu sensible.

— Oui, je dirais que c'est la porte qui a encaissé le coup, dit une voix derrière moi.

Galen signe la feuille des retards non justifiés après moi. Quand son bras frôle le mien, mon sang se transforme en eau bouillante.

Je me tourne vers lui. Mes rêves ne lui rendent pas justice. De longs cils noirs, une peau mate sans défaut, une mâchoire carrée de mannequin italien, des lèvres comme…

« Pour l'amour du ciel, fais preuve de dignité, andouille !
Il vient de se moquer de toi. »

Je croise les bras et relève le menton.

— Tu parles par expérience, j'imagine, dis-je.

Tout sourire, il m'arrache mon sac et s'éloigne. J'essaie de
ne pas tenir compte du parfum qui flotte derrière lui
et regarde madame Poindexter. Elle glousse, hausse les
épaules et fait semblant de trier des papiers. Le message est
clair : « C'est ton problème, certes, mais quel magnifique
problème ! » A-t-il ensorcelé le personnel au point de lui
faire perdre la raison aussi ? S'il décidait de taxer des jeunes,
le personnel continuerait-il de rire comme ça ? Les dents
serrées, je grogne et sors du bureau d'un pas lourd.

Galen m'attend à côté de la porte, et je manque de lui
foncer dedans. Il éclate de rire et attrape mon bras.

— Ça devient une habitude chez toi, on dirait.

Une fois que je me stabilise, enfin, que Galen me stabilise, je lui plante mon doigt dans la poitrine et le fais reculer
jusqu'au mur, ce qui élargit son sourire.

— Tu… me… tapes… sur… les… nerfs, articulé-je.

— J'ai remarqué. Je vais y remédier.

— Tu pourrais commencer par me redonner mon sac.

— Non.

— Comment ça, *non* ?

— Tu as bien entendu : non. Je vais le porter pour toi.
C'est le moins que je puisse faire.

— Bon, inutile de répondre, j'imagine.

J'essaie de reprendre mon bien, mais il me bloque le
passage.

— Galen, je ne veux pas que tu le portes. Arrête, je suis
en retard.

— Moi aussi, t'as oublié ?

« Oh, c'est vrai. »

Il m'a fait oublier ce que j'avais prévu.

— En fait, il faut que je retourne au bureau.

— Pas de problème. Je t'attends ici et je t'accompagnerai en cours.

Je me pince l'arête du nez.

— Justement. Je vais changer mon emploi du temps, alors on ne sera plus dans la même classe. Tu devrais vraiment y aller. Tu transgresses allègrement la règle numéro un.

Il croise les bras.

— Pourquoi changes-tu ton emploi du temps ? Est-ce à cause de moi ?

— Non.

— Menteuse.

— D'une certaine façon.

— Emma…

— Écoute, je ne veux pas que tu le prennes personnel. C'est juste que… eh bien… Chaque fois que tu es dans les parages, il m'arrive une catastrophe.

Il lève un sourcil.

— Tu es sûre que c'est de ma faute ? Enfin, selon moi, tes gougounes…

— Pourquoi on se disputait, au fait ? On se disputait, pas vrai ?

— Tu… tu ne te souviens pas ?

Je secoue la tête.

— Le Dr Morton a dit que je pourrais souffrir de pertes de mémoire à court terme. Par contre, je me souviens que j'étais fâchée contre toi.

Il me regarde comme si j'étais une criminelle.

— Tu es en train de me dire que tu ne te souviens pas de ce que j'ai dit. Ni de ce que *toi*, tu as dit?

Je croise les bras, un peu comme ma mère.

— C'est exactement ce que je dis, oui.

— Tu me le jures?

— Si tu ne me le dis pas, alors, redonne-moi mon sac. J'ai eu une commotion, pas un bras cassé. Je peux me débrouiller.

Son sourire pourrait faire la couverture de n'importe quel magazine du pays.

— On se chicanait à propos de la plage où tu voulais que je t'emmène. On voulait aller nager après l'école.

— Menteur.

Avec un grand « M ». Sur ma liste de priorités, la natation — et la noyade — figure tout juste en dessous de l'accouchement de porcs-épics.

— Oh, attends. Tu as raison. On se chicanait à propos de la date du naufrage du *Titanic*. On avait déjà décidé d'aller chez moi pour nous baigner.

Ça me dit quelque chose, même si je sais que ce n'est pas vrai. Je ne me souviens pas du tout d'avoir parlé de plage, mais je me souviens bien avoir répondu à la question sur le *Titanic* pendant le cours de M. Pinner. Par contre, en dépit de son sourire étourdissant, Galen ne pourrait m'avoir convaincue d'aller dans l'eau.

— Je... Je ne te crois pas, décidé-je. Je ne me fâcherais pas à propos d'une date. Qu'elle soit historique ou autre.

Il hausse les épaules.

— Ça m'a surpris aussi.

Je hausse un sourcil, incrédule.

— Pourquoi se disputer à propos d'une date, de toute façon ? On chercherait sur Google un million de fois qu'on obtiendrait toujours la même réponse.

— Tu as raison. Tu pourrais chercher sur le Web. D'ailleurs, est-ce que tu t'es déjà demandé à qui ce Web appartient, exactement ?

— Quoi ?

— Ce que j'essaie de savoir, c'est si tu t'es déjà demandé si tes connaissances se limitent à ce qu'ils *veulent* que tu saches ?

Je secoue la tête.

— Non. Tu ne m'auras pas comme ça. Tu essaies de me distraire. Pourquoi se disputait-on ?

— Toi, tu penses que c'était à propos de quoi ?

— Arrête ça. Tu réponds à mes questions par d'autres questions.

Et il y excelle, en plus. Je suis, d'une certaine façon, fière d'avoir pu le démasquer, particulièrement après une commotion.

Il a l'air impressionné, lui aussi.

— Tu es sûre que tu ne te souviens pas ? Ton cerveau me paraît fonctionnel.

— Tu sais quoi ? Oublie ça. Peu importe ce que c'était, je te pardonne. Donne-moi mon sac, que j'aille au secrétariat. On va se faire prendre de toute façon si on reste ici.

— Si tu me pardonnes vraiment, alors tu ne devrais pas aller au secrétariat.

Il serre la courroie de mon sac.

— OhmondouxSeigneur, Galen, mais pourquoi on a cette discussion ? Tu ne me connais même pas. Qu'est-ce que ça peut te faire, que je change mon emploi du temps ?

Je sais bien que je suis impolie. Ce garçon m'offre de transporter mes effets et de me reconduire en cours. Et selon la version de l'histoire à laquelle je crois, soit il m'a demandé de sortir avec lui lundi, soit il vient juste de le faire, indirectement. Mais tout cela n'a pas de sens. Pourquoi moi ? Je peux nommer sans aucun effort au moins 10 filles plus jolies, plus intéressantes et plus bronzées que moi. Et Galen peut avoir celle qu'il veut.

— Quoi, tu n'as pas de question pour répondre à ma question ? demandé-je après quelques secondes.

— Je trouve absurde de changer ton emploi du temps seulement à cause d'un désaccord au sujet du naufrage du…

Je lance mes bras en l'air.

— Ne vois-tu pas à quel point tout ça est étrange pour moi ?

— J'essaie, Emma. Vraiment. Mais je crois que les dernières semaines ont été difficiles, et tu en subis les conséquences. Tu dis que chaque fois que je suis dans les parages, il t'arrive malheur. Mais tu ne peux pas en être sûre sans passer du temps avec moi. Tu devrais au moins le reconnaître.

Quelque chose ne tourne pas rond chez moi. La porte a dû me troubler le cerveau. Autrement, je ne serais pas en train de repousser Galen comme ça. Pas quand il m'implore ainsi, penché sur moi. Pas avec son parfum.

— Tu vois ? Tu le prends mal, alors que ce n'est pas du tout à propos de toi, murmuré-je.

— C'est personnel pour moi, Emma. C'est vrai que je ne te connais pas vraiment. Mais je sais des choses sur toi. Et j'aimerais en savoir plus.

Un verre rempli d'eau glacée ne pourrait rafraîchir mes joues en feu.

— Tout ce que tu sais sur moi, c'est que je suis un danger public avec mes gougounes.

Manifestement, le fait que je ne soutienne pas son regard le dérange, car il me lève le menton du bout du doigt.

— Ce n'est pas tout. Je connais ton plus grand secret.

Cette fois, contrairement à la fois où on était sur la plage, je ne le repousse pas. Le courant électrique dans mon pied me signale que nous sommes tellement proches que nos pieds se touchent.

— Je n'ai pas de secrets, dis-je, hypnotisée.

Il hoche la tête.

— J'ai fini par comprendre. Tu ne connais pas ton propre secret.

— Ce que tu dis n'a pas de sens.

Ou encore, je ne peux pas me concentrer parce que j'ai accidentellement regardé ses lèvres.

« Peut-être qu'il m'a bel et bien convaincue d'aller nager... »

La porte du secrétariat s'ouvre brutalement, et Galen me prend le bras et me fait tourner le coin. Il continue de m'entraîner vers le fond du couloir, vers le cours d'histoire.

— C'est tout ? demandé-je, exaspérée. Tu vas en rester là, comme ça ?

Il nous arrête devant la porte.

— Ça dépend de toi, dit-il. Viens avec moi à la plage après l'école, et je te le révélerai.

Il s'apprête à ouvrir la porte, mais j'attrape sa main.

— Me révéler quoi ? Je t'ai déjà dit que je n'ai pas de secrets. Et je ne nage pas.

Il sourit et ouvre la porte.

— Il y a amplement de quoi s'occuper à la plage, même sans nager.

Puis, il me prend la main et m'attire vers lui, si proche que je m'attends à un baiser. Mais il murmure plutôt :

— Je te dirai d'où vient la couleur de tes yeux.

Je m'étouffe, mais d'une légère poussée dans le dos, il me fait entrer dans la classe. Puis il m'abandonne.

8

La dernière cloche retentit. Les élèves s'échappent de chaque fissure du bâtiment en briques rouges. Les freins d'un bus sifflent au loin. Les élèves de premier cycle se pressent près de la rampe d'accès, créant un embouteillage pour embarquer dans le bus. Les élèves de deuxieme cycle se dirigent en troupeau vers l'aire de stationnement, créant un flot qui ruisselle avec constance, mais qui semble se coaguler autour de Galen et de sa pas si modeste voiture. Il s'appuie contre le coffre, saluant de la tête les garçons, qui admirent son véhicule, et évitant le regard des filles, qui contemplent autre chose.

La vague d'étudiants se transforme en embouteillage. Les coups de klaxon obligatoires se raréfient au fur et à mesure que les voitures remplies d'adolescents humains migrent vers l'autoroute. Derrière eux, Galen entend un planchiste faire connaissance avec l'asphalte dans un gémissement de douleur.

Il jette un œil à la voiture stationnée à côté de la sienne.

« Où est-elle ? »

Quand elle apparaît dans l'embrasure de la porte à doubles battants, l'énergie est telle que l'air entre eux semble crépiter. Elle le regarde droit dans les yeux. Déçu de ne pas la voir sourire, il s'éloigne de sa voiture et la rejoint avant qu'elle ait fait 10 pas.

— Laisse-moi porter ton sac. Tu sembles fatiguée. Est-ce que tout va bien ?

Emma ne proteste pas, cette fois. Elle le lui tend et envoie tous ses cheveux blancs du même côté.

— J'ai juste mal à la tête. Et wow, tu as manqué un jour d'école entier après t'être *querellé* avec moi parce que je voulais changer d'emploi du temps !

Il sourit.

— Je ne l'ai pas vu comme ça. Je savais simplement que tu ne pourrais pas te concentrer en classe si je restais. Tu m'aurais embêté toute la journée à propos de ton secret et tu as déjà suffisamment manqué l'école.

— Merci, papa, dit-elle en levant les yeux au ciel.

Quand ils atteignent leurs voitures, il lance le sac d'Emma à l'arrière de sa décapotable.

— Qu'est-ce que tu fais ? demande-t-elle.

— Je croyais qu'on allait à la plage.

Elle croise les bras.

— Tu as fait des plans. Et tu es parti.

Il l'imite.

— Tu avais accepté lundi avant de te cogner la tête.

— Oui, tu n'arrêtes pas de dire ça.

Sans réfléchir, il lui prend la main. Les yeux d'Emma s'agrandissent ; elle est aussi surprise que lui.

« Que suis-je en train de faire ? »

— Très bien. Si tu ne te rappelles pas, je te le demande maintenant : est-ce que tu veux venir à la plage avec moi, s'il te plaît ?

Elle enlève sa main, jetant un œil à quelques adolescentes qui passent par là. Elles chuchotent en se cachant derrière un cartable jaune.

— Qu'est-ce que la plage a à voir avec mes yeux ? Et pourquoi portes-tu des lentilles ?

— Rach... Enfin, ma *mère* dit qu'elles m'aideront à passer inaperçu. Elle dit que des yeux violets ne feraient qu'attirer l'attention.

Emma pouffe.

— Oh, elle a tout à fait raison. Les yeux bleus te donnent l'air tellement *ordinaire*. D'ailleurs, j'ai failli ne pas te voir.

— C'est très blessant, ça.

Il sourit. Elle glousse.

— Je te pardonnerai peut-être... si tu viens avec moi à la plage.

— Je ne peux pas y aller, Galen.

Il se passe la main dans les cheveux.

— Honnêtement, Emma, je ne sais pas si je peux encore supporter de me faire rejeter, lâche-t-il.

En fait, il ne se souvient pas s'être jamais fait repousser, sauf par Emma. Bien sûr, c'est probablement parce qu'il est un membre de la famille royale. Ou peut-être parce qu'il ne passe pas beaucoup de temps avec les gens de son espèce, et encore moins avec des femelles. En fait, il ne passe pas beaucoup de temps avec qui que ce soit, excepté Rachel. Et Rachel s'arracherait le cœur pour lui s'il le lui demandait.

— Je suis désolée. Ce n'est pas à cause de toi, cette fois-ci. En fait, oui, en quelque sorte. Ma mère... Eh bien, elle pense qu'on forme un couple.

Ses joues, et même ses lèvres, ont pris une teinte beaucoup plus rouge qu'avant.

— Un couple?

« Qu'est-ce que ça veut dire, déjà? »

Il essaie de se rappeler ce que Rachel lui a dit... Elle dit que c'est facile à retenir parce que ça ressemble à...

« C'est dans quel mot, déjà? »

Et puis il se souvient : « C'est facile de se le rappeler, parce que le mot "accoupler" contient le mot "couple", et c'est presque pareil », a-t-elle dit. Il cligne des yeux.

— Ta mère pense qu'on est acc... Euh, qu'on forme un couple?

Elle hoche la tête en se mordant la lèvre.

Pour des raisons qu'il ne s'explique pas, l'idée lui plaît. Il s'appuie contre la porte de la voiture d'Emma.

— Ah. D'accord. Qu'est-ce que ça fait si elle pense ça?

— Je lui ai dit qu'on ne sortait pas ensemble. Pas plus tard que ce matin. Si je vais à la plage avec toi, elle me prendra pour une menteuse.

Il se gratte la nuque.

— Je ne comprends pas. Si tu lui as dit qu'on n'était pas un couple, alors pourquoi ne te croit-elle pas?

Elle s'adosse contre la porte du conducteur.

— Eh bien, ça, c'est de ta faute, pas la mienne.

— On dirait que je ne pose pas les bonnes questions...

— La façon dont tu as agi après que je me sois cognée, Galen. Il y en a qui l'ont vue. Et ils l'ont dit à ma mère. Elle pense que je t'ai vu en cachette, sans lui dire. Parce qu'elle pense qu'on... qu'on...

— Forme un couple? suggère-t-il.

Il ne comprend pas pourquoi elle a tant de difficulté à en parler, si «former un couple» signifie ce qu'il croit — passer du temps avec un humain en particulier pour savoir s'il serait un bon partenaire.

Les Syrénas font la même chose, sauf qu'eux appellent ça du «filtrage» — et la pratique est loin de prendre autant de temps que chez les humains. Un Syréna peut filtrer et choisir un partenaire en quelques jours. Ça l'a fait rire quand Rachel lui a dit que certains humains pouvaient fréquenter plusieurs personnes pendant des années.

«Ils sont tellement indécis!»

Puis, l'écho de la voix de Toraf, le traitant d'hypocrite. «Tu as 20 ans. Pourquoi n'as-tu pas commencé à filtrer pour te trouver une partenaire?» Mais ça ne fait pas de lui quelqu'un d'indécis. Il n'a simplement pas le *temps* de filtrer s'il veut s'acquitter de sa responsabilité de surveiller les humains. Sans ça, il serait déjà casé. Comment Toraf peut-il penser qu'Emma est la raison pour laquelle il n'a pas encore filtré? Il ne savait même pas qu'elle existait jusqu'à il y a trois semaines!

Emma hoche la tête, puis la secoue.

— Oui, qu'on se fréquente. Mais, en fait, elle pense qu'on ne fait pas que sortir ensemble.

— Ah, dit-il, pensif.

Puis un sourire illumine son visage.

— *Ah.*

La raison pour laquelle ses lèvres prennent sa couleur favorite est que la mère d'Emma pense qu'ils sortent et qu'ils s'accouplent ensemble. La rougeur s'étend sous son cou et disparaît sous son t-shirt. Il devrait probablement dire quelque chose pour la mettre à l'aise. Mais la taquiner lui semble tellement plus amusant.

— Eh bien, le moins qu'elle puisse faire serait de nous laisser notre intimité...

— OhmondouxSeigneur!

Elle attrape son sac sur le siège et fait le tour de sa voiture vers la porte du conducteur. Mais avant qu'elle ait le temps de débloquer la porte, il lui arrache la clé des mains et la met dans sa poche. Elle s'apprête à la reprendre, mais s'arrête en comprenant où elle devra aller la repêcher.

Il ne l'a jamais vue si rouge. Il rit.

— Calme-toi, Emma. Je rigole. Ne t'en va pas.

— Ouais, eh bien, ce n'est pas drôle. Tu aurais dû la voir ce matin. Elle a presque pleuré. Elle ne pleure jamais.

Elle croise encore les bras, mais se cale contre la porte.

— Elle a *pleuré*? C'est assez insultant.

Elle esquisse un sourire.

— Oui, c'est une insulte envers *moi*. Elle pense que je suis capable de... de...

— De ne pas simplement sortir avec moi?

Elle hoche la tête. Il se met face à elle et met la main sur la voiture en se penchant vers l'avant. Un courant électrique parcourt sa colonne vertébrale.

«Mais qu'est-ce que tu fabriques?»

— Mais elle devrait savoir que tu ne me vois pas comme ça. Que ça ne te traverserait jamais l'esprit, murmure-t-il.

Elle détourne le regard, répondant à son interrogation muette. L'idée lui a effectivement traversé l'esprit. Tout comme elle a traversé le sien. À quelle fréquence? Sent-elle la tension entre eux?

« Qu'est-ce que ça peut faire, idiot ? Sa place est avec Grom. Ou laisseras-tu quelques étincelles se mettre en travers de la réunion des deux royaumes ? »

Il recule en serrant les dents. Ses poches sont le seul endroit sûr pour ses mains en ce moment.

— Pourquoi je ne la rencontrerais pas ? Penses-tu que ça faciliterait les choses ?

— Hum.

Elle envoie ses cheveux de l'autre côté de son visage. Son expression est un mélange de surprise et d'attente. Normal, voilà plus de deux semaines que l'idée d'embrasser Emma trotte dans la tête de Galen, maintenant. Elle joue avec la poignée de porte.

— Oui, peut-être. Elle ne me laissera aller nulle part — surtout avec toi — si elle ne te rencontre pas en premier.

— Est-ce que je devrais avoir peur ?

Elle soupire.

— Normalement, je dirais non. Mais après ce matin...

Elle hausse les épaules.

— Et si je te suivais jusque chez toi pour que tu puisses déposer la voiture ? Ça lui permettra de m'interroger. Quand elle verra à quel point je suis charmant, elle te laissera venir à la plage avec moi.

Elle roule les yeux.

— Ne sois pas *trop* charmant. Si tu es trop mielleux, elle n'y croira jamais. N'en fais pas trop, d'accord ?

— Ça devient compliqué, dit-il en déverrouillant la voiture d'Emma.

— N'oublie pas, c'est ton idée, c'est de ta faute. Si tu veux renoncer, c'est le moment ou jamais.

Il éclate de rire et lui ouvre la porte.

— Ne me sème pas en route.

Emma lance son sac à dos sur le comptoir et engage la tête dans la cage d'escalier.

— Maman, veux-tu descendre un moment ? Nous avons de la visite.

— Bien sûr, chérie. J'arrive tout de suite. Je viens de me faire appeler au travail, alors je suis un peu pressée, répond-elle d'en haut.

Il plonge les mains dans les poches.

« Pourquoi suis-je nerveux ? Ce n'est qu'une autre humaine à berner. »

Mais tout repose sur le fait que cette femme l'aime bien, l'accepte. Charmer la mère d'Emma est aussi important que de conquérir sa fille. Si elle n'approuve pas, sa tâche pourrait se compliquer et s'éterniser.

Le doute l'envahit. S'il ne s'était pas bien exercé avec Rachel pendant les deux semaines précédant l'école, il ne se serait même pas risqué. Mais Rachel a été exhaustive. Elle lui a montré à quoi s'attendre et comment agir au secondaire, la signification de certaines expressions, ce qu'il devait porter et quand. Ils ont retravaillé ses techniques de conduite. Elle a même prévu la rencontre avec les parents d'Emma. Mais pas dans ces circonstances. Maintenant, il regrette de ne pas l'avoir appelée en chemin.

Tandis qu'il envisage de nouveau d'enlever Emma, il jette un œil dans la pièce. De là où il se trouve, sa vue embrasse tout le premier étage. Dans la décoration, la seule constante est l'éclectisme : les appareils électroménagers, la peinture et les meubles sont dépareillés. L'absence de séparation entre les pièces crée une atmosphère accueillante.

Dehors, des touffes d'herbes s'élèvent des dunes. Les brins, indiscrètement penchés vers la grande fenêtre, semblent espionner le salon.

À lui seul, le décor suffit à lui faire envie. En comparaison, la maison achetée par Rachel semble froide, distante, impersonnelle. Mais ce qui le rend carrément jaloux, ce sont les photos recouvrant les murs de toutes les pièces. Des photos d'Emma. Toute sa vie est suspendue à ces murs. Il comprend que s'il ne trouve pas un moyen de convaincre sa mère de ses bonnes intentions, il pourrait ne jamais avoir l'occasion de les contempler.

Des pas étouffés, mais laborieux, descendent les marches. La mère d'Emma émerge, tout en accrochant quelque chose à sa blouse. En voyant Galen, elle se fige.

— Oh.

Galen devine que sa stupéfaction est entièrement partagée.

« Est-elle une Syréna ? »

Toute son apparence — cheveux foncés, peau mate, silhouette mince et musclée — confirme ses soupçons. Excepté ses yeux bleus. Des yeux qui le scrutent avec familiarité, comme si elle savait qui il est et pourquoi il est là. Puis, en un clin d'œil, elle passe de gardienne à hôtesse.

Emma accompagne la transition avec grâce.

— Maman, voici mon visiteur. Je te présente Galen Forza.

Il sourit et lui tend la main, comme Rachel le lui a appris.

— Bonjour, Madame McIntosh. Je suis ravi de vous rencontrer.

Elle tend la main de son côté. Sa poigne, confiante sans être autoritaire, ne transmet aucune électricité. Il ne s'attendait pas à un courant électrique à son contact, mais s'agissant de la mère d'Emma, on ne sait jamais. De près, il peut voir les fines mèches grises qui ondulent dans ses cheveux.

« Des signes de vieillissement : une caractéristique humaine. »

Sa voix représente l'incarnation de la politesse, mais ses yeux bleus — *sans* lentilles, à sa connaissance — sont écarquillés, et elle n'a pas encore refermé totalement la bouche.

— Oh, Galen.

Elle se tourne vers Emma.

— C'est lui, *Galen* ?

Il comprend que derrière cette question s'en cache une autre, qui n'a rien à voir avec le fait d'être Syréna. Il enfonce les mains dans ses poches, abandonnant l'examen de la mère pour se consacrer à la mémorisation de chaque fil du tapis. Sachant ce qu'elle s'imagine à leur sujet, il n'ose pas la regarder.

« Idiot ! Elle ne se préoccupe pas de ce que Galen le *Syréna* fait chez elle. Elle est inquiète de ce que Galen *l'humain* ferait. »

Emma se racle la gorge.

— Oui. C'est lui.

— Je vois. Veux-tu nous excuser une minute, Galen ? Emma, je peux te parler en privé s'il te plaît ? À l'étage ?

Elle ne s'embarrasse pas d'attendre la réponse. Avant de la suivre, Emma lui lance un sourire en coin signifiant « Je te l'avais bien dit ». Il répond en hochant la tête.

Comme il ne se sent pas autorisé à se promener dans toute la maison pour observer les photos, il se traîne jusqu'à la fenêtre. Il fixe les herbes sans les voir. Pas de bruit, ni de cris ni quoi que ce soit ne lui parvient d'en haut, mais il n'est pas certain que ce soit une bonne chose. Les humains ne résolvent pas les problèmes comme les Syrénas, et même entre eux, ils adoptent des stratégies différentes. Certes, les membres de la famille royale ont mauvais caractère, mais la plupart vont demander l'intervention d'un tiers, d'un médiateur, pour assurer la justice. Les humains, eux, ne le font presque jamais. Ils en viennent aux cris, à la bagarre, parfois même au meurtre. La façon dont il a trouvé Rachel en est la preuve. On l'avait jetée dans le golfe, attachée à un bloc de ciment. Il n'avait que 13 ans à l'époque. Il se souvient encore de la vitesse à laquelle elle coulait. Elle gigotait comme un ver de terre et hurlait à travers le ruban adhésif sur sa bouche. Et ces nœuds ! Il s'est déchiré la peau des doigts en essayant de les défaire.

Quand il l'a ramenée sur la côte, elle l'a supplié de ne pas l'abandonner. Il ne voulait pas rester, mais elle tremblait tant qu'il s'est dit qu'elle était peut-être encore en danger de mort. Grom venait juste de lui montrer comment allumer un feu (ce que les Syrénas n'apprennent pas avant d'avoir atteint l'âge de s'accoupler). Il a attrapé quelques poissons et les a rôtis pour elle. Avec une curiosité prudente, il était resté auprès d'elle pendant qu'elle mangeait. N'importe quel autre humain aurait été secoué en voyant sa queue. Pas Rachel. En fait, elle n'en a pas tenu compte, si bien qu'il a cru qu'elle n'avait peut-être rien remarqué. Jusqu'à ce qu'elle lui dise qu'elle avait passé les 30 dernières années à garder des secrets. Pourquoi ferait-elle autrement pour lui ? Alors, il est resté auprès d'elle toute la nuit, pendant qu'elle errait entre l'éveil et le sommeil. Au matin, il lui a annoncé qu'il était temps de se séparer, mais elle a refusé. Elle voulait le remercier. Il a accepté avec réticence.

En échange de sa vie sauve, il lui a demandé de lui parler des humains. Tous les soirs, ils se rencontraient sur la plage, à un endroit qu'elle appelait « Miami ». Elle répondait à toutes les questions qui lui venaient en tête ainsi qu'à toutes celles auxquelles il n'aurait pas pensé. Quand il a jugé qu'ils étaient quittes, il a insisté de nouveau pour qu'ils se séparent. À ce moment-là, elle lui a offert d'être son assistante. Elle a dit que s'il voulait vraiment apprendre au sujet des humains dans le but de protéger les siens, il aurait besoin de ses talents. Quand il a demandé des précisions, elle a simplement répondu :

— Je peux faire à peu près n'importe quoi, mon chou. C'est pour ça qu'ils ont essayé de me tuer. Chez les humains, il est possible d'en savoir trop.

Et elle avait prouvé ses capacités à de nombreuses reprises. D'ailleurs, ils plaisantent constamment sur le fait qu'il est le non-humain le plus riche de la planète.

Des pas dans l'escalier l'arrachent à sa rêverie. Il se retourne au moment où la mère d'Emma pénètre dans la salle à manger. Sa fille est juste derrière elle.

Madame McIntosh se glisse derrière lui et lui passe la main autour des épaules. Elle arbore un sourire franc, tandis que celui d'Emma ressemble à une ligne droite. Et elle est écarlate.

— Galen, je suis enchantée de te rencontrer, dit-elle en le guidant vers la cuisine. Emma dit que tu l'emmènes à la plage, derrière chez toi. Vous allez nager ?

— Oui, madame.

Son changement d'attitude le met sur ses gardes. Elle sourit.

— Eh bien, bonne chance pour lui faire tremper un orteil dans l'eau. Vu que je suis un peu pressée, je n'ai pas le temps de vous suivre jusque-là. Alors je voudrais juste voir ton permis de conduire pendant qu'Emma va prendre ton numéro d'immatriculation.

Emma roule les yeux et fouille dans un tiroir à la recherche d'un stylo et d'un papier. Elle claque la porte en sortant, ce qui fait trembler les assiettes sur le mur.

Galen hoche la tête, sort son portefeuille et lui remet le faux permis. Madame McIntosh l'examine. Elle fouille dans son sac à main et en tire un stylo avec lequel elle écrit dans sa main.

— J'ai seulement besoin de ton numéro de permis au cas où il arrive quelque chose. Mais il n'arrivera rien, n'est-ce pas, Galen ? Parce que tu vas toujours ramener ma fille — ma fille *unique* — à la maison à l'heure, pas vrai ?

Il hoche la tête, puis déglutit. Elle lui tend la carte. Quand il la saisit, elle attrape son bras, l'attirant vers lui. Elle jette un coup d'œil au garage.

— Dis-moi, Galen Forza. Sors-tu avec ma fille, oui ou non ?

Génial. Elle ne croit toujours pas Emma. Si elle ne les croit pas, pourquoi persister à la convaincre ? Si elle croit qu'ils se fréquentent, le temps qu'ils passent ensemble lui semblera normal. Mais s'ils lui disent qu'ils ne se fré-quentent pas, alors ce temps lui semblera suspect. Peut-être même qu'elle les espionnera, ce qui n'est pas tout à fait idéal.

Donc, fréquenter Emma est le seul moyen de s'assurer qu'elle s'accouple avec Grom. De mieux en mieux.

— Oui, dit-il. Nous sortons effectivement ensemble.

Elle plisse les yeux.

— Pourquoi elle nierait ça ?

Il hausse les épaules.

— Peut-être qu'elle a honte de moi.

À la grande surprise de Galen, elle éclate de rire.

— J'en doute fort, Galen Forza.

Sa gaieté est de courte durée. Elle le saisit par son t-shirt.

— Est-ce que tu couches avec elle ?

Coucher…

« Rachel n'a-t-elle pas dit que "coucher" et "s'accoupler" étaient la même chose ? »

« Être en couple » et « s'accoupler » ont un sens similaire. Mais « coucher » et « accoupler » veulent dire la même chose. Il secoue la tête.

— Non, madame.

Les sourcils haussés, elle lui lance un regard pénétrant.

— Pourquoi non ? Qu'est-ce qui ne va pas chez ma fille ?

Il ne s'attendait pas à cela. Il soupçonne que cette femme peut détecter un mensonge aussi facilement que Toraf peut traquer Rayna. Tout ce qu'elle désire, c'est de l'honnêteté, mais la vérité ne lui attirerait qu'une arrestation.

« Je suis fou de votre fille, madame, mais je vais juste la remettre à mon frère. »

Alors, il saupoudre sa réponse de la franchise souhaitée.

— Rien du tout, Madame McIntosh. J'ai dit que nous ne couchions pas ensemble. Je n'ai pas dit que je n'en avais pas envie.

Elle inspire vivement, puis le relâche. Elle se racle la gorge, lisse la chemise de Galen et lui tapote la poitrine.

— Bonne réponse, Galen. Bonne réponse.

Emma ouvre violemment la porte du garage et s'arrête net.

— Maman, qu'est-ce que tu fais?

Madame McIntosh fait un pas en arrière, puis se dirige vers le comptoir.

— Galen et moi ne faisions que bavarder. Pourquoi as-tu été aussi longue?

Galen comprend que son talent pour flairer un mensonge vient probablement de son aptitude à en raconter. Emma lui jette un regard perplexe, mais il se contente de hausser les épaules. Sa mère attrape un trousseau sur un crochet près du réfrigérateur. Elle écarte doucement sa fille de son chemin, non sans lui arracher des mains le numéro d'immatriculation. Une fois sur le seuil, elle se retourne.

— Oh, Galen?

— Oui, madame?

— Demande à ta mère de m'appeler pour que je puisse enregistrer son numéro dans mon téléphone.

— Oui, madame.

— Amusez-vous bien, les enfants. Je vais rentrer tard, Emma. Mais tu rentres avant 21 h. N'est-ce pas, Galen?

— Oui, madame.

Ni Emma ni Galen n'ouvrent la bouche avant d'entendre la voiture sortir de l'allée. Ils attendent tout de même quelques secondes de plus. Emma s'appuie contre le réfrigérateur, tandis que Galen apprécie de plus en plus le fait de cacher ses mains dans ses poches.

— Alors, de quoi avez-vous discuté? demande-t-elle, l'air indifférent.

— Toi d'abord.

Elle secoue la tête.

— Non. Je n'ai pas envie d'en parler.

Il hoche la tête.

— Très bien. Moi non plus.

Pendant quelques secondes, ils s'évitent soigneusement du regard. Finalement, Galen dit :

— Ne voulais-tu pas aller te changer ?

— C'est une idée génialissime. Je reviens tout de suite.

Elle court presque pour atteindre l'escalier.

9

Nous nous garons dans l'entrée pavée. Je me cale dans mon siège pour assimiler le spectacle devant moi. La maison de plage de mes rêves. Quatre étages. Peut-être cinq, si ce cube au sommet compte pour un étage. Elle est entièrement en bois vert marin, et ses volets sont blancs. Son porche, immense, accueille des chaises berçantes blanches. Des pots de fleurs en bois blanc débordent de pensées rouges. Une porte en fer forgé mène à la cour arrière, qui donne probablement sur la plage; nous nous sommes enfoncés si profondément dans les bois que j'ai cru que nous allions atteindre la mer avant de trouver sa maison.

— Pas mal, cette cabane, lui dis-je.

— On échange?

— Quand tu veux.

— Vraiment? Tu aimes?

Il semble réellement content.

— Que demander de plus?

Il recule et étudie sa demeure, comme s'il la voyait pour la première fois. Il hoche la tête.

— Ah. C'est bon à savoir.

Nous montons les trois marches du porche. Mais au moment où il s'apprête à ouvrir la porte, j'attrape son bras. Ce contact allume un brasier qui me grille jusqu'à la moelle.

— Attends.

Il interrompt son mouvement et fixe ma main.

— Quoi ? Il y a un problème ? Tu n'es pas en train de changer d'idée, j'espère ?

— Non, j'ai juste… quelque chose à te dire.

— Quoi ?

J'ai un rire forcé, nerveux.

— Eh bien, la bonne nouvelle, c'est que tu n'auras plus à t'inquiéter de te faire rejeter.

Il secoue la tête.

— C'est une bonne nouvelle. Mais tu parles comme si tu en étais désolée.

Je prends une grande respiration.

« Mais où est la foudre quand elle est nécessaire ? »

Parce que même après mille inspirations, la situation demeurerait humiliante…

— Emma ?

— J'ai dit à ma mère qu'on se fréquentait, lâché-je.

Voilà. Ça fait du bien, n'est-ce pas ? Non. Pas du tout.

Son sourire me surprend. Mais, d'abord et avant tout, il m'hypnotise complètement. Impossible de formuler une quelconque pensée rationnelle.

— Tu plaisantes ? dit-il.

Je secoue la tête.

— Pour elle, c'était la seule réponse crédible. Alors, maintenant… maintenant, il faut que tu fasses semblant d'être mon copain quand nous irons à la maison. Mais, ne t'inquiète pas, tu n'auras jamais à retourner là-bas. Dans quelques jours, je ferai semblant qu'on a rompu.

Il rit.

— Non, ce ne sera pas nécessaire. Je lui ai dit la même chose.

— Pas. Possible.

— Pourquoi ? Qu'est-ce que j'aurais dû dire ?

— Enfin, tu lui as vraiment dit ça ? Pourquoi tu ferais ça ?

— Pour la même raison que toi. Elle n'aurait pas admis d'autre réponse.

L'idée que nous avons peut-être eu une conversation identique avec ma mère fait tournoyer le joli porche. Puis, des points noirs apparaissent sur le joli porche. Quand nous étions petites, Chloé et moi nous amusions à tourner sur la chaise de bureau de mon père. Une fois, elle m'a fait tourbillonner si vite et si longtemps qu'en me relevant, j'ai marché dans la direction opposée de celle où j'essayais d'aller. À l'époque, nous avions trouvé cela hilarant, comme quand on avale de l'hélium pour parler comme un Chipmunk. En revanche, maintenant, c'est un peu moins drôle. Surtout que la figure de Galen vient de disparaître derrière un point noir.

— Oh, non.

— Emma, qu'est-ce qui ne va pas ?

Le reste du porche est avalé par un trou noir. Sous moi, le paillasson tangue comme une barque perdue dans un ouragan. J'essaie d'atteindre la porte ou le mur ou Galen, mais je réussis à les manquer tous. Soudain, mes pieds sont soulevés de terre, et ma tête se heurte à son torse pour la deuxième fois de ma vie. Cette fois-ci, ma seule option est de m'y accrocher. J'entends la porte s'ouvrir, puis se refermer. Le brasier de son contact est ma seule certitude. Tout le reste se confond : haut, bas, gauche, droite…

— Je… Je vais peut-être m'évanouir. Désolée.

Il me serre.

— Je te dépose sur le canapé. C'est bon ?

Je hoche la tête, mais je ne lâche pas son cou.

— Dis-moi ce dont tu as besoin. Tu me fais peur.

J'enfouis mon visage dans sa poitrine.

— Je ne vois rien. Je ne veux pas m'allonger parce que… je ne saurai pas où je suis.

Le monde a maintenant cessé de tourner. Je décide que, pour le moment, ses bras sont l'endroit le plus sûr au monde.

Jusqu'à ce que je commence à tomber. Je hurle.

— Doucement. Tout va bien, Emma. Je viens simplement de m'asseoir. Tu es sur mes genoux.

Il me caresse les cheveux et me berce.

— C'est ta tête ? Dis-moi ce que je peux faire.

Quand je fais oui contre sa poitrine, les larmes sur mes joues imbibent son t-shirt.

— C'est sûrement ma tête. Cela ne m'arrive jamais d'habitude.

— S'il te plaît, ne pleure pas, Emma.

En m'entendant ricaner, il se raidit. Ma tête palpite. Comme pour me punir.

— Je parie que tu regrettes de m'avoir emmenée chez toi, dis-je.

Il se détend.

— Je ne dirais pas ça.

Sa voix est comme un baume. Entre ses bras solides, mon corps se détend, malgré moi. La panique glisse hors de moi aussi librement que l'eau s'écoule d'un vase brisé. Mes yeux refusent de s'ouvrir.

— Je suis un peu fatiguée.

— Est-ce une bonne idée de dormir ? Tout ce que j'ai lu sur les coups à la tête le déconseille.

Malgré ses paroles, il me laisse me rapprocher. Je niche mes épaules au creux de son bras et me pelotonne plus près de lui. Ses bras sécurisent fermement ma nouvelle position. La chaleur entre nous m'enveloppe tel un manteau. Me blottir contre une sculpture de granit ne devrait pas être si confortable.

— Je crois que c'est seulement immédiatement après le choc. Je suis presque certaine de pouvoir dormir sans danger, maintenant. Après tout, j'ai dormi hier soir, non ? En fait, je ne suis pas certaine d'être *capable* de rester éveillée.

— Mais... tu n'es pas en train de tomber dans les pommes, n'est-ce pas ? Tu ne fais que dormir ? Ce sont deux choses différentes.

Je bâille une autre fois.

— Je ne fais que dormir. J'ai peut-être seulement besoin d'une sieste.

Il fait signe que oui dans mes cheveux.

— C'est vrai que tu semblais fatiguée aujourd'hui après l'école.

— Tu peux me mettre sur le canapé, maintenant.

Il ne bouge pas, se contente de continuer à me bercer. Rester alerte est de plus en plus difficile.

— Galen ?

— Hum ?

— Tu peux me déposer, maintenant.

— Je ne suis pas encore prêt.

Il resserre son étreinte.

— Tu n'es pas obligé de me tenir...

— Emma ? Tu m'entends ?

— Euh, oui. Je t'entends parfaitement. Je ne peux juste pas voir…

— Quel soulagement ! Parce que j'ai cru pendant une seconde que tu n'avais peut-être pas entendu quand j'ai dit que je ne suis pas encore prêt.

— Crétin.

Il éclate de rire dans mes cheveux.

— Dors.

C'est la dernière chose dont je me souviens.

La mauvaise nouvelle, c'est que je ne suis plus dans ses bras. La bonne, c'est que j'ai recouvré la vue. Je jette un œil autour de moi dans la pièce, mais je ne m'assois pas tout de suite. S'il fallait que je devine où je suis, je dirais que je suis toujours chez Galen. Tout dans cette pièce sent le luxe. Des œuvres d'art dont la laideur trahit le prix exorbitant. Des meubles au dessin étrange, d'une élégance indéniable, mais absolument pas confortables. Un gigantesque téléviseur à écran plat suspendu au mur au-dessus de la cheminée. La couverture en cachemire drapée sur moi, si douce qu'elle n'irriterait pas le pire coup de soleil. Évidemment, la pièce donne sur la plage ; tout le mur arrière de la maison est vitré. En l'absence de dunes bloquant la vue, je vois le roulement des vagues et les signes avant-coureurs d'une tempête, même en étant allongée.

Me redresser s'avère une grave erreur pour deux raisons. D'une part, j'ai la tête qui palpite et des taches noires apparaissent. D'autre part, quelqu'un réagit en criant :

— Gaaaaaa-len !

Je me couvre les oreilles en grognant et me réfugie dans ma caverne de cachemire.

— Par le trident de Triton, Rayna, tu vas la réveiller !

« Rayna ? »

Génialissime. La sœur mal élevée de Galen. Mais la personne qui a répondu n'était pas Galen. A-t-il un frère ?

— Elle est déjà réveillée, haleine de calmar. Pourquoi penses-tu que je l'appelle ?

— Eh bien, il n'est pas là, princesse.

J'entends une démarche traînante. Curieuse, j'ai presque envie de sortir la tête de sous la couverture. Mais avant que je n'entame un geste, la couverture m'est arrachée du visage sans cérémonie. Rayna me fixe et me pointe du doigt.

— Tu vois ? Je t'ai dit qu'elle était réveillée.

Le garçon à ses côtés secoue la tête et se penche vers moi.

— Emma ?

Je suis estomaquée de voir une autre paire d'yeux violets. Évidemment, il est lui aussi beau garçon — pas autant que Galen, mais vraiment, qui le serait ? —, avec les mêmes cheveux noirs épais et la même peau olive que Rayna et son frère.

Je hoche la tête.

— Emma. Je m'appelle Toraf. J'imagine que tu as déjà rencontré Rayna ?

« Toraf ? Ses parents l'ont vraiment appelé Toraf ? »

Mais je ne pose pas de questions, je me contente de faire oui de la tête.

— Écoute, tu n'as pas besoin de te lever ou quoi que ce soit. Galen est simplement… euh… il est allé nager. Il sera revenu très bientôt.

Mon regard passe de l'un à l'autre, puis à la plage. Je secoue la tête.

— Quoi? Qu'y a-t-il, Emma? demande-t-il.

Je l'aime bien, lui. Il semble sincèrement inquiet, même si on ne s'est jamais rencontrés. Rayna, elle, semble plutôt avoir envie de compléter le travail entamé par la porte de la cafétéria.

— La tempête, dis-je.

Ce seul mot suffit à faire apparaître des petits points. Toraf sourit.

— Il sera revenu avant la tempête. As-tu besoin de quelque chose? Quelque chose à manger? Quelque chose à boire?

— Un taxi? suggère Rayna.

— Va dans la cuisine, Rayna. À moins que tu ne sois prête à aller à la recherche d'une île?

Je ne sais pas trop à quelle distance se trouve la cuisine, mais j'ai l'impression de l'entendre marcher pendant cinq bonnes minutes. Trouver une île ne me semble pas être une punition appropriée à la grossièreté, mais comme je suis blessée à la tête, je lui laisse le bénéfice du doute. De toute façon, il est encore possible que j'aie imaginé le tout.

— Ça te dérange si je m'assois?

Je fais non de la tête. Il s'assoit sur le rebord du canapé et replace la couverture. J'espère qu'il comprend quand je le remercie d'un signe de tête.

Il s'accroupit et murmure :

— Écoute, Emma. Avant que Galen revienne, il y a une question que j'aimerais te poser. Oh, ne t'inquiète pas, tu peux répondre par oui ou par non. Pas besoin de parler.

J'espère que mon signe de tête affirmatif lui fait deviner ma réponse : «Bien sûr, pourquoi pas? Tu es gentil.»

Il regarde autour de lui, comme s'il s'apprêtait à me dévaliser plutôt qu'à m'interroger.

— Est-ce que tu as… euh… *des fourmis*… quand tu es avec Galen ?

Cette fois, j'espère que mes yeux ronds et mon hochement de tête lui font comprendre : « OhmondouxSeigneur, comment as-tu deviné ? »

— Je le savais ! siffle-t-il. Écoute, j'aimerais que tu n'en parles pas à Galen. Ce serait mieux pour vous deux s'il s'en rendait compte tout seul. Promis ?

Je fais oui de la tête en voulant dire : « C'est le rêve le plus étrange que j'aie jamais fait. »

Tout devient noir.

Pas besoin d'ouvrir les yeux pour comprendre que la tempête est là. Des trombes d'eau giflent les parois de verre, et le tonnerre gronde avec persistance.

« Ou bien est-ce mon estomac qui gronde ? »

Alors que j'émerge de l'inconscience, des éclairs créent un effet stroboscopique à travers mes paupières closes. J'ouvre les yeux et regarde à travers des petits interstices dans le cachemire. L'obscurité dans le salon donne à la tempête des allures de feu d'artifice. J'apprécierais davantage le spectacle si une odeur de nourriture ne taquinait pas mon estomac vide.

Quand je me redresse, la couverture tombe par terre. Je m'immobilise et m'accroche au canapé. J'attends que la pièce pirouette ou que ma vision s'évapore. Je bouge la tête dans tous les sens ; de gauche à droite, de haut en bas, je dessine un cercle avec le menton. Rien. Pas de tournis, pas de noir, pas de palpitations.

Un éclair aveuglant embrase la pièce. Une fois l'éblouissement passé, je regarde la mer. Dans la fenêtre, j'aperçois le reflet de quelqu'un derrière moi. Pas besoin de me retourner pour savoir qui projette cette grande ombre… qui me donne la chair de poule.

— Comment te sens-tu ? dit-il.

— Mieux, dis-je à son reflet.

Il saute par-dessus le dossier du canapé. Il attrape mon menton, me fait tourner la tête à droite et à gauche, de haut en bas, avant de lui faire décrire des cercles, le tout en observant ma réaction.

— Je viens de faire la même chose, dis-je. Rien.

Il acquiesce et me relâche.

— Rach… enfin, ma *mère* a appelé la tienne pour lui dire ce qui t'est arrivé. Je suppose que ta mère a appelé ton médecin, et il a dit que c'était plutôt commun, mais que tu devrais te reposer quelques jours de plus. Ma mère a insisté pour que tu dormes ici puisque personne ne devrait conduire par ce temps.

— Et ma mère a *accepté* ?

Malgré la pénombre, son petit sourire ne m'échappe pas.

— Ma mère sait être assez convaincante, dit-il. À la fin de la conversation, ta mère a même suggéré que nous restions à la maison demain pour que tu puisses te reposer, sous la surveillance de ma mère, évidemment. Ta mère a dit que tu ne resterais pas à la maison si *moi*, j'allais à l'école.

Un éclair provenant de la tempête illumine mon visage rougissant.

— Parce qu'on lui a tous les deux dit qu'on se fréquentait.

Il fait signe que oui.

— Elle a dit que tu aurais dû rester à la maison aujourd'hui, mais que tu as fait une crise pour aller à l'école. Honnêtement, je ne m'étais pas rendu compte que tu étais si obsédée… Aïe !

J'essaie de le pincer de nouveau, mais il attrape mon poignet et m'allonge sur ses genoux, comme s'il voulait me donner une fessée.

— J'allais dire : « par l'histoire ».

Il rit.

— Non, c'est pas vrai. Laisse-moi me redresser.

— Bien sûr, dit-il sans bouger.

— Galen, si tu ne me laisses pas me relever tout de suite…

— Désolé, je ne suis pas encore prêt.

J'ai le souffle coupé.

— Oh, non ! La pièce se remet à tourner.

Je me raidis.

Il me redresse d'un coup, ce qui fait *réellement* tournoyer la pièce. Son air inquiet me fait sentir un peu coupable, mais pas assez pour m'empêcher de faire la maligne.

— Ça marche à tous les coups, lui dis-je avec mon sourire le plus narquois.

Alors qu'il s'apprêtait à me servir une belle réprimande, un ricanement dans l'entrée l'interrompt. Je n'ai jamais entendu Galen dire des gros mots, mais dans son regard noir, je lis les grossièretés toutes prêtes à franchir ses lèvres. Nous nous retournons. Les bras croisés, Toraf nous observe, sourire en coin.

— Le dîner est prêt, les enfants, dit-il.

« Décidément, je l'aime bien, celui-là. »

Galen lève les yeux au ciel et m'enlève de ses genoux. Il se redresse d'un bond et me laisse derrière. Au passage, son reflet dans la fenêtre enfonce son poing dans le ventre de Toraf. Toraf grogne, mais sans perdre le sourire. Il me fait signe de les suivre.

En traversant les pièces, j'essaie d'admirer l'atmosphère opulente et sophistiquée de la maison : les planchers de marbre, les peintures hideuses. Cependant, mon estomac produit des sons qui conviennent davantage à des chiens affamés qu'à un être humain.

— Je crois que ton estomac vient d'entonner un chant nuptial, murmure Toraf en entrant dans la cuisine.

Je m'empourpre, ce qui est suffisant pour le faire éclater de rire.

Rayna est au comptoir. Assise en Indien sur un tabouret, elle tente de se peindre les ongles d'orteil avec les six couleurs alignées devant elle. Si elle ne recherche pas un style M&M's, eh bien, c'est raté. Ah… des M&M's…

— Emma, je voudrais te présenter ma mère, dit Galen.

Il pose sa main dans le dos de sa mère et la pousse vers moi. Elle s'éloigne de la cuisinière, sur laquelle elle remuait le contenu d'une marmite plus grosse qu'un pneu. Elle me tend sa main gantée et glousse quand je la saisis. La mère de Galen est la personne la plus italienne que j'aie jamais rencontrée. De grands yeux bruns, des cheveux noirs bouclés empilés comme du linge sale sur sa tête et un rouge à lèvres écarlate assorti aux escarpins de 10 centimètres de haut qu'elle est obligée de porter pour atteindre le haut de son chaudron.

— Je suis tellement contente de te rencontrer, Emma, dit-elle. Maintenant, je comprends pourquoi Galen ne cesse de parler de toi.

Son sourire contraste avec les rides de souci qui parcheminent son visage. En fait, il semble si sincère et chaleureux que je crois presque qu'elle est réellement heureuse de me rencontrer. Mais n'est-ce pas ce que toutes les mères disent quand elles rencontrent la petite amie de leur fils ?

« Tu n'es pas sa petite amie, idiote. Ou bien croit-elle aussi que nous sortons ensemble ? »

— Merci, je crois, dis-je de façon assez neutre. Je suis certaine qu'il vous a raconté mille fois à quel point je suis maladroite.

De quelle autre façon suis-je censée prendre ça ?

— Mille et une fois, en fait. Ce serait pas mal si tu agissais différemment, pour une fois, dit lentement Rayna, sans lever la tête.

Rayna commence à abuser de ma patience.

— Je pourrais te montrer comment colorier sans dépasser, lancé-je.

Le regard qu'elle me lance est assez acide pour faire tourner du lait.

Toraf met les mains sur ses épaules et l'embrasse sur le dessus de la tête.

— Je trouve que tu fais du très bon boulot, ma princesse.

Elle se défait de lui en se tortillant et remet sans ménagement le pinceau dans sa bouteille.

— Si tu es si habile que ça, pourquoi tu ne te fais pas les ongles ? Probablement qu'ils sont toujours amochés parce que tu passes ton temps à te cogner partout ? N'est-ce pas ?

« Oui ? Et puis après ? »

Je suis sur le point de clarifier certaines choses pour elle. Par exemple, que le fait de s'asseoir en Indien quand on porte une jupe contrecarre l'effet d'avoir de jolis orteils.

Mais la mère de Galen me met doucement la main sur le bras en se raclant la gorge.

— Emma, je suis ravie que tu te sentes mieux. Je parie que le dîner va achever de te remettre sur pied, tu ne crois pas ?

Je hoche la tête.

— Eh bien, ça tombe à pic, parce que le repas est prêt. Galen, pourrais-tu s'il te plaît sortir la casserole du four ? Et Rayna, tu as seulement mis quatre couverts ! Toraf, sors un couvert, tu veux bien ? Non, l'autre placard. Merci.

Tout en donnant ses directives, elle me conduit à ma place. Elle me tire une chaise, qu'elle repousse en la rentrant dans l'arrière de mes genoux, ce qui me fait tomber dessus. Puis, elle retourne vers le four en trottinant.

Toraf dépose mon assiette si vite qu'elle tourne comme une pièce de monnaie qu'on aurait lancée d'une pichenotte.

— Oups, désolé, dit-il.

Je lui souris. Il pose sa main sur l'assiette pour l'arrêter, puis il place un couteau et une fourchette en croix sur le dessus. Tandis qu'il s'apprêtait à déposer mon verre, Galen saisit son avant-bras et le lui confisque.

— C'est du verre, idiot. Tu en as peut-être entendu parler ? dit-il.

Il le dépose comme s'il était fragile comme un œuf, puis me fait un clin d'œil. Je suis contente qu'il ait enlevé ses lentilles. De tous les yeux violets, les siens sont les plus beaux.

— Désolé, Emma. Il n'a pas l'habitude de recevoir.

— Très vrai, dit Toraf, assis à côté de Rayna.

Une fois tout le monde installé, Galen se sert d'une manique pour enlever le couvercle de l'énorme casserole tachetée au centre de la table. Et je manque vomir. Du poisson. Du crabe. Et... ça... sont-ce des tentacules de *calmars*? Avant d'avoir trouvé une façon courtoise de formuler la vérité — j'aimerais mieux avaler mon propre auriculaire que des fruits de mer —, Galen laisse tomber le plus gros morceau de poisson dans mon assiette. Puis il me sert une mixture de crabe et de pétoncles. Les effluves qui me parviennent mettent grandement à l'épreuve ma capacité à rester polie. Tout ce que je peux faire, c'est tenter de faire passer mes haut-le-cœur pour des hoquets.

« Qu'est-ce qui a bien pu me faire saliver plus tôt ? »

Impossible que ce soit le repas.

Je plante ma fourchette dans le filet. Je la tourne, mais j'ai l'impression de tordre mes propres tripes. J'écrase, je coupe, je triture. Peu importe mes manipulations, peu importe l'apparence de la nourriture, je n'arrive pas à approcher cette nourriture de ma bouche. Une promesse est une promesse, rêvée ou pas. Même si ce ne sont pas de *vrais* poissons qui m'ont sauvée dans la mare de grand-maman, *ceux* de mon imagination m'ont bel et bien réconfortée jusqu'à ce que l'on vienne à mon secours. Et maintenant, je devrais manger leurs cousins ? *Impossible.*

Je pose ma fourchette et sirote un peu d'eau. Je me sens observée par Galen. Du coin de l'œil, je vois les autres s'envoyer cette pâtée avec enthousiasme. Mais pas Galen. Immobile, la tête penchée, il attend que je prenne une bouchée.

« C'est pas le moment de jouer au gentleman ! Où est passé le garçon qui m'a étalée sur ses genoux comme si j'avais trois ans, il y a à peine quelques minutes ? »

Toujours est-il que je ne peux pas avaler ça. Et ils n'ont même pas de chien à qui je pourrais refiler ma portion en douce. C'était ma porte de sortie chez la grand-mère de

Chloé. Une fois, Chloé a même démarré une bataille de nourriture pour me tirer d'embarras. Je regarde autour de la table, mais Rayna est la seule sur qui je pourrais lancer cette bouillie. Et puis, je risquerais d'en recevoir *sur* moi, ce qui est presque aussi désagréable que de l'avoir *en* moi.

Galen me donne un coup de coude.

— Tu n'as pas faim ? Dis, tu n'as pas encore un malaise ?

Ses paroles attirent l'attention des autres. Le repas cacophonique s'interrompt. Tout le monde me fixe : Rayna, irritée d'être interrompue dans sa gloutonnerie ; Toraf, un sourire amusé, comme si j'avais fait quelque chose de drôle ; la mère de Galen, l'air inquiet, tout comme son fils. Puis-je mentir ? *Devrais-je* mentir ? Et si jamais on me réinvite à dîner et qu'on prépare du poisson parce que j'ai menti ? Prétendre que j'ai mal à la tête ne me sauvera pas de futurs buffets de fruits de mer. Et dire que je n'ai pas faim ne m'avancera à rien puisque mon estomac continue à gargouiller comme un drain qui se vide.

Non, je ne peux pas mentir. Pas si je veux revenir. Ce qui est le cas. Je pose ma fourchette en soupirant.

— Je déteste les fruits de mer, lui dis-je.

La toux soudaine de Toraf me fait sursauter. On dirait un chat s'étouffant avec une boule de poil.

Je me force à regarder Galen, qui est presque aussi raide qu'une statue. Punaise, est-ce l'unique recette de sa mère ? Ou bien est-ce que je viens d'insulter le légendaire plat de mérou de la famille Forza ?

— Tu... Tu veux dire que tu n'aimes pas cette sorte de poisson, Emma ? demande-t-il avec diplomatie.

J'ai désespérément envie de hocher la tête, de dire :
« Oui, c'est ça, pas ce genre de poisson », mais ça ne me déli-
vrera pas de la montagne de crabe et de pétoncles dans mon
assiette. Je fais signe que non.

— Non. Pas seulement cette sorte-là. Je les déteste tous.
Je suis incapable d'en manger. Je peux à peine supporter
l'odeur.

« Tu n'y es pas allée par quatre chemins, idiote ! »

Pourquoi n'ai-je pas simplement dit que je *n'aime pas
trop* ? Était-ce nécessaire de dire que je *déteste* ? Que je déteste
même l'*odeur* ? Et pourquoi suis-je en train de rougir ? Ce
n'est pas un crime de haïr les fruits de mer. Et pour l'amour
du Ciel, jamais je ne mangerai quoi que ce soit ayant des
yeux.

— Es-tu en train de dire que tu ne manges pas de
poisson ? aboie Rayna. Je te l'avais dit, Galen ! Combien
de fois te l'ai-je répété ?

— Rayna, tais-toi, réplique-t-il sans la regarder.

— On perd notre temps !

Elle lance sa fourchette sur la table.

— Rayna, je t'ai dit…

— Oh, j'ai très bien entendu. Et il est grand temps
d'écouter un autre refrain, pour une fois.

Maintenant serait le moment idéal pour perdre connaissance. Ou il y a 10 minutes, avant le dévoilement-surprise
des fruits de mer. Sauf que je ne suis pas du tout étourdie, ni
fatiguée. En fait, le coup de gueule de Rayna semble provoquer un étrange changement dans la pièce. Comme une
étincelle, il galvanise une énergie, latente jusque-là. Alors,
quand Galen se lève si brusquement que sa chaise tombe, je
ne suis pas surprise. Je me lève moi aussi.

— Va-t'en, Rayna. Maintenant, dit-il entre ses dents.

Rayna se lève. Toraf l'imite. Son expression neutre me laisse croire qu'il a l'habitude de ce genre d'explosions.

— Tu ne fais que l'utiliser pour te distraire de tes vraies responsabilités, Galen, crache-t-elle. Et tu nous mets tous en danger. À cause d'*elle*.

— Tu étais au courant des risques avant de venir, Rayna. Si tu te sens exposée, va-t'en, répond Galen froidement.

Responsabilités ? Exposée ? Je m'attends à me faire annoncer qu'ils font partie d'une espèce de secte réservée aux détenteurs d'yeux violets, et qu'on ne m'a pas encore initiée.

— Je ne suis pas sûre de comprendre, dis-je.

— Ah, tu m'étonnes ! répond-elle. On dirait que tu es toujours en train d'essayer de m'éloigner, reprend-elle en s'adressant à Galen.

— On dirait que tu n'écoutes jamais, rétorque-t-il.

— Je suis ta sœur. Ma place est avec toi. Cette fille représente *quoi* pour nous ? dit-elle en me désignant du menton.

Je m'éloigne de la table pour mettre de la distance entre la sœur de Galen et moi. On ne peut plus parler d'étincelles à présent. Il y a autant d'énergie dans la salle que dans une fournaise.

— Est-ce que ça va ? dit-il. Tu devrais t'asseoir.

Rayna fait le tour de la table et empoigne le dossier d'une chaise.

— Pourquoi restes-tu encore ici, Galen ? C'est évident qu'elle n'est qu'une humaine pathétique qui n'a même pas pu sauver son amie. Bien sûr, on sait tous à quel point les humains sont assoiffés de sang, à quel point ils s'entretuent sans raison. Peut-être même qu'elle a fait exprès de la laisser mourir.

Je m'éloigne du comptoir.

— Qu'est-ce que tu viens de dire ?

— Rayna, hurle Toraf. ASSEZ !

— Emma, elle ne sait pas de quoi elle parle, dit Galen en me tirant par les poignets pour m'attirer vers lui.

Un sourire carnassier aux lèvres, Rayna poursuit.

— Oh si, je sais très bien ce que je dis, Emma. Je sais exactement de quoi je parle. Tu. As. Tué. Chloé.

Je ne me suis jamais battue. En revanche, techniquement parlant, ceci ne sera pas considéré comme une simple bataille... Ce sera un meurtre. Pour la première fois de ma vie, la précision remplace la maladresse. Même pieds nus, je cours vers elle assez vite pour lui faire perdre le souffle. Je lui rentre mon épaule dans le ventre. J'empoigne ses jambes, puis je la plaque contre le mur le plus proche. Elle est plus musclée que moi. Il y a deux secondes à peine, elle croyait être la plus en colère de nous deux. Mais elle ne connaît pas la rage, la fureur extrême... et je vais les lui montrer.

Elle serre les dents à l'impact.

— Tu vois, Galen ? C'est maintenant qu'elle révèle son vrai visage ! dit-elle d'une voix grinçante.

Je la frappe si violemment que ma main et son visage devraient être en miettes. Pourtant, les deux semblent indemnes. Elle m'assène un coup de tête entre les deux yeux, et je réutilise la même main visiblement pas blessée pour frapper son oreille. Notre bagarre nous amène au salon. J'ai la vague impression d'entendre du mouvement du côté de Galen et Toraf. La mère de Galen hurle comme si on lui amputait les jambes.

J'ai vraiment dépassé les bornes. On ne me réinvitera jamais. J'ai ruiné mes chances avec Galen lorsque j'ai plaqué sa sœur. Et quand je l'ai frappée. Et maintenant, en lui administrant un coup de pied si violent qu'elle a un haut-le-cœur.

— C'est ce que tu as fait à Chloé quand tu l'as immergée ? demande Rayna.

En entendant cela, je me dis que je n'ai rien à perdre. C'est pourquoi j'enfonce l'épaule dans sa cage thoracique, ce qui la soulève du plancher. Je la pousse alors contre la fenêtre, qui se brise sous la pression. Et nous nous retrouvons dehors, au cœur de la tempête.

10

Pendant cinq secondes, il n'y a pas un mouvement dans le lit de verre brisé. En voyant l'immobilité des combattantes, Galen essaie de ravaler ses craintes. Quand Emma bouge — puis grogne quand Rayna se relève —, il respire de nouveau. Rayna se protège contre Emma quand elle tente de la faire tomber d'un coup de pied dans les jambes. Et c'est reparti.

Toraf le rejoint en traînant les pieds dans le salon et croise les bras.

— Rachel est partie, dit-il en soupirant. Elle dit qu'elle ne reviendra jamais.

Galen hoche la tête.

— Elle dit ça chaque fois. C'est probablement la meilleure chose à faire ce soir.

Ils grimacent tous les deux quand Rayna lance la plante de son pied dans le dos d'Emma, qui s'étale de tout son long dans la mer de tessons.

— C'est moi qui lui ai enseigné ça, dit Toraf.

— Joli coup.

Aucune des belligérantes ne semble se préoccuper de la pluie, du tonnerre ni de leur hôtesse disparue. La tempête déferle à l'intérieur de la maison, arrosant les meubles, la télévision, les œuvres étranges sur les murs. Normal que Rachel ne veuille pas voir cela : elle s'est donné tant de mal pour la décoration !

— Bon, ça m'a un peu déconcerté quand elle a dit qu'elle n'aimait pas le poisson, dit Toraf.

— J'ai remarqué. Ça m'a surpris aussi, mais tous les autres signes sont là.

— Mauvais caractère.

— Les yeux.

— Ces cheveux blancs sont bizarres quand même, non ?

— Oui et je les aime bien. Ferme-la.

Galen lance un regard furieux à son meilleur ami, dont le sourire lui fait serrer les poings.

— Des os solides et la peau épaisse, de toute évidence. Il n'y a pas de trace de sang. Et elle a encaissé de sacrés coups de la part de Rayna, reprend Toraf sur un ton neutre.

Galen hoche la tête et détend ses doigts.

— Et tu ressens l'attraction...

Galen accueille sa remarque d'un coup de poing. L'impact fait déraper Toraf sur le marbre. Il traverse la pièce en glissant sur un seul pied. Il revient en riant aux côtés de Galen.

— Crétin, marmonne Galen.

— Crétin ? Qu'est-ce que c'est, un crétin ?

— Je ne sais pas trop. Emma m'a appelé comme ça aujourd'hui parce que je l'énervais.

— Tu me sers des insultes humaines, maintenant ? Tu me déçois, fretin.

Toraf désigne les filles du menton.

— Tu ne penses pas qu'on devrait arrêter ça bientôt ?

— Non. Je crois qu'elles ont besoin de régler ça par elles-mêmes.

— Et la tête d'Emma ?

Galen hausse les épaules.

— Ça m'a l'air d'aller. Autrement, elle n'aurait pas explosé la fenêtre en mille morceaux avec son front.

— Penses-tu que tout ça, c'était de la comédie ?

— Non, dit Galen en secouant la tête. Tu aurais dû la voir sur le porche. Terrifiée. Le mot est faible. Elle m'a même laissé la transporter dans la maison. Ça ne lui ressemble pas. Enfin, elle ne m'a même pas laissé porter son *sac* à l'école. Elle a essayé de me l'arracher des mains. Non, quelque chose est arrivé, mais je ne sais pas quoi.

— Peut-être que le coup lui a remis les idées en place. Ou peut-être est-ce celui de Rayna.

— Possible.

Après avoir passé quelques minutes à regarder le carnage, Galen retire son t-shirt.

— Qu'est-ce que tu fais ? demande Toraf.

— On devrait se diriger vers la plage. Si Rayna est futée, elle va l'attirer vers l'eau, où elle aura l'avantage.

Ils peuvent constater que c'est exactement ce que Rayna est en train de faire. De l'autre côté de la piscine, elle tire son opposante, les bras autour de son cou, tout en mordant et en donnant des coups de pied.

— Mais quel avantage a-t-elle sur Emma, si celle-ci est comme nous *et* qu'en plus, elle a le pouvoir de Poséidon ?

— Rayna connaît sa nature, mais pas Emma. C'est un moment comme un autre pour l'apprendre.

Un éclair tombe près de la plage, surprenant les deux bagarreuses. Emma revient de sa surprise la première et enfonce ses jointures dans l'œil gauche de Rayna, puis lui inflige un coup de genou. Quand Rayna se recroqueville, Emma lance un *uppercut* au menton, qui renverse son opposante sur le dos. Rayna roule et rampe vers la mer.

— Et si jamais Rayna l'attire dans l'eau et essaie de s'enfuir avec elle ? demande Toraf, qui enlève son t-shirt sous la pluie.

Galen lève les yeux au ciel.

— Elle est presque aussi lente que toi. Je la rattraperai.

Ils pataugent laborieusement dans le sable gorgé d'eau. Emma semble croire qu'elle aura le dessus en tirant Rayna par les cheveux pour l'entraîner dans l'eau.

— On dirait qu'Emma envisage de noyer ma fragile petite princesse, dit Toraf en fronçant les sourcils.

— Pourquoi tu ne m'appelles jamais « mon prince » ? rétorque Galen, faussement insulté.

— Tais-toi, mon prince. Tu préfères ?

Galen rit, mais son ami persiste à défendre celle qu'il aime.

— Je crois que Rayna est simplement une incomprise, tu sais. C'est vrai que, parfois, son côté passionné la fait paraître...

— Cruelle ? suggère Galen.

— J'allais dire « impolie ».

— Donc, selon toi, accuser Emma d'avoir tué son amie était *impoli* ?

— Entre autres choses, oui.

— C'était cruel, et tu le sais.

— J'avoue qu'elle a manqué de tact. Mais elle essayait seulement de pousser Emma à dire la vérité.

Toraf s'interrompt en entendant un plongeon. Une tête sombre remonte à la surface la première, suivie d'une tête blanche. Les filles, dans l'eau jusqu'aux genoux, tentent de garder leur équilibre et se préparent à affronter des vagues à hauteur de taille.

L'expression de Rayna veut tout dire. Galen secoue la tête.

— Et voilà.

— Tu *es* des nôtres ! hurle-t-elle d'une voix stridente, en pointant Emma.

Mais Emma ne remarque pas l'index à quelques centimètres de ses yeux. Elle scrute l'eau du regard, comme si elle cherchait quelque chose.

Toraf trempe son gros orteil dans l'eau et hoche la tête à l'intention de Galen. Il sent Emma.

Emma reste pétrifiée, tandis que les vagues se fracassent contre elle, les unes après les autres. Elle regarde autour d'elle : la plage, la maison, puis le ciel déchaîné au-dessus d'elle. Elle s'enveloppe de ses bras, le regard rivé sur Rayna comme si elle la voyait pour la première fois. Comme si elle ne savait pas où elle est ni comment elle s'est retrouvée là.

Les lèvres tremblantes, Rayna a les bras autour de la taille, comme Emma.

— Mais… mais… si tu es comme nous, ça veut dire que tu aurais vraiment *pu* sauver…

Rayna secoue la tête.

— Tu n'as rien fait ! Tu l'as laissée mourir !

— J'ai essayé, sanglote Emma. Il ne voulait pas la lâcher. C'était juste un jeu pour lui. Il n'avait même pas faim !

Galen a un hoquet.

«Elle a raison.»

La façon dont le requin tirait Chloé en se tortillant. Sa manière de s'accrocher à sa jambe sans essayer de s'emparer de la viande. Le requin essayait de *jouer* avec Emma. Chloé n'était qu'un moyen. Un jeu de tir à la corde avec une corde d'algues. Emma s'en était-elle rendu compte à ce moment-là? Aurait-elle pu lire les intentions du requin, ou les a-t-elle seulement comprises plus tard? Il secoue la tête. Ces questions devront attendre. Emma vacille comme une algue à marée haute.

Il entre dans l'eau et la prend dans ses bras.

— Ça va aller, Emma. Je suis là.

— Qu'est-ce qui m'arrive? Est-ce ma tête?

Il presse sa joue contre sa poitrine.

— Chut. Calme-toi, Emma. Ce n'est pas ta tête. C'est ton secret. Ce que je sais et que tu ne sais pas.

Il caresse ses cheveux trempés et pose son menton sur sa tête. En voyant la bouche ouverte de Rayna, il lui lance un regard d'avertissement. Elle écarquille les yeux.

— Qu'est-ce que tu *fabriques*? articule-t-elle silencieusement.

Il lève les yeux au ciel.

«Si seulement je le savais.»

— Quel secret? Je ne comprends pas. Je ne comprends rien, gémit-elle dans la sécurité de sa poitrine.

Son corps entier croule sous la violence de ses sanglots.

— Emma, murmure-t-il dans ses cheveux. Je suis désolé, c'est un grand choc pour toi. Mais tu ne détiens même pas la moitié de ton secret. Je veux te montrer le reste. Me le permets-tu?

Il lui caresse la joue du dos de la main. Emma prend plusieurs grandes inspirations, puis fait signe qu'elle accepte. Il la fait se retourner, puis il lui passe le bras autour de la taille. Tous deux marchent dans la direction opposée à Rayna.

Il pense à ce moment depuis plusieurs jours, en essayant de prévoir la réaction d'Emma. Plus douloureuse que jamais, la possibilité qu'Emma ressente du dégoût est maintenant très réelle pour lui. Il est vrai qu'elle lui a dit qu'elle ne le rejetterait plus, mais c'était avant qu'il ne lui pousse une nageoire... Ça pourrait être la dernière fois qu'il l'étreint, la dernière fois qu'il ressent le feu à son contact. Il veut savourer ce moment, en faire un moment inoubliable, mais Rayna le regarde comme s'il était un monstre à deux têtes. Il soupire et serre Emma contre lui. Le sort en est jeté.

— Retiens ta respiration, lui chuchote-t-il à l'oreille.

— Retenir ma *respiration* ? hoquette-t-elle en regardant l'eau.

Il hoche la tête contre sa joue, tout en savourant sa peau soyeuse, presque irisée dans la tempête.

— Pour le moment. Pas pour toujours. Ça y est ?

Elle fait signe que oui.

Il prend son élan et se catapulte dans l'eau.

11

« Ce n'est pas possible. »

Il a les bras autour de ma taille, donc je ne peux voir sa figure. Nous nous enfonçons de plus en plus. Nous fendons l'eau à une telle vitesse que je ne devrais pas pouvoir garder les yeux ouverts ; pourtant, j'y arrive. Nous sommes trop loin à présent pour voir la tempête à la surface ou pour entendre les réverbérations du tonnerre. Je devrais paniquer. Mais tout comme sur le canapé plus tôt, les bras de Galen forment une corde de sécurité, une ligne de vie dont les nœuds sont ses muscles qui me tiennent fermement.

Plus nous nous enfonçons dans les profondeurs, plus grande devient l'obscurité, mais on dirait que mes yeux s'y accoutument. En fait, ils ne font pas *que* s'y adapter. On dirait que ma vision s'aiguise. Au début, c'est comme si on avait éteint les lumières — je ne vois que des ombres. Mais, peu à peu, les silhouettes prennent forme et deviennent des poissons ou des rochers. Puis, tout m'apparaît aussi clairement qu'en plein jour, comme si on avait *rallumé*. Mais nous ne faisons que descendre, pas le contraire. D'où vient cette lumière ?

Et où allons-nous ? Nous croisons des bancs de poissons qui s'écartent précipitamment de notre chemin. Les plus gros poissons s'éloignent lentement, comme si nous étions au volant d'une voiture de sport sur une autoroute. Comment Galen fait-il? Il me tient, donc il ne peut pas utiliser ses bras pour nager. Et même si c'était le cas, personne ne peut nager si vite. Je regarde nos pieds, sauf que *nos* pieds ne sont pas là. Juste les miens. Et un aileron.

— Un requin! hurlé-je en avalant de l'eau,

J'espère qu'il comprend mon bredouillage. Nous nous arrêtons si vite que mes cheveux passent par-dessus ma tête.

— Quoi?

Il me serre plus fort et nous fait tourbillonner sur place.

— Je ne vois pas de requin, Emma. Où était-il?

— Plus bas. Attends.

Je regarde derrière, mais il est parti. Je regarde autour de Galen pour voir s'il nous a dépassés, même si je suis sûre qu'un hors-bord ne pourrait pas nous distancer. Je commence à douter de l'acuité de ma vision sous-marine. Pas de requin.

— Je suppose que nous lui avons fait peur. Mais qu'est-ce… Comment fais-tu? Comment *je* fais?

Les paroles sous l'eau ne sont pas censées être aussi claires. Tous les mots que je prononce sont aussi distincts que quand j'étais sur ses genoux dans le salon. Ils ne sont pas étouffés, comme lorsque l'on s'immerge dans la baignoire et qu'on n'entend que son propre battement de cœur. Je ne sens ni pression ni vibration dans les oreilles. Juste du silence.

— Faire quoi?

Il me retourne face à lui.

— Je t'entends. Tu m'entends. Et je te *vois* comme en plein jour, mais il ne fait pas jour, pas même à la surface. Qu'est-ce qui se passe, Galen ?

Il soupire.

« Comment peut-il soupirer ? Nous sommes sous l'eau. »

— C'est ça, le secret, Emma.

Il fait signe de regarder ses pieds, ce que je fais. J'ai un hoquet. J'avale de travers, je m'étouffe. Le requin est revenu… et il a avalé les jambes de Galen jusqu'à la taille ! Il remue son aileron et se bat pour garder sa prise.

— Non, pas toi aussi ! crié-je.

Je lui donne des coups de pied de toutes mes forces. Galen grimace et me relâche.

— Emma, arrête de me donner des coups ! dit-il en attrapant mes épaules.

— Ce n'est pas à toi que je donne des coups, c'est au… c'est au… OhmondouxSeigneur.

Galen est le requin. Le requin est Galen. Enfin, il n'y a pas de requin. Il n'y a que Galen. Le haut de son corps est là, ses bras musclés, ses abdominaux ciselés, son visage magnifique. Mais… ses jambes. Ne sont. Plus. Là. Pas mordues ou avalées. Non, seulement remplacées par une longue queue argentée.

« C'est pas possible. »

Je secoue la tête et je me dégage de son étreinte.

— C'est pas vrai. Ça ne se peut pas.

Je m'éloigne de lui, mais il me suit.

— Emma, dit-il en me tendant le bras. Calme-toi. Viens.

— Non. Tu n'es pas vrai. Rien de tout ça n'est vrai. Je vais me réveiller maintenant.

Je regarde la surface.

— J'ai dit que je vais me réveiller MAINTENANT ! crié-je à moi-même.

Je dois être en train de dormir sur le canapé de Galen. Mais je ne me réveille pas.

Galen se rapproche en douceur, sans bouger les bras.

— Emma, tu ne rêves pas. C'est ton secret. C'est pour ça que tu as les yeux de cette couleur.

— Reste où tu es.

Je le pointe du doigt pour le mettre en garde.

— Au cas où tu ne t'en es pas rendu compte, c'est *toi* qui t'es transformé en poisson, pas *moi*. Ce qui en fait *ton* secret, tu ne crois pas ?

Il fait un petit sourire.

— Nous partageons le même secret.

Je fais signe que non.

« Non, non, non. »

Il hoche la tête, pensif.

— Bon, eh bien, j'imagine que c'est tout. La plage est par là, dit-il en désignant les abysses derrière moi. Eh bien, ce fut un plaisir de te connaître, Emma.

Il s'éloigne. Les bras m'en tombent. Tandis que sa silhouette disparaît au loin, je commence à hyperventiler. Il s'en va. Il me quitte. Il me laisse tomber au beau milieu de l'océan parce que je ne suis pas un poisson.

« Non, non, non, non ! »

Il ne peut pas me laisser ici. Je me mets à tourner et tourner et tourner. Comment puis-je trouver la plage si je ne peux distinguer ni la surface ni le fond ? Ma respiration devient irrégulière…

Mais… mais… comment puis-je hyperventiler sous l'eau ? Pour la première fois depuis que nous avons quitté le rivage, je prends conscience de mon oxygène. Je devrais avoir manqué d'air depuis longtemps, mais non. Loin de là. Pendant mon moment de panique, j'ai simplement expiré un peu d'air par le nez — et encore, pas beaucoup. Comme lorsque je parle. Juste assez d'air pour créer du son. Papa disait que j'avais du coffre, mais je doute que cela ait été ce qu'il voulait dire.

Et maintenant, je me retrouve avec un public. Il n'y a rien de brumeux ni d'onirique dans le cercle de poissons qui m'entoure. J'ai peut-être l'air schizophrénique, mais je sais que je ne délire pas. Je ne peux nommer aucun de ces poissons — sauf un espadon monstrueux qui se tient en périphérie de l'attroupement. Les images dans les manuels sont trompeuses : les espadons sont *bien plus* effrayants en vrai. Il reste qu'un ratio d'un seul gros poisson sur 100 me rassure quant à mes chances de ne pas finir dévorée. Peut-être qu'ils devinent que je ne les mangerais jamais, parce qu'ils s'agglutinent vers moi comme des paparazzi collent une célébrité. Quelques-uns sont assez courageux pour me frôler. Un des petits poissons rouges se faufile dans mes cheveux. Je me rends compte, dans ces circonstances, de l'absurdité de mon éclat de rire. Mais ça chatouille.

Je tends une main ouverte. À tour de rôle, les poissons s'y précipitent, puis filent aussitôt. Cela me rappelle quand Chloé et moi sommes allées visiter le Gulfarium à Destin. Chloé m'a plantée là à l'aquarium interactif. Elle avait davantage envie de discuter avec le bel employé de la boutique-souvenir. Chaque fois que je trempais mes mains dans l'eau, les raies voletaient vers moi et poussaient mes doigts de leur museau, comme pour me demander de les caresser. L'enthousiasme dans le bassin était tel qu'il créait un embouteillage. Même maintenant, une raie traverse le halo de poissons et nage près de mon visage, l'air joueur.

Je secoue la tête. C'est une idée ridicule. Ces créatures ne sont pas là pour jouer avec moi. Elles sont juste curieuses. Et pourquoi ne le seraient-elles pas ? Je n'appartiens pas à ce monde plus que Galen. *Galen.*

C'est la première fois que je me rends compte que je peux toujours… enfin, *sentir* Galen. Je ne parle pas d'avoir la chair de poule ni de sentir de la lave couler dans mes veines. Non, cette fois, c'est différent. C'est une conscience, comme le crépitement d'une télévision en sourdine dans une pièce silencieuse. Dans mon cas, cette sensation emplit l'eau, et en ce qui concerne Galen, elle est beaucoup plus forte, comme une pulsation. Avec Rayna, la sensation était notable, mais avec Galen, elle est écrasante. Dès qu'il a mis le pied dans l'eau, je l'ai su. Comme si la pulsation se concentrait dans l'espace entre nous. Et je l'ai déjà senti auparavant. Quand je me battais pour délivrer Chloé du requin, j'ai perçu le même bourdonnement.

« Était-il présent ? Et maintenant, est-il là ? »

Je pivote sur place, ce qui fait sursauter mon public. Quelques spectateurs s'éparpillent, puis reviennent. D'autres poursuivent leur route, inquiétés par mon comportement nerveux. L'espadon me fait de l'œil, mais s'éloigne tout de même d'un bond. Je pivote sur moi-même en marquant une pause à chaque quart de tour pour scruter l'horizon. Après deux tours, j'abandonne. Peut-être que cette pulsation fonctionne même à longue distance. Galen pourrait tout aussi bien être en route pour la baie de New York pour ce que j'en sais. Mais au cas où, je fais juste un dernier essai.

— Galen, crié-je.

Ma voix fait sursauter quelques-uns de mes compagnons. J'en perds de plus en plus.

— Galen, est-ce que tu m'entends ?

— Oui, répond-il en se matérialisant devant moi.

Je sursaute. Mon pouls accélère.

— OhmondouxSeigneur ! Comment as-tu fait ça ?

— Ça s'appelle une forme mixte.

Il penche la tête.

— Je n'ai pas pu m'empêcher de remarquer que tu es toujours en vie. Pas très humain de ta part.

Je fais signe que oui. Un cocktail mêlant soulagement et colère tourbillonne dans mon estomac.

— Alors, tu as sûrement aussi remarqué que je n'ai pas de queue géante qui me sort du derrière non plus.

— Mais tu as des yeux violets comme moi.

— Ah. Alors… Rayna et Toraf ?

Il fait signe que oui.

— Hum. Et ta mère ? Elle n'a pas vos yeux.

— Ce n'est pas vraiment ma mère. Elle est mon assistante, Rachel. C'est une humaine.

— Oui, bien sûr, évidemment. Ton assistante. C'est parfaitement logique.

Alors que j'essaie de comprendre pourquoi un homme-poisson aurait besoin d'une assistante, j'oublie de nager et commence à couler. Galen, aimable, me retient par le coude.

— Mais je ne peux pas me métamorphoser en méga goutte d'eau. Enfin, prendre une forme mixte.

Il roule les yeux.

— Je ne me transforme pas en eau. Ma peau se modifie pour que je devienne invisible. Toi aussi tu pourras le faire, quand tu seras capable de faire pousser ta queue.

— Qu'est-ce qui te fait croire que j'en serais capable ? Je ne te ressemble pas. Enfin, à part les yeux.

— Je suis toujours en train de démêler tout ça.

— Et ai-je mentionné le fait que je n'ai pas de queue...

— Mais tu possèdes tout le reste.

Il croise les bras.

— Par exemple ?

— Eh bien, tu as mauvais caractère.

— C'est pas vrai !

C'est Chloé qui avait mauvais caractère. Au secondaire, on m'avait surnommée « sucre d'orge ». En effet, j'étais la seule capable de désamorcer ses colères à force de cajoleries.

— En fait, j'ai été élue « la plus susceptible de travailler chez Hallmark » dans notre album de finissants de premier cycle du secondaire, ajouté-je après coup.

— Tu te rends compte que je n'ai rien compris à ce que tu viens de dire.

— En gros, tout le monde pense... Non, tout le monde *sait* à quel point je suis gentille.

— Emma, tu as fait passer ma sœur au travers d'une vitre à l'épreuve des ouragans.

— C'est elle qui a commencé ! Attends, viens-tu de dire : « vitre à l'épreuve des ouragans » ?

Il fait signe que oui.

— Ce qui signifie que tu as des os solides et une peau résistante, comme nous. Autrement, ça t'aurait tuée.

D'ailleurs, j'ai deux mots à te dire là-dessus. Tu t'es jetée contre un mur de verre — avec ma sœur —, alors que tu pensais que vous étiez toutes les deux humaines. À *quoi* pensais-tu ?

J'évite son regard furieux.

— Je m'en moquais, j'imagine.

Si je confessais mes intentions meurtrières, je ne suis pas certaine qu'elles seraient très bien accueillies. Cet aveu invaliderait assurément mon vote pour Hallmark.

— Inacceptable. Ne risque *plus jamais* ta vie comme ça, est-ce bien clair ?

En reniflant, je laisse échapper de petites bulles qui s'élèvent en se trémoussant.

— Hé, sais-tu de quoi je me moque ? De tes ordres. Oui, j'ai été stupide, mais...

— D'ailleurs, sache que je suis membre de la famille royale, dit-il en indiquant une petite fourchette tatouée sur son estomac, au-dessus de la démarcation entre ses abdominaux et ses écailles. Et comme tu es manifestement une Syréna, tu me dois obéissance.

— Je suis *quoi* ? dis-je en essayant de comprendre en quoi un ustensile servant à manger pouvait être la preuve de sa supériorité.

— Syréna. C'est le nom de notre espèce. Et le tien aussi.

— Syréna. Pas « sirène » ?

Galen se racle la gorge.

— Euh, des *sirènes* ?

— Tu ne vas pas me faire toute une histoire *maintenant* ? Bon, d'accord. Un *triton*. Non, mais attends, *moi*, je ne serais pas un triton.

Mais qu'est-ce que j'en sais, moi, du genre des poissons ? À part que Galen est assurément un mâle, peu importe l'espèce à laquelle il appartient...

— Pour info, nous détestons ce mot-là. Et quand je dis « nous », ça veut dire toi aussi.

Je roule les yeux.

— Très bien. Mais je ne suis pas une *Syréna*. Est-ce que j'ai mentionné le fait que je n'ai pas de queue...

— Tu dois faire plus d'efforts.

— Plus d'*efforts* ? Pour me faire pousser une *queue* ?

Il hoche la tête.

— Ce n'est pas encore naturel pour toi. Tu es sous forme humaine depuis trop longtemps. Mais à force d'être sous l'eau, tes jambes vont commencer à te déranger. Tu auras envie de... t'étirer.

— Ça fait mal ?

Il rit.

— Non. Ça fait du bien, comme si tu t'étirais après être restée assise un moment. En fait, ta queue est un gros muscle. Quand elle se sépare en deux jambes, elle n'a pas la même puissance. En reprenant l'aspect syréna, les muscles s'allongent et s'entremêlent pour retrouver leur forme. As-tu envie de t'étirer en ce moment ?

Je secoue la tête, les yeux ronds.

— Ce n'est qu'une question de temps, dit-il en hochant la tête. On y remédiera.

— Galen, je ne suis pas...

— Emma, le fait de me parler à un kilomètre sous la surface est une preuve suffisante. En passant, comment te sens-tu ?

— En fait, j'ai les poumons un peu serrés. Qu'est-ce que ça signifie ?

Avant que d'autres bulles d'air chétives ne s'échappent de ma bouche, il passe son bras autour de moi et nous remontons à toute vitesse.

— Ça veut dire que tu commences à manquer d'air, murmure-t-il à mon oreille.

Mon frisson n'a rien à voir avec le froid.

Minute. Ne devrais-je pas crever de froid à un kilomètre de profondeur dans l'océan Atlantique ? Après tout, je suis plutôt frileuse. Personne ne s'emmitoufle plus que moi en hiver. Alors, pourquoi je ne claque pas des dents au point de les briser ? Il fait froid comme dans une piscine, pas au point d'avoir les conduits lacrymaux gelés. Est-ce en raison de la peau épaisse mentionnée par Galen ? Est-ce une forme d'isolation ? Est-ce que ça marche seulement sous l'eau ?

Nous remontons à la surface. Galen me regarde respirer, l'air approbateur. Je remplis mes poumons d'air frais et replonge. Galen secoue la tête et me fait remonter.

— N'exagérons pas. Je ne sais pas combien de temps tu peux retenir ta respiration. Je suppose qu'il faudra surveiller ça. Du moins, tant que tu seras incapable de te métamorphoser.

Il me place sous son bras, tête devant. J'ai l'impression d'être un animal de compagnie. La lune nous contemple tandis que nous chevauchons les vagues. Au loin, nous pouvons distinguer de temps à autre un éclair fugitif, mais pas la terre.

Quand j'en ai assez, je me dégage de ma position de chihuahua en me tortillant. Galen m'attrape avant que je ne coule et me colle contre lui. Nous sommes littéralement nez à nez. Au-dessus de la surface, c'est comme si nos peaux échangeaient des kilowatts. Sous l'eau, tout ce que je ressens, c'est la « pulsation » de Galen. Mais elle ressemble davantage à une force magnétique. Je sens sa nageoire contre mes jambes, veloutée comme les ailes d'une raie et non pas squameuse comme la peau d'un poisson.

Il me laisse m'éloigner un peu, mais ne me lâche pas.

— Si je suis une Syréna, alors je viens d'où ? Ma mère n'a pas vos yeux.

— Je sais, j'ai vu.

— Et elle déteste l'eau. Papa adorait la plage, c'est la seule raison pour laquelle nous vivons près de l'eau.

En fait, depuis que papa est parti, maman parle tout le temps d'emménager plus loin à l'intérieur des terres. J'ai fini par la convaincre d'attendre mon départ pour l'université.

— Et ton père ?

— Blond aux yeux bleus. Moins pâle que moi.

— Hum.

Mais il ne paraît pas surpris. J'ai l'impression d'avoir confirmé ce qu'il savait déjà.

— Quoi ?

— La seule explication que je vois, c'est qu'ils ne sont pas tes vrais parents. C'est impossible qu'ils le soient.

J'ai un hoquet.

— Tu penses que je suis *adoptée* ?

— Qu'est-ce que ça veut dire, déjà ?

— Qu'ils m'ont élevée comme leur propre fille, même si je ne suis pas leur enfant biologique.

— Manifestement.

Je le repousse. Les vagues sont bien plus grosses quand j'essaie de les affronter seule.

— Facile à dire pour toi, pas vrai?

Je décide d'encaisser la vague suivante plutôt que de nager au-dessus. Toutefois, je suis soulagée quand ses bras entourent de nouveau ma taille.

— Emma, je ne fais que discuter des différentes possibilités. Tu dois admettre que quelqu'un cache quelque chose. Et je ne pense pas que tu puisses insinuer que *moi*, je te mens.

Je fais non de la tête.

— Non, tu ne mens pas. Mais ce sont mes parents, Galen. J'ai le nez de mon père. Et le sourire de ma mère.

— Écoute, je ne veux pas me disputer avec toi. Il faudra continuer à y réfléchir, c'est tout.

Je hoche la tête.

— Il doit y avoir une autre explication.

L'air dubitatif, il tente un demi-sourire. En silence, nous nous laissons dériver vers la surface. Après un moment, il remonte mes jambes et me laisse appuyer la tête contre sa poitrine. Nous accélérons tandis qu'il nous propulse doucement à travers la houle.

— Galen?

— Hum?

— Que se passera-t-il quand nous serons revenus?

— Peut-être que tu devrais dormir.

Quand je relève le menton, il me regarde déjà.

— Tu crois vraiment que je peux dormir après tout ce qui vient de se passer? Et de toute façon, ce n'est pas ce que je voulais dire.

Il hoche la tête.

— Je sais.

Il hausse les épaules et me remet bien en place dans ses bras.

— J'espérais que tu me laisses… t'aider.

— Tu veux m'aider à me transformer en poisson.

— Quelque chose du genre.

— Pourquoi?

— *Pourquoi?* Pourquoi pas?

— Arrête de répondre à mes questions par des questions.

Il sourit.

— Ça ne marche pas, n'est-ce pas?

— Arrête!

Je lui flanque une petite gifle au menton. Il rit.

— D'accord.

— Mais ce que j'essaie de dire, c'est que la raison de ton intérêt pour mon cas depuis la mort de Chloé… la raison pour laquelle tu as emménagé ici, tu t'es inscrit à mon école, tu m'as invitée à la plage… C'est que tu essayais simplement de déterminer si j'étais l'une des vôtres?

« Évidemment, idiote. Depuis quand quelqu'un comme Galen t'accorde-t-il la moindre attention? Quand *y a-t-il* seulement eu un Galen? »

Pourtant, je m'étonne de ma propre douleur quand il fait signe que oui. Pour lui, je ne suis qu'un cobaye. Pendant tout ce temps, alors que je croyais qu'il flirtait avec moi, il essayait de m'attirer dans l'eau pour tester sa petite théorie.

Si la stupidité était une maladie, je serais morte depuis longtemps. Mais au moins, la situation est claire : je connais ses sentiments envers moi. Quant à ses *objectifs*, je n'en ai aucune idée.

Qu'arrivera-t-il si je *peux* me transformer en poisson? Pense-t-il que je vais quitter ma mère comme ça et balancer mes bonnes notes par-dessus bord — et toutes mes bourses d'études — pour aller barboter avec lui et les dauphins? Il se dit de sang royal. Évidemment, je ne sais pas exactement ce que cela implique, mais je peux l'imaginer. Pour lui, je ne suis qu'un sujet à mener à la baguette. Après tout, il a bien *spécifié* que je devais lui obéir, n'est-ce pas? Mais alors, pourquoi n'a-t-on pas envoyé quelqu'un de moins important que lui? J'imagine que le président des États-Unis ne voyage pas personnellement dans les pays étrangers à la recherche d'Américains disparus qui pourraient ne même pas être Américains.

Mais répondra-t-il à mes interrogations? Il m'a déjà bernée; il a feint de s'intéresser à moi pour m'attirer ici. Il m'a menti effrontément à propos de sa mère. Il a même menti à la mienne. Qu'inventera-t-il d'autre pour parvenir à ses fins? Non, je ne peux pas lui faire confiance.

Néanmoins, je veux connaître la vérité, ne serait-ce que pour moi-même. Bien sûr, pas question d'emménager sur un coquillage géant au large du New Jersey ou autre chose du genre. Cependant, je ne peux nier que je suis différente. Quel mal y aurait-il à passer du temps en sa compagnie pour qu'il m'aide à comprendre mes origines? Qu'est-ce que ça me fait s'il me prend pour un pauvre poisson qui lui doit obéissance? Pourquoi ne pourrais-je pas me servir de lui comme lui s'est servi de moi? Pour obtenir ce que *je* veux?

Mais ce que je veux, *moi*, c'est qu'il me serre dans ses bras, comme s'il était inquiet que je sois devenue muette.

12

Assis sur le siège à côté de la fenêtre, Galen observe Emma remuer dans le fauteuil inclinable. Elle a murmuré dans son sommeil toute la nuit, mais il n'a pu deviner ses mots, couverts par les ronflements de Toraf. Galen et lui sont restés debout très tard. Ils ont répondu à tour de rôle aux questions de la jeune fille. Comment l'ont-ils trouvée ? Où habitent-ils ? Combien sont-ils ? Son visage exprimait tour à tour la surprise, la fascination et le choc. Surprise d'entendre que le Dr Milligan l'avait repérée au Gulfarium — en revanche, Galen a évité de mentionner ses interactions avec les animaux. Fascinée d'apprendre que les Syrénas vivent au grand jour, au fond de l'océan — enfin, ils sont visibles si on plonge assez profondément — et que les membres de la famille royale vivent protégés dans des cavernes rocheuses. Captivée de découvrir que Poséidon et Triton étaient de véritables Syrénas, les premiers généraux de leur espèce, et non les dieux que le folklore humain en a faits. Choquée quand Toraf lui a appris que les 2 royaumes réunis regroupent une population de 20 000 habitants.

Quand les questions tournaient trop autour des raisons de sa présence, Galen préférait abréger ses réponses. Une fois de plus, il s'est félicité de ne pas avoir prévenu Rayna. Il n'était pas prêt — il ne l'est toujours pas — à révéler l'existence de Grom. Même Toraf a évité la question sous-jacente : pourquoi ? Emma a semblé flairer la conspiration. Elle a posé plusieurs questions semblables, formulées différemment. Au bout d'un moment, elle semblait assimiler le tout. Toutefois, son regard trahissait toujours son incrédulité. Et qui pourrait l'en blâmer ? Après tout, sa vie a changé de tout au tout hier soir. Et Galen serait fou de prétendre que sa propre vie n'a pas changé, elle aussi.

La voir se mêler à ces poissons a scellé son destin. Il est impossible qu'Emma ne soit pas une descendante directe de Poséidon. Par conséquent, elle ne pourra jamais lui appartenir. Et il ferait mieux de s'y habituer dès maintenant.

Il jette un œil au petit lit où dort Rayna, inconsciente du fait d'être blottie à l'intérieur du coude de son partenaire. Celui-ci émet des plaintes de léopard de mer blessé dans son oreille. Galen secoue la tête. Si Rayna se réveille, elle le défigurera.

— Alors, hier soir, c'était vrai, dit Emma, ce qui le fait sursauter.

Elle ne fait qu'un sourire endormi.

— Bonjour, chuchote-t-il en désignant Toraf et Rayna de la tête.

Emma ouvre de grands yeux en hochant la tête. Elle repousse la couette, qui glisse par terre. Galen a déniché dans les tiroirs de Rachel un pyjama, qu'Emma a emprunté pour dormir pendant que ses vêtements séchaient. Tandis qu'elle s'étire, Galen remarque à quel point Emma est plus grande que son assistante — le bas de la chemise ne rejoint pas tout à fait l'élastique du pantalon — et à quel point ses courbes sont plus généreuses. En devinant ses formes taquinant le tissu, il se demande comment il va réussir à rester concentré aujourd'hui. En général, les Syrénas ont une constitution athlétique. Cependant, le temps qu'Emma a passé sous forme humaine lui a donné une silhouette plus douce, qu'il s'étonne d'aimer autant.

L'estomac d'Emma gronde. Elle s'empourpre. Il a fini par se rendre compte à quel point il aime aussi ses rougissements. Il pointe en souriant l'échelle menant au vestibule en dessous. Étant donné qu'ils ont dormi à l'étage supérieur, le seul moyen d'entrer ou de sortir de la pièce est l'échelle. Elle hoche la tête et descend sans un mot. Galen se force à détourner le regard du spectacle qui s'offre à lui pendant sa descente. Il la suit, les dents serrées. Une fois dans le vestibule, ils échangent un regard complice : c'est comme si Toraf était mort.

Les effluves de nourriture qui remontent la cage d'escalier informent Galen que Rachel est déjà de retour. Il entend le claquement de ses talons, la porte du four et des jurons retentissants. Probablement qu'elle vient de se brûler en touchant une casserole. La brise matinale mugit dans le salon, qui ressemble maintenant à un patio ouvert. En constatant l'ampleur des dommages à la lumière du jour, Emma grimace.

— Je suis vraiment désolée, Galen. Je vais tout rembourser. Dis à Rachel de m'envoyer la note.

Il rit.

— Penses-tu que ce sera plus élevé ou moins élevé que la facture médicale dont tu t'es acquittée après t'être assommée en essayant de me fuir ?

Elle sourit.

— Eh bien, vu comme ça…

Quand ils entrent dans la cuisine, Rachel est en train de mettre le couvert.

— Bonjour, mes petits tourtereaux ! J'ai du poisson et des crevettes à la vapeur pour toi, mon chou, et pour cette chère Emma, l'omelette la plus exquise jamais cuisinée. Du jus, Emma ? J'ai orange et ananas.

— Du jus d'orange, s'il te plaît, dit-elle en s'asseyant. Et plus besoin de nous appeler des « tourtereaux ». Galen m'a mise au parfum hier. Tu sais bien qu'on ne se fréquente pas vraiment.

— Euh, en fait, je crois que nous devrions jouer le jeu encore un moment. Pour ta mère, dit Galen en lui donnant un verre. Elle ne croira jamais qu'on passe tant de temps ensemble sans être en couple.

Emma fronce les sourcils. Avec une énorme spatule, Rachel laisse tomber une omelette rebondie dans son assiette. La jeune fille y plante sa fourchette et en tire un morceau de viande dégoulinant de fromage.

— Je n'y ai pas pensé, j'imagine, dit-elle en prenant une bouchée. Je voulais lui annoncer notre rupture.

— Il a raison, Emma, dit Rachel, devant la cuisinière. Tu ne peux pas rompre si tu passes ton temps ici. Il faut qu'elle croie que vous êtes ensemble. Et il faudra être convaincants, aussi. Vous faire un tas de bisous et tout, au cas où ta mère décide de vous espionner.

Emma cesse de mastiquer. Galen laisse tomber sa fourchette.

— Euh, je ne crois pas qu'il soit nécessaire d'aller aussi loin, commence Emma.

— Ah non ? Les ados amoureux ne s'embrassent plus, maintenant ?

Rachel croise les bras en agitant sa spatule au même rythme qu'elle tape du pied.

— Si, mais…

— Il n'y a pas de mais. Voyons, ma chérie. Selon toi, ta mère gobera-t-elle que tu arrives à te décoller de *Galen* ?

— Probablement pas, mais…

— J'ai dit pas de mais. Regardez-vous. Vous n'êtes même pas assis l'un à côté de l'autre ! Moi, je dis que vous devriez vous exercer. Galen, va t'asseoir à côté d'elle. Prends-lui la main.

— Rachel, dit-il en secouant la tête, ça peut attendre…

— D'accord, lâche Emma, les dents serrées.

Ils se tournent tous deux vers elle.

— Nous allons prendre soin de nous embrasser et de nous tenir la main devant ma mère.

Galen lâche presque sa fourchette.

« Pas possible. Embrasser Emma est la dernière chose que je dois faire. »

À plus forte raison quand ses lèvres sont aussi rouges.

— Emma, nous n'avons pas à nous embrasser. Elle sait déjà que je veux coucher avec toi.

Il grimace sitôt que les mots ont franchi ses lèvres. Il entend un grésillement dans la cuisine. Sans même lever la tête, il devine que Rachel a recraché sa gorgée de jus d'ananas dans la poêle chaude.

— Ce que je veux dire, c'est que j'ai dit à ta mère que je voulais coucher avec toi. Enfin, je lui ai dit que j'avais envie de coucher avec toi, parce qu'elle savait que je le faisais. Enfin, que j'en avais envie, je veux dire…

« Si un Syréna pouvait se noyer, c'est ce que je ressentirais. »

Emma lève sa main.

— Ça va, Galen. J'ai compris. Je lui ai dit la même chose.

Rachel se laisse tomber sur la chaise à côté d'Emma. Avec une serviette, elle essuie le jus qui dégouline sur sa figure.

— Donc, tu es en train de me dire que ta mère croit que vous avez envie l'un de l'autre, mais vous pensez qu'elle ne s'attend pas à ce que vous vous embrassiez.

Emma secoue la tête et enfourne une grosse bouchée d'omelette, puis prend une gorgée de jus.

— Tu as raison, Rachel. On s'organisera pour qu'elle nous surprenne en train de nous bécoter.

Rachel hoche la tête.

— Ça devrait marcher.

— Qu'est-ce que ça veut dire, *bécoter*? demande Galen entre deux bouchées.

Emma pose sa fourchette.

— Ça veut dire, Galen, que tu devras te forcer à m'embrasser. Et pas du bout des lèvres. Pendant un long moment. Tu penses que tu y arriveras? Est-ce que les Syrénas s'embrassent?

Il essaie d'avaler la bouchée qu'il a oublié de mâcher.

« Me forcer? Encore heureux si je parviens à *m'arrêter.* »

Il n'avait jamais pensé à embrasser qui que ce soit... *avant* de rencontrer Emma. Pourtant, il ne pense qu'à ses lèvres sur les siennes, à présent. Il décide que la situation était plus facile quand Emma persistait à le rejeter. Voilà qu'elle lui ordonne de l'embrasser — longtemps. *Génial.*

— Oui, ils s'embrassent. Enfin, *nous nous* embrassons. Je veux dire que je peux me forcer si je n'ai pas le choix.

Galen n'a pas besoin de regarder Rachel pour sentir son sourire moqueur tandis qu'elle laisse tomber lourdement un autre morceau de poisson dans son assiette.

— Nous devrons simplement le planifier, c'est tout. Ça te donnera le temps de te préparer, lui dit Emma.

— Se préparer à *quoi* ? dit Rachel, moqueuse. Un baiser ne doit pas être planifié. C'est pour ça que c'est si agréable.

— Oui, mais on ne le fait pas pour le plaisir, n'oublie pas, dit Emma. C'est pour les apparences.

— Tu ne crois pas qu'embrasser Galen serait agréable ?

Emma soupire et met ses mains sur ses joues.

— Tu sais, c'est gentil d'essayer de nous aider, Rachel. Mais je ne veux plus parler de ça. Sincèrement, je crois que je vais faire une crise d'urticaire. On verra le moment venu.

Rachel éclate de rire et dessert l'assiette vite d'Emma lorsque celle-ci refuse une deuxième portion.

— Si tu le dis. Mais je pense quand même que vous devriez vous exercer.

En allant à l'évier, elle dit :

— Où sont Toraf et Rayna ? Oh ! Ont-ils trouvé une île ?

Galen fait signe que non. Il se verse de l'eau, heureux du changement de sujet.

— Non. Ils sont en haut. Il s'est glissé dans son lit. Je n'ai jamais vu quelqu'un tenir si peu à la vie.

Rachel claque la langue en rinçant la vaisselle.

— Pourquoi tout le monde n'arrête pas de parler de trouver une île ? demande Emma en finissant son jus.

— Qui d'autre en parle ? demande Galen, les sourcils froncés.

— Dans le salon, j'ai entendu Toraf demander à Rayna de choisir entre aller à la cuisine et trouver une île.

Galen éclate de rire.

— Et elle a choisi la cuisine, pas vrai ?

Emma fait signe que oui.

— Quoi ? Qu'est-ce qui est si drôle ?

— Rayna et Toraf sont accouplés. Je crois que les humains disent « mariés », dit-il. Les Syrénas trouvent une île quand ils sont prêts à s'accoupler… physiquement. Pour nous, la reproduction n'est possible que sous forme humaine.

— Oh. *Oh*. Euh, d'accord, dit-elle en rougissant de nouveau. Je me posais la question. Enfin, sur l'aspect physique de la chose. Donc, ils sont mariés ? Pourtant, elle a l'air de le détester.

Galen hésite. Il se souvient de l'indignation de Rachel quand il lui a expliqué leurs usages, il y a de nombreuses années.

« Emma les découvrira, d'une manière ou d'une autre. Autant que ce soit maintenant. »

— Toraf a demandé sa main à notre frère, qui a accepté. Je sais que chez les humains, les choses sont un peu différentes…

— *Quoi ?*

Emma se lève et se penche en avant, les bras croisés.

« Ça y est. »

— Toraf a demandé…

— Tu dis que ton frère l'a forcée à se marier avec Toraf ?

Sa mâchoire est tellement serrée qu'il peine à comprendre ce qu'elle dit.

— Eh bien, ce n'est pas comme si elle était là…

— *Quoi ?* Elle n'était pas à son propre mariage ?

— Emma, tu dois te calmer. Les Syrénas n'appellent pas ça un « mariage ». Ils appellent ça…

— Je me fiche du nom, crie-t-elle. Et je me fiche qu'elle soit humaine ou pas. On ne marie pas les gens de force!

— Je suis d'accord! lance Rayna depuis le salon.

Toraf la suit dans la cuisine, tout sourire malgré sa lèvre fendue. Rayna se plante à côté d'Emma les bras croisés, tout comme elle.

Emma lui fait un signe de tête.

— Tu vois? Elle n'aime pas ça. Si elle ne veut pas se marier, elle ne devrait pas avoir à le faire.

— C'est exactement ce que je dis, dit Rayna, avec un coup de coude solidaire.

Galen secoue la tête. Emma semble avoir oublié que ce même coude lui a presque perforé l'œil gauche hier soir.

— Bonjour, dit Toraf plaisamment en s'asseyant à côté de Galen. J'espère que tout le monde a bien dormi?

En silence, Rachel lui sert le déjeuner et lui verse de l'eau.

Galen soupire.

— Emma, assieds-toi, s'il te plaît. Ce n'est pas une nouvelle loi qu'elle ne connaissait pas. Elle a eu le choix. Si elle avait pris un partenaire plus tôt, ce ne serait pas…

— Donc il y a un délai maximum pour choisir son partenaire? Vraiment? De mieux en mieux. Alors, dis-moi, Galen, si je suis de votre espèce, est-ce que je devrai m'accoupler? Me destinez-vous à quelqu'un, Votre Altesse?

«Et c'est reparti.»

Toute la nuit, elle l'a appelé «Votre Altesse» et «Votre Majesté». Et d'après son expression, pour elle, ces termes sont des insultes. C'est pourquoi il meurt d'envie de lui annoncer qu'elle aussi est de sang royal. Cependant, bien qu'il aimerait bien faire disparaître son air suffisant, les problèmes qui en découleraient n'en valent pas le coup. Et elle croirait qu'elle peut choisir son compagnon librement, comme la plupart des femelles de sang royal. Malheureusement, elle est la dernière survivante de la lignée de Poséidon, ce qui réduit son choix de partenaires potentiels à un seul.

— As-tu quelqu'un en tête, Galen? demande Toraf en engloutissant une crevette. Est-ce quelqu'un que je connais?

— La ferme, Toraf, grogne Galen.

Il ferme les yeux et se masse les tempes. La conversation aurait pu mieux se dérouler.

— Oh, dit Toraf. Alors, c'est certainement quelqu'un que je connais, alors.

— Toraf, je jure, par le trident de Triton…

— Ce sont les meilleures crevettes que tu aies jamais faites, Rachel, continue Toraf. J'ai tellement hâte de faire cuire des crevettes sur notre île. Je me chargerai des assaisonnements, Rayna.

— Elle n'ira sur aucune île avec toi, Toraf! hurle Emma.

— Oh, mais si, Emma. Rayna veut être ma partenaire. N'est-ce pas, ma princesse?

Rayna secoue la tête.

— C'est inutile, Emma. Je n'ai vraiment pas le choix.

Résignée, elle s'assoit à côté d'Emma, qui la regarde, incrédule.

— Mais tu *as* le choix. Tu peux venir vivre chez moi. Je m'assurerai qu'il ne t'approche pas.

L'expression de Toraf montre qu'il n'avait pas même envisagé cette possibilité avant de provoquer Emma. Galen éclate de rire.

— Ce n'est plus si drôle, maintenant, hein, têtard ? dit-il avec un coup de coude.

Toraf secoue la tête.

— Elle n'ira pas avec toi, Emma.

— On verra bien, *têtard*, rétorque-t-elle.

— Galen, fais quelque chose, dit Toraf, sans quitter Emma des yeux.

Galen sourit.

— Comme quoi ?

— Je ne sais pas, arrête-la, quelque chose, dit Toraf en croisant les bras.

Emma braque ses yeux sur Galen, qui en perd le souffle.

— Allez, Galen. Viens m'arrêter si tu en as envie. Mais je t'avertis, à la minute où tu me touches, je te brise ce verre sur la tête, et tu auras la lèvre fendue comme Toraf.

Elle saisit son gros verre et verse les dernières gouttes de liquide sur la table.

Tout le monde a le souffle coupé sauf Galen, qui rit si fort qu'il en renverse presque sa chaise.

Emma prend une grande respiration.

— Tu ne me crois pas ? Alors, il n'y a qu'une manière de le savoir, n'est-ce pas, Votre Altesse ?

Le rire de Galen, guttural et tonitruant, résonne dans toute la maison. En essuyant ses larmes, il donne un coup de coude à Toraf, qui le regarde comme s'il avait avalé trop d'eau salée.

— Savais-tu qu'elle s'est fait élire comme la personne la plus gentille par ces imbéciles d'humains, à son école ?

L'expression de Toraf s'adoucit en regardant Emma, puis il s'esclaffe. Le rire de Galen s'avère contagieux ; bientôt,

Toraf tape sur la table en cherchant son air. Même Rachel ricane derrière sa manique.

Emma en perd son air fanfaron. Galen devine qu'elle réprime un sourire. Elle pose le verre sur la table, comme s'il était toujours plein et qu'elle craignait de le renverser.

— Bon, c'est vrai, ça *fait* quelques années.

Cette fois, la chaise de Galen bascule, et il s'étale de tout son long. Quand Rayna commence à glousser, Emma capitule.

— Je suppose... j'imagine que je suis un peu susceptible, admet-elle avec un sourire penaud.

Elle fait le tour de la table pour rejoindre Galen. Baissant les yeux sur lui, elle lui tend la main. Il lui fait un grand sourire.

— Montre ton autre main.

Elle éclate de rire et lui montre qu'elle est vide.

— Pas d'armes.

— Tu es pleine de ressources, dit-il en acceptant sa main. Je ne verrai plus jamais les verres de la même façon.

En réalité, il n'a pas besoin d'elle pour se relever, mais il ne peut résister à la tentation d'un contact physique.

Elle hausse les épaules.

— Peut-être est-ce l'instinct de survie.

Il fait signe que oui.

— Ou peut-être essaies-tu de m'ouvrir la lèvre pour ne pas avoir à m'embrasser.

Il se réjouit quand elle détourne le regard en rougissant.

— Rayna essaie tout le temps de faire ça, intervient Toraf. Parfois, elle vise dans le mille, mais en général, je réussis à l'embrasser, ce qui compense la douleur.

— Tu essaies d'embrasser Emma ? dit Rayna, incrédule. Mais tu n'as même pas encore filtré, Galen.

— Filtré ? demande Emma.

Toraf rit.

— Princesse, pourquoi ne pas aller nager ? Tu sais que cette tempête a probablement déterré un tas de trucs qui pourraient enrichir ta collection.

Galen remercie Toraf d'un signe de tête. Il pousse sa sœur vers le salon. Pour une fois, il est reconnaissant de sa fascination pour les reliques des humains. Sur le trajet vers le New Jersey, il avait presque dû l'emmener vers la berge de force. Autrement, elle se serait attardée dans chaque vieille épave le long de la côte est.

— On se séparera pour couvrir davantage de territoire, dit Rayna, tandis qu'ils partent.

Galen sent le regard d'Emma sur lui, mais il feint de ne pas s'en rendre compte. Il regarde la plage tandis que Toraf et Rayna disparaissent dans les vagues, main dans la main. Galen secoue la tête. Il n'y a pas à s'inquiéter pour Toraf. Il sait exactement ce qu'il fait. Galen aimerait pouvoir en dire autant.

Emma pose la main sur son bras ; elle ne se laissera pas oublier.

— Qu'est-ce que ça veut dire ? *Filtrer* ?

Finalement, il se tourne et croise son regard.

— C'est l'équivalent de vos fréquentations. Seulement, c'est beaucoup plus rapide. Et l'objectif final est plus clair que chez les humains.

— Quel objectif ?

— Filtrer, c'est notre façon de choisir notre compagnon de vie. Quand un mâle atteint ses 18 ans, en général, il commence à filtrer pour se trouver une compagne. Il cherche une femelle dont il apprécie la compagnie et qui pourra lui donner des descendants.

— Oh, dit-elle, pensive. Et... tu n'as pas encore filtré?

Il fait signe que non, douloureusement conscient de sa main sur son bras. Elle a dû s'en rendre compte au même moment, car elle la retire à toute vitesse.

— Pourquoi ça? dit-elle en s'éclaircissant la voix. N'as-tu pas atteint l'âge requis?

— Si, dit-il doucement.

— Quel âge as-tu, exactement?

— Vingt ans.

Il se penche vers elle, involontairement... *du moins le croit-il!*

— Est-ce normal? Que tu n'aies pas encore filtré?

Il secoue la tête.

— Il est courant que les mâles soient accouplés avant d'avoir 19 ans. Mais mes responsabilités d'ambassadeur m'auraient trop éloigné de ma partenaire. Ça n'aurait pas été juste pour elle.

— Oh, je vois. Tu surveilles les humains, dit-elle rapidement. Tu as raison. Ça n'aurait pas été juste, n'est-ce pas?

Il s'attend à un autre débat. À ce qu'elle lui signale, comme hier soir, que s'il y avait plus d'ambassadeurs, il n'aurait pas à assumer seul cette responsabilité. Et elle aurait raison. Mais elle ne le contredit pas. En fait, elle change complètement de sujet.

Elle recule et semble s'éloigner de lui à dessein. Elle prend un air nonchalant.

— Eh bien, es-tu prêt à m'aider à me transformer en poisson? dit-elle comme si de rien n'était.

Il cligne des yeux.

— C'est tout ?

— Quoi ?

— Pas d'autres questions sur le filtrage ? Pas de sermons sur le nombre d'ambassadeurs ?

— Ce ne sont pas mes affaires, dit-elle avec un hausse-ment d'épaules. Qu'est-ce que ça peut me faire, que tu t'ac-couples ou pas ? Et ce n'est pas comme si *moi*, j'allais filtrer. Ou être filtrée. Après que tu m'auras montré comment me faire pousser une queue, nous partirons chacun de notre côté. Et puis, ça te serait égal que je fréquente des humains, hein ?

Sur ces mots, elle tourne les talons. Galen la fixe, la bouche grande ouverte. Avant de passer la porte, elle lance par-dessus son épaule :

— On se voit à la plage dans 15 minutes. Je dois juste appeler ma mère et remettre mon costume de bain.

Elle envoie ses cheveux sur le côté, puis disparaît dans l'escalier.

Il se tourne vers Rachel, qui décape une casserole à force de l'essuyer, les sourcils si hauts qu'ils touchent presque la racine de ses cheveux. Il hausse les épaules, l'air réproba-teur, sans refermer la bouche. Elle soupire.

— Mon chou, à quoi tu t'attendais ?

— À tout sauf à ça.

— Eh bien, tu n'aurais pas dû. Nous, les filles, nous sommes un peu plus fougueuses que les femelles Syrénas... Rayna étant l'exception, bien sûr.

— Mais Emma n'est pas humaine.

Rachel lui fait non de la tête, comme à un enfant.

— Elle a été humaine toute sa vie. Elle ne connaît rien d'autre. La bonne nouvelle est qu'elle ne peut fréquenter personne en ce moment.

— Pourquoi ça ?

Selon lui, Emma semblait croire que c'était possible.

— Parce qu'elle est *censée* te fréquenter. À ta place, je marquerais mon territoire dès mon retour en classe. Si tu vois ce que je veux dire.

Il fronce les sourcils. Il n'avait pas prévu de rester à l'école après la grande révélation. En fréquentant l'établissement, son but était d'amener Emma à la plage. Il ne pensait pas devoir lui enseigner comment se métamorphoser. Et il n'avait pas escompté le fait que, jusqu'à hier, elle se croyait humaine. En fait, la liste des difficultés qu'il n'avait pas envisagées atteint la longueur de sa queue.

Par exemple, l'épaisseur des manuels scolaires. Rachel lui avait appris à lire et à écrire, mais il n'a que faire des mathématiques et de la gym. La géographie des humains lui est pratiquement inutile. Il se moque des limites invisibles entre les différents territoires des humains. Cela dit, les sciences pourraient être intéressantes. Et si Emma aime l'histoire, ça ne lui coûte rien de s'y intéresser.

Galen reconnaît que le fait de s'instruire sur les humains pourrait lui être utile ; mais pas de la façon espérée par Emma. L'idée de leur révéler l'existence des Syrénas pour ensuite négocier la paix est risible. Les humains sont incapables de faire régner la paix *entre eux*. Et il voit bien quelle importance ils attachent aux espèces aquatiques. Leur négligence entraîne des accidents qui déciment des communautés entières d'êtres vivants. Même au temps de Triton et de Poséidon, à l'époque où les humains et les Syrénas coexistaient dans l'amitié, certains humains ne tenaient pas compte de leur dépendance à l'océan. C'est pourquoi les deux généraux ont promulgué la Loi sur les pouvoirs. À travers les siècles, leur prévoyance se révéla salutaire quand les humains mirent au point des technologies leur permettant de traverser les océans sur d'énormes navires, pour ensuite envahir les profondeurs avec leurs engins de mort.

Mais Emma est aussi naïve que Rachel. Toutes deux affirment que plus il connaîtra les humains, plus il les aimera. C'est en partie la raison pour laquelle Rachel l'encourage à retourner à l'école, même si elle se cache derrière l'*autre* bonne raison d'y aller : pour éviter à un adolescent quelconque de se faire tuer. Le simple fait d'imaginer Emma arpenter les couloirs sans lui lui fait serrer les poings.

— Tu as raison, dit-il, décidé. Je ne dois pas quitter l'école.

Il enlève son t-shirt et le lance sur une chaise.

— Dis à Emma que je l'attends.

13

Lorsque mes pieds touchent le fond, Galen me relâche. Je marche vers la rive sur la pointe des pieds, sautant avec les vagues comme un bambin. En atteignant la plage, je m'assois dans le sable, juste assez loin pour que l'eau me taquine les orteils.

— Tu ne viens pas? lancé-je.

— Lance-moi mon maillot, dit-il en pointant derrière moi.

— Oh. *Oh.* Tu es nu? couiné-je comme un dauphin.

Évidemment, j'aurais dû me douter que les nageoires ne sont pas accompagnées d'un cagibi pour les bagages à main. De plus, la plupart des Syrénas n'ont pas besoin de ranger un objet comme un maillot. Lorsque Galen est sous sa forme de poisson, ce n'est pas important. Mais voir Galen — non, *penser à Galen* — nu sous forme humaine pourrait nuire à mon plan visant à me servir de lui. Pourrait causer ma perte.

— J'imagine que tu ne peux pas encore voir dans l'eau, dit-il.

Je secoue la tête.

— Je l'ai enlevé avant que tu sortes ce matin. Je préférerais ne pas le perdre si possible.

Je me relève avec un raclement de gorge. Je cherche le vêtement en traînant les pieds. Je le trouve après quelques mètres et le lui lance. Je me rassois pour éviter le spectacle troublant que les profondeurs saumâtres pourraient me laisser entrevoir. Dieu merci, il reste immergé en nageant vers le vêtement et en l'enfilant. Il l'attache en sortant de l'eau. Il m'asperge d'eau avec ses pieds, puis il s'assoit à côté de moi.

— Pourquoi je ne peux pas me transformer, Galen?

Je ramène mes genoux sur ma poitrine.

Il s'appuie sur ses coudes et regarde la mer, comme s'il décidait comment me répondre. Nous avons passé la journée à la plage. Je n'ai pas ressenti de démangeaison ni de sensation de torsion.

— Je ne sais pas, dit-il. Peut-être que tu t'inquiètes trop. Si tu te détendais, peut-être que ça arriverait tout seul.

— Est-ce ainsi que ça se passe pour toi? Accidentellement?

— Non, ce n'est jamais un accident. Ce que je veux dire, c'est que si tu cessais de surveiller tes sensations et que tu essayais simplement de t'amuser, la façon de se transformer s'imposerait d'elle-même.

— Mais je m'amuse, dis-je sans le regarder.

— Moi aussi.

— Au moins, demain, c'est vendredi. Nous aurons toute la fin de semaine pour nous exercer. Et puis, nous pouvons aussi le faire après les cours demain. Oh, j'imagine que tu n'auras plus besoin d'aller à l'école, maintenant? demandé-je. Tu as déjà atteint ton objectif en y allant, non?

J'ai un pincement au cœur, mais je fais comme si de rien n'était.

— En fait, je vais continuer à fréquenter l'école pendant un moment. Ta mère ne voudrait sans doute pas que tu sortes avec un décrocheur.

J'éclate de rire.

— Non, je ne crois pas. Mais je pense qu'elle t'aime bien.

— Pourquoi tu dis ça ? dit-il en penchant sa tête vers moi.

— Quand je l'ai appelée ce matin, elle m'a dit de te saluer. Elle m'a aussi dit que tu étais « une bonne prise ».

Elle a aussi dit qu'il était séduisant. Sur l'échelle du glauque, c'est un beau 11 sur 10.

— Elle changera d'idée si je commence à couler mes cours. J'ai manqué trop de cours pour obtenir de bons résultats.

— Peut-être que nous pourrions faire un marché, dis-je, embarrassée par les interprétations possibles de ma proposition.

— Tu veux dire autre que d'échanger de la salive ?

J'ai une conscience aiguë des fourmis dans mon estomac, mais je dis :

— Dégueu ! Rachel t'a enseigné ça ?

Il hoche la tête en arborant un large sourire.

— J'en ai ri pendant des jours.

— *Bref*, puisque tu m'aides à me métamorphoser, je peux t'aider avec tes travaux. Tu sais, faire du tutorat. Nous avons tous nos cours ensemble. Et puis j'ai besoin de faire du bénévolat pour mes demandes d'admission à l'université.

Son sourire disparaît, comme si je l'avais giflé.

— Galen, il y a un problème ?

Sa mâchoire se décrispe.

— Non.

— Ce n'était qu'une suggestion. Tu n'es pas obligé de me prendre comme tutrice. Enfin, on va déjà passer toutes nos journées ensemble à l'école puis nos soirées à s'entraîner. Tu vas en avoir marre de me voir.

Je ris doucement pour conserver un ton badin, mais j'ai l'impression que mes tripes s'amusent à faire des roulades.

— Aucune chance.

Nos regards se vissent l'un à l'autre. J'essaie de lire son expression, mais je perds le souffle. Sa chevelure brille d'un reflet presque violet sous le soleil couchant. Mais ce sont les pépites argentées dans ses yeux, révélées par les rayons agonisants, qui me forcent à détourner les yeux. Qui s'arrêtent accidentellement sur sa bouche.

Il se penche. Je relève la tête et je croise son regard. Le soleil empourpre probablement mes joues d'un rouge cerise, mais peut-être ne le remarque-t-il pas étant donné qu'il semble hésiter à fixer mes yeux ou mes lèvres. Je peux sentir le sel sur sa peau et la chaleur de son souffle. Mes cheveux volettent au vent ; Galen est si proche qu'une mèche caresse nos deux joues.

Alors quand il s'éloigne, c'est moi qui ai l'impression d'avoir été giflée. Il déterre la main qu'il avait enfoncée dans le sable à côté de moi.

— Il commence à faire sombre. Je devrais te ramener chez toi, dit-il. Nous pouvons reprendre... les *exercices* demain après l'école.

J'envoie mes cheveux sur le côté en camouflant ma déception.

— Bien sûr.

Et moi qui voulais l'*utiliser*.

— En fait, tu ne peux pas aller à l'école demain, fretin.

Nous nous tournons. Toraf et Rayna marchent dans notre direction. Rayna a les bras pleins de camelote. Son bazar produit un bruit assourdissant tandis qu'elle progresse péniblement sur la plage. Toutefois, d'après son sourire satisfait, elle serait prête à en transporter davantage.

— Pourquoi pas ?

— Il doit aller voir sa famille. Tout le monde se demande où sont les jumeaux royaux, puisqu'ils ont manqué le couronnement de Grom. Au moins, j'ai eu le bon sens d'organiser une cérémonie d'accouplement privée, considérant l'absence de Rayna et tout.

Galen fronce les sourcils.

— Il a raison. Nous devons aller à la maison quelques jours. Notre père n'est pas aussi protecteur que ta mère, mais il aime bien nous voir de temps à autre. Surtout Rayna. C'est une enfant gâtée.

Rayna fait signe que oui.

— C'est vrai. Et puis, je dois obtenir le renversement de notre sceau d'accouplement.

— Ah, princesse, je croyais qu'on avait bien rigolé, aujourd'hui. Tu sais bien que tu seras dorlotée avec moi. Pourquoi voudrais-tu desceller notre union ? dit Toraf.

Elle le laisse la décharger un peu, mais elle détourne la tête quand il essaie d'embrasser sa joue.

Galen ne s'occupe pas de leurs troubles conjugaux. Il dit en me regardant :

— Ce ne sera pas long, je te le promets. Quand je reviendrai, on pourrait rendre visite au Dr Milligan. Il nous aidera peut-être.

— En Floride ?

L'idée d'une plage de sable blanc gorgée de soleil me donne la nausée. Dans mes cauchemars, ce sable est toujours maculé du sang de Chloé.

Galen hoche la tête.

— Il pourrait faire quelques tests. Tu sais, pour voir si un détail nous échappe.

J'ai un sentiment d'échec.

— Donc, tu penses que je devrais déjà m'être transformée. Qu'est-ce que je ne fais pas bien?

— Ça ne vient pas de toi, dit-il. L'eau provoque notre métamorphose instinctive et naturelle. Il est plus difficile de ne *pas* se transformer que l'inverse. Peut-être que le Dr Milligan nous aidera à comprendre comment renforcer ton instinct.

Je fais signe que je comprends.

— Peut-être. Mais je suis assez certaine que ma mère ne me laissera pas partir à l'autre bout du pays avec mon copain trop canon. Surtout en Floride.

Je referme la bouche si vite que j'ai dû m'ébrécher quelques dents.

Galen sourit jusqu'aux oreilles.

— Tu me trouves canon?

— Ma mère le pense.

Sauf que ce n'est pas elle qui s'empourpre en ce moment.

— Hum, dit-il, satisfait de m'avoir coincée. Même en étant ultra-canon, je ne suis pas sûr que mon charme suffira à la convaincre. On ferait bien d'avoir recours à une professionnelle.

Puis, ce prince-poisson a le culot de me faire un clin d'œil.

— Tu parles de Rachel, dis-je en enfonçant mes orteils dans le sable. Je suppose qu'on peut toujours essayer. Mais il ne faut pas trop espérer. J'ai déjà beaucoup manqué l'école.

— Nous pourrions y passer la fin de semaine et revenir lundi, à temps pour la classe.

— Peut-être qu'elle acceptera. Si Rachel est habile.

Oui, peut-être qu'elle consentira. Peut-être aussi se fera-t-elle percer la langue, teindre les cheveux rouge cerise ou encore tailler une crête en forme de queue de paon. *Aucune chance.* Je hausse les épaules.

— Je vais continuer à m'exercer pendant ton absence. Peut-être qu'on n'aura pas besoin d'aller...

— Non ! crient Galen et Toraf, ce qui me fait sursauter.

— Pourquoi pas ? Je n'irai pas trop loin...

— Pas question, dit Galen. Tu n'entres pas dans l'eau en mon absence.

Je donne un coup de pied dans le sable.

— Je t'ai déjà dit de ne pas me donner d'ordres, non ? Maintenant, c'est certain que j'irai dans l'eau, Votre Altesse.

Galen passe la main dans ses cheveux et lance une litanie de jurons appris de Rachel, sans aucun doute. Il fait quelques pas dans le sable, en se pinçant l'arête du nez. Puis, il s'arrête. Il se détend. Il sourit, même. Il se dirige vers son ami, lui donne une tape dans le dos.

— Toraf, j'aurais besoin d'un service.

14

Galen sait où trouver son frère. Troubler sa solitude au fond des vestiges de mines humaines est la dernière chose dont il a envie, mais le temps presse. L'obéissance n'est pas le point fort d'Emma ; la surveillance n'est pas la spécialité de Toraf. Son ami cédera aux caprices d'Emma dès ses premiers signes de colère. Il a déjà souligné le fait que, techniquement, elle est leur future souveraine. Pour cette raison, il souhaite rester en bons termes avec elle. Galen a donc dû lui ordonner formellement de rester, lui interdisant ainsi toute possibilité de plaider sa cause auprès de Grom quand Rayna demandera la dissolution de leur sceau.

En s'approchant de l'ancien champ de mines, Galen décide de parler au nom de Toraf. Rayna sera furieuse et Emma aussi, mais il lui doit bien cela.

Les mines l'ont toujours rendu nerveux. La zone est désertée par les poissons et les plantes depuis longtemps. En fait, à sa connaissance, Grom est l'unique visiteur de l'endroit.

Les explosions ont meurtri le fond marin en creusant des cratères assez profonds pour engloutir un bateau de pêche. Sur les pourtours maculés de boue, on croirait deviner l'ombre de l'explosion. Seules deux des centaines de bombes demeurent intactes. Défectueuses et impuissantes, elles témoignent en silence de ce qui fut perdu en ces lieux. Avec la mort de Nalia, les Syrénas n'ont pas seulement perdu une future reine. Ils ont perdu leur unité. Ils ont perdu confiance, ils ont perdu leur patrimoine. Et ils pourraient avoir perdu leur capacité à survivre.

Galen frissonne en passant à côté de l'une des bombes décrépites. La boule de métal, fixée au sol par une chaîne, flotte paisiblement, rongée par la rouille, abandonnée sur place après les enquêtes des humains sur la soudaine activité sous-marine. Comme si les cicatrices dans la gadoue n'étaient pas suffisantes.

Galen appelle son frère, même s'il sait que Grom l'a senti avant son entrée dans le champ de mines. Les bras croisés, Grom flotte au-dessus d'un profond canyon par-delà les mines.

— Il semblerait que j'ai manqué la cérémonie de couronnement, Votre Majesté, dit Galen.

Il esquisse un sourire.

— C'est dommage que père n'ait pas tenu sa promesse de te couper la langue, petit frère. J'y ai cru, cette fois-ci.

Galen rit.

— Moi aussi. Mais Rayna a insisté pour que je la garde encore un peu.

— Tu as intérêt à faire son bonheur. Si ce n'était pas pour elle, tu serais mort, déshérité, ou les deux en même temps. Pour la remercier de son soutien, tu devrais l'emmener faire un petit tour dans les tropiques.

Galen éclate de rire. Pour dénicher des artefacts humains, le terrain de prédilection de Rayna est le golfe du Mexique, où elle suit les itinéraires des bateaux de croisière.

Elle prétend que les vacanciers rejettent intentionnellement des objets à la mer pour laisser une trace de leur passage. Du moins, c'est ce que Rachel lui a raconté.

— Peut-être. Si elle reste accouplée à Toraf.

Grom se tourne rapidement vers son frère.

— Elle a accepté Toraf?

— Non. C'est ce que je te dis. Elle veut une dissolution.

— La dissolution de quoi?

— De leur sceau.

— Leur union est *scellée*? demande Grom. Depuis quand?

— Très drôle.

Grom affiche un sourire en coin. Galen essaie de se représenter son frère en humain de 80 ans. Cheveux gris, la peau plus ridée qu'un coquillage, et ce sourire puéril sans doute édenté. Mais en tant que Syréna de 80 ans, Grom paraît aussi jeune que son frère. Il a plus de dents aussi, gracieuseté de Toraf. Malgré tout, il n'a rien pour aller avec Emma. Trop calme, trop posé, trop rigide pour faire face à un ouragan comme Emma-la-Têtue McIntosh.

— J'ai tellement attendu le jour où je pourrais me débarrasser de Rayna, dit Grom. Mais je me sens un peu coupable. J'ai toujours apprécié Toraf.

— Alors tu ne vas pas dissoudre leur union.

— Non, même si Toraf le demandait. C'est tellement paisible sans elle, ici. D'ailleurs, où étiez-vous?

Galen hausse les épaules.

— Comme d'habitude.

Sa conscience le picote comme des pinces de bébés crabes. Son habitude, c'est d'aller voir le Dr Milligan pour connaître les dernières nouvelles maritimes. Ou de passer quelques jours dans une de ses nombreuses propriétés, pour déplacer les récentes acquisitions de Rachel. La routine, ce n'est *pas* vivre comme un être humain, ni fréquenter leurs écoles, ni conduire leurs voitures, ni porter leurs vêtements.

— Est-ce que le Dr Milligan avait du nouveau ?

— Quelques trucs. Rien d'inquiétant, en tout cas.

Grom hoche la tête.

— Tant mieux. De nouveaux soucis sont la dernière chose dont j'ai besoin.

Galen remarque enfin le profil tendu de son frère. La mâchoire crispée, les bras croisés, les biceps contractés. Les jointures de ses mains blanches tellement il les agrippe à ses bras.

Galen se raidit.

— Quoi ? Que se passe-t-il ?

Galen secoue la tête et camoufle son désarroi derrière un froncement de sourcils.

— Dis-le-moi.

— Ce n'est sans doute rien du tout, dit Grom.

— Peut-être bien, mais je vois que ce n'est pas le cas.

Son frère soupire. Il fait face à Galen, le regard dur.

— Je vais te le dire, petit frère. Mais avant, fais-moi quelques promesses.

— Lesquelles ?

— Promets-moi que quoi qu'il arrive, Rayna sera en sécurité. Vivez comme des humains pour le reste de vos jours s'il le faut, mais garde Rayna à l'abri. Promets-le-moi.

— Grom…

— Jure-le, braille-t-il en décroisant les bras.

— Tu sais bien que je le ferai.

En fait, il se sent offensé que son frère puisse en douter.

Grom se détend en hochant la tête.

— Je sais. Mais j'avais besoin de l'entendre.

Il continue sans le regarder.

— J'ai eu un entretien privé avec Jagen.

— Tu as *quoi*? Tu as perdu la tête?

Cousin éloigné du roi Antonis, Jagen est le vent de conspiration qui souffle sur le territoire de Poséidon. N'importe qui peut deviner qu'il vise le trône, mais avec les années, l'inflexibilité d'Antonis a fait gonfler les rangs des partisans de Jagen.

Grom a raison de s'inquiéter pour la sécurité de sa sœur. Si Jagen est réellement assez ambitieux pour comploter contre son propre roi, il est capable de tenter de renverser la maison de Triton. De plus, si Grom est vu en sa compagnie, on pourrait croire que le nouveau roi des Tritons l'appuie. Ou pire, le roi Antonis pourrait le penser. La question est : « serait-ce possible? »

— Je sais ce que je fais, gronde Grom.

— On ne dirait pas. Qu'en dit père?

— Tu te doutes que je ne lui ai rien dit.

Galen hoche la tête. Ce serait fou de lui en parler. Avant d'être ennemis, les rois Hérof et Antonis furent amis pendant de longues années. Et le roi Grom irait élargir le gouffre entre eux?

— Que voulait Jagen?

Grom soupire.

— Il voulait la permission d'utiliser les services de Toraf. Il a besoin qu'il traque quelqu'un. Une personne que les autres traqueurs ne peuvent retrouver.

Rien d'extraordinaire. En raison de leur talent, les traqueurs sont les seuls Syrénas pouvant franchir les limites des royaumes sans craindre une arrestation. Bien sûr, Jagen veut les services de Toraf, car il est le meilleur traqueur de leur histoire. Cependant, par respect pour la famille de Galen, Toraf ne franchit jamais la frontière. Et il n'accéderait jamais à la demande de Jagen sans une permission royale émanant de la maison de Triton. Et encore.

— C'est tout ? Qui a-t-il besoin de traquer ?

— Je voudrais bien que ce soit tout. Ce n'est pas tant *qui* il doit traquer, mais *pourquoi*.

— Par le trident de Triton, je jure que si tu ne parles pas...

— Sa fille Paca a disparu. Il pense qu'Antonis l'a enlevée.

Galen roule les yeux.

— Pourquoi Antonis voudrait-il l'enlever ? S'il avait voulu se venger de la trahison de Jagen, il l'aurait fait depuis des années.

Mais Antonis semblait indifférent à tout, ces temps-ci. Depuis la mort de Nalia, il se terre dans les cavernes royales. Des traqueurs de Poséidon ont dit à Toraf qu'il n'était pas sorti depuis qu'il avait déclaré la maison de Triton ennemie.

— Selon Jagen, Paca aurait le pouvoir de Poséidon.

Galen en a le souffle coupé.

— C'est impossible.

Grom secoue lentement la tête.

— C'est peu probable. Mais c'est possible. Elle a du sang royal dans les veines, si dilué soit-il. Et si elle descend effectivement de Poséidon, je dois tenir compte de toutes les implications de ce pouvoir.

— Mais les choses ne fonctionnent pas ainsi. Le pouvoir ne se manifeste que chez les descendants directs de Poséidon.

« Qu'est-ce que je raconte ? Ne vais-je pas tenter de convaincre Grom du pouvoir d'Emma, avec encore moins de preuves ? Au moins, Paca peut prouver qu'elle est en partie de sang royal. »

Sauf que le père d'Emma n'essaie pas de revendiquer le trône. En fait, Galen a découvert Emma par *accident*. Ce qui rend le pouvoir de Paca pour le moins douteux.

— J'ai parlé aux Archives. Bien sûr, je n'ai pas mentionné l'accusation de Jagen. Ils croient que je suis simplement un nouveau roi enthousiaste, curieux d'explorer notre histoire.

Les Archives regroupent 10 des Syrénas les plus âgés — 5 représentants pour chacune des maisons —, qui ont pour tâche d'être la mémoire des Syrénas. Galen reconnaît qu'il paraît tout naturel que Grom recherche leurs conseils.

— Et puis ?

— Dans leur mémoire collective, ils ne se souviennent pas d'une telle chose. Mais un des membres, ton ami Romul, croit que ce serait possible. Il nous a rappelé que les pouvoirs devaient assurer la survie de l'espèce, pas seulement celle de la famille royale. Selon lui, peut-être que Triton et Poséidon ont paré à l'éventualité d'un abus de pouvoir d'un membre de la famille royale. Il n'en serait pas étonné. Il croit qu'ils ont peut-être fait des réserves.

Galen croise les bras.

— Hum.

Grom éclate de rire.

— J'ai dit la même chose.

— Mais tu as dit ne pas avoir mentionné Jagen.

— C'est vrai. Je suis un nouveau roi sans partenaire qui hérite d'une guerre froide contre le seul autre royaume de notre espèce. C'est normal que je pose ce genre de questions.

Galen hoche la tête.

— Mais si les pouvoirs peuvent être transmis à quelqu'un d'autre, pourquoi forcer les membres de la famille royale à s'accoupler ? La Loi sur les pouvoirs a toujours été appliquée à la lettre. La théorie de Romul rend la loi — et la famille royale — inutile.

Galen n'aime pas cette idée, et particulièrement le fait que Romul ait donné son opinion. Les Archives ne doivent dire que les faits, rien de plus, rien de moins. C'est Romul lui-même qui le lui a dit lors de la première visite de Galen, quand il était jeune. Pour Galen, Romul est plus qu'un membre des Archives, c'est un mentor. Non, plus que ça, c'est son ami. Les amis échangent leurs opinions.

Mais le rôle des Archives n'est pas de spéculer pour les rois.

— Eh bien, comme tu dis, c'est une simple théorie. Mais je dois en tenir compte. J'ai décidé d'accepter. Si Paca est en vie, Toraf la retrouvera.

Galen hoche la tête.

« Et si Paca a le pouvoir de Poséidon, il ne sera pas nécessaire qu'Emma… du moins, pas avec Grom. »

Pris d'une émotion sans nom, son cœur bat à tout rompre.

— Si l'information est rendue publique…

— Ça n'arrivera pas.

— Grom…

— Mais au cas où ça arrive, où que tu ailles, garde Rayna près de toi. D'ailleurs, je ne veux plus voir vos têtes avant que cette histoire soit terminée.

— Nous ne sommes pas des alevins. Rayna est même accouplée.

— Non, mais tu es tout ce qui reste de la famille royale de Triton, petit frère.

Les mots flottent entre eux, leur rappelant la gravité de la situation. Les enjeux sont énormes, et il y a tant *d'incertitudes*… Est-ce qu'Antonis détient Paca ? Si oui, la libérera-t-il sans résister ? Et s'il ne la *détient pas*, est-ce que les recherches de Grom vont transformer la guerre froide en guerre meurtrière ?

Mais le risque en vaut la chandelle. Si Paca possède réellement le pouvoir, son accouplement avec Grom assurera la survie de leur espèce. Et Galen sera libre de partir à la conquête d'un certain poisson-ange à la crinière blanche…

« Mais les choses sont-elles jamais aussi simples ? »

Perdu dans ses pensées, Grom regarde par-delà le canyon, le visage impassible. Galen se racle la gorge, ce qui ne suffit pas à tirer son frère de sa rêverie. Galen a envie de laisser tomber le sujet. Il n'a aucun désir de raviver de vieilles blessures, mais il a besoin de savoir. Il n'y aura jamais de moment idéal pour aborder le sujet, mais peut-être que maintenant est le seul moment *opportun*.

— Grom, j'aurais une question.

Grom arrache lentement son regard des abysses et l'arrête sur son frère, l'air absent.

— Ah…

— Crois-tu à l'attraction?

La question le choque, visiblement. Dans ses yeux, le détachement fait place à la douleur.

— Qu'est-ce que c'est que cette question?

Galen hausse les épaules, la culpabilité le poignardant comme un trident.

— On dit que tu ressentais l'attraction pour Nalia.

Grom se frotte les yeux du bout des doigts, pas avant que Galen y ait lu son tourment.

— Je ne savais pas que tu écoutais les ragots, petit frère.

— Si je les écoutais, je ne t'aurais même pas posé la question.

— Crois-tu à l'attraction, Galen?

— Je ne sais pas.

Grom hoche la tête en soupirant.

— Moi non plus. Mais si elle existe, on pourrait affirmer que oui, je l'ai ressentie pour Nalia.

D'un mouvement de queue, il s'avance, se détournant de son frère.

— Parfois, je pourrais jurer que je la sens encore. Faiblement. Ça va et ça vient. Certains jours, la sensation paraît si réelle que je crois perdre la raison.

— Qu'est-ce... Qu'est-ce que ça fait?

Galen parvient à peine à articuler la question. Il avait déjà décidé de ne jamais en parler avec son frère. Mais les choses sont différentes, à présent.

À sa grande surprise, Grom éclate de rire.

— Aurais-tu quelque chose à m'apprendre, petit frère? Quelqu'un t'aurait-il enfin ferré?

Galen n'a pas le temps de refermer la bouche avant que son frère se retourne. Son rire semble incongru dans cet endroit lugubre.

— On dirait qu'elle t'a embobiné *en plus* de t'avoir ferré. Qui est-ce?

— Pas tes affaires.

«Du moins pas encore.»

Grom sourit.

— Voilà ce que tu fabriquais. Tu pourchassais une femelle.

— Si on veut.

En fait, peu importe ce que son frère dit, il ne lui parlera pas d'Emma. Pas tant que Paca n'est pas retrouvée, elle qui est toute prête à être accouplée au roi des Tritons.

— Si tu ne me le dis pas, je demanderai à Rayna.

— Si Rayna le savait, l'information serait déjà publique.

— Vrai, dit Grom avec un petit sourire. Tu es plus futé que je pensais, têtard. Tellement futé que je n'ai pas besoin de te dire de garder ta femelle éloignée d'ici, qui soit-elle. Pas avant que les choses ne se tassent.

Galen hoche la tête.

— T'inquiète.

15

L'odeur des muffins aux bleuets adoucit généralement mon humeur. Toutefois, après une douche terriblement tiède, des muffins ont autant de chance d'apaiser ma mauvaise humeur que du vinaigre. Quand j'arrive dans la cuisine, ma mère est en train de sortir les pâtisseries du four.

— Est-ce que le chauffe-eau est en panne? dis-je en sortant un verre d'une armoire.

— Bonjour à toi aussi, dit-elle en faisant refroidir un muffin sur du papier sulfurisé.

— Pardon. Bonjour. Est-ce que le chauffe-eau est en panne?

Je prends une cuillerée de gruau dans la casserole et le laisse tomber dans un bol. Je heurte un muffin par terre — le plat collant fait toujours au moins une victime.

— Pas à ma connaissance, chérie. Je me suis douchée ce matin et je n'ai rien remarqué de spécial.

— Il a dû tomber en panne spécialement pour moi, grogné-je en attrapant un muffin.

Je m'installe à table. Mes jambes sont trop douloureuses pour m'asseoir avec élégance, alors je me laisse tomber dans la chaise et enfourne une bouchée de gruau pour résister à la tentation de me lamenter davantage. Maman a travaillé toute la nuit, pour ensuite me préparer le déjeuner. Elle ne mérite pas cette aigreur.

— Galen vient-il te prendre pour l'école ?

— Non, j'y vais seule.

Le vinaigre vient de virer à l'acide. Bien sûr, une douche tiède est agaçante lorsqu'on avait l'intention de s'ébouillanter. Mais ne pas voir Galen aujourd'hui est pire que de passer l'hiver sans eau chaude. Et je déteste ça.

Passer toute la journée avec lui hier a anéanti ma résolution de garder mes distances. Même sans tenir compte de son corps de mannequin pour sous-vêtements, il est vraiment trop adorable. Excepté sa manie de presque m'embrasser. Mais son obstination à me donner des ordres est beaucoup trop mignonne. Et particulièrement sa moue quand je ne l'écoute pas.

— Vous vous disputez déjà ?

Elle veut savoir quelque chose, mais je ne sais pas quoi. Par prudence, je communique par haussements d'épaules en attendant de comprendre ce qu'elle a envie d'entendre.

— Vous disputez-vous souvent ?

Je hausse les épaules et enfourne une quantité de gruau suffisante pour me dispenser de parler pendant une bonne minute. Ainsi, elle aura amplement le temps de laisser tomber le sujet. Mais ça ne marche pas. Après une longue minute, je prends une gorgée de lait.

— Tu sais, si jamais il te frappe…

J'ai à peine le temps d'avaler et d'empêcher ma gorgée de ressortir par le nez.

— Maman, jamais il ne me frapperait !

— Je n'ai pas dit ça.

— Tant mieux, parce qu'il ne le ferait pas. Jamais. Voyons, qu'est-ce que tu as ? Est-ce vraiment nécessaire, cet interrogatoire sur Galen chaque fois qu'on se voit ?

Cette fois, c'est elle qui hausse les épaules.

— Ça me paraît la chose à faire. Quand tu auras des enfants, tu comprendras.

— Je ne suis pas stupide. Si Galen fait l'idiot, soit je le plaque, soit je le tue. Je te donne ma parole.

Maman éclate de rire et beurre mon muffin.

— Je suppose que je ne pourrais demander mieux.

J'accepte le muffin... et la trêve.

— Non. Ce ne serait pas raisonnable.

— N'oublie pas que rien n'échappe à mon œil de lynx. Sauf maintenant, parce que je vais me coucher. N'oublie pas de faire tremper ton bol avant de partir.

Elle m'embrasse sur le haut de la tête et bâille avant de se traîner jusqu'à sa chambre.

Je suis épuisée en arrivant chez moi. Pourtant, une journée d'école sans Galen ou Chloé, c'est comme un long bâillement de sept heures. Maman est en train de courir d'un bout à l'autre de la maison comme une guêpe fébrile.

— Salut, chérie, as-tu passé une bonne journée ? Aurais-tu vu mes clés ?

— Non, désolée. As-tu fait les poches de tes vêtements d'hier ? dis-je en cherchant des fraises dans le réfrigérateur.

— Bonne idée !

La moquette de l'escalier étouffe son pas ferme. Je croque une fraise et je me hisse sur le comptoir lorsque ma mère réapparaît au bout de quelques secondes.

— Je n'avais pas de poches hier, dit-elle en resserrant sa queue de cheval.

— Pourquoi tu ne prends pas la Honda? Je chercherai les clés pour toi.

Maman hoche la tête.

— Tu n'auras pas besoin de sortir cet après-midi? Toujours en froid avec Galen?

— Mes seuls plans pour ce soir sont mes devoirs de rattrapage.

Enfin, une fois que j'aurai tenté de me transformer en poisson dans la cour arrière.

Ma mère fronce les sourcils, soupçonneuse. Cependant, je vois qu'elle tente de respecter notre trêve en se retenant de m'interroger.

— D'accord. Il y a un reste de ragoût dans le frigo. Si Julie est encore absente ce soir, je vais faire un autre double quart, alors peut-être qu'on ne se reverra que demain en soirée. N'oublie pas de verrouiller les portes avant de te coucher.

Quand j'entends le grincement des vitesses de la Honda, je saisis mon téléphone. Galen a dit que Rachel ne répond jamais, mais qu'elle rappelle si on laisse un message. Une voix féminine invite à laisser un message pour la Compagnie d'assurance transatlantique. J'attends le signal sonore.

— Salut, Rachel, c'est Emma. Dis à Toraf qu'il est libéré de l'entraînement ce soir. Je ne pourrai pas le rejoindre. Peut-être que je le verrai demain.

Ou pas. Je n'ai pas besoin d'une gardienne. Malgré sa tête dure, Galen doit comprendre que je ne suis pas un de ses sujets royaux. De plus, en forçant Rayna à l'épouser, Toraf vient de gagner une place de choix sur ma liste noire.

Après quelques minutes, le téléphone sonne, conformément aux prévisions de Galen.

— Salut, mon chou. J'espère que tu n'es pas encore malade ?

— Non, ça va. J'ai juste un peu mal. Mais ma mère a dû prendre ma voiture pour aller au travail, donc je ne peux pas me déplacer.

Malgré le silence, la réflexion de Rachel est palpable. Je suis surprise qu'elle ne m'offre pas de venir me chercher. Peut-être son affection pour moi est-elle feinte.

— Appelle-moi demain, d'accord ? Galen veut que je t'aie à l'œil.

— C'est tellement gentil, dis-je, la voix monocorde.

Elle éclate de rire.

— Ne sois pas si sévère. Il a de bonnes intentions. C'est juste qu'il ne sait pas encore comment te gérer.

— Je n'ai pas besoin d'être gérée.

— Apparemment, il pense que si. Et tu devras me supporter jusqu'à ce qu'il change d'idée.

— Est-ce que tu fais toujours ce qu'il te dit ? demandé-je en m'efforçant de ne pas être trop sèche.

— Pas toujours.

— Ouais, c'est ça…

— Emma, si je lui obéissais toujours, tu serais enfermée à double tour dans une chambre d'hôtel quelconque pendant que je nous réserverais un jet privé pour une destination choisie par Galen. Maintenant, repose-toi. J'attendrai ton appel demain.

Je jette ma serviette dans le sable et m'élance vers les vagues en courant. Je m'attends à un plongeon rafraîchissant, à un froid vivifiant qui coupe le souffle, à une eau glaciale digne de tout automne au New Jersey. Mais je suis dégoûtée quand je remonte à la surface. L'eau est terriblement tiède. Comme ma douche. Comme ma vie sentimentale.

J'avance contre le courant. Puis je plonge en dessous des vagues. Je retiens ma respiration et je déclenche le vieux chronomètre de mon père en me laissant dériver. Et je trouve une nouvelle raison de détester le temps qui passe : parce que c'est ennuyant. Pour me distraire des minutes qui s'étirent, je récite l'alphabet. Puis, comme le ferait n'importe quelle maniaque, je récite des statistiques liées au *Titanic*. Quelques crabes déambulent sous moi. Ils m'écoutent comparer le nombre de canots de sauvetage au nombre de passagers tandis que les vagues me ramènent vers la berge.

Après 15 minutes, j'ai une sensation de serrement dans les poumons. Après 17 minutes, ils sont comme un élastique tendu au maximum. Après 20 minutes, c'est l'état d'urgence. J'émerge et j'arrête le chronomètre.

Vingt minutes et quatorze secondes. Pas mal pour un humain — le record du monde est de 13 minutes et 22 secondes. Mais pour un poisson, c'est plutôt pourri. Pas que les poissons aient besoin de faire de l'apnée, mais bon, sans branchies, je fais ce que je peux. Galen m'a dit qu'il n'a pas besoin de retenir sa respiration, lui non plus. Les Syrénas remplissent leurs poumons d'eau et, apparemment, ils en tirent l'oxygène dont ils ont besoin. Je n'ose pas tenter le coup. En fait, la seule chose qui me convaincrait serait de me faire pousser une queue. Même le fait de battre le record de plongée en apnée par un humain ne suffit pas à me convaincre d'inhaler de l'eau. Pas question.

Je me laisse immerger jusqu'au cou et efface le chrono. Je prends une grande respiration et je redémarre le chronomètre. Et c'est là que je le sens. Un grondement arythmique sature l'eau autour de moi. Une pulsation. Il y a quelqu'un. Un individu que je ne reconnais pas. Lentement, je recule sur la pointe des pieds, en essayant de ne pas faire d'éclaboussures. Après quelques secondes, je me rends compte qu'essayer d'être silencieuse n'a pas de sens. Si je peux sentir la personne, l'inverse est aussi vrai. La pulsation devient plus forte. On vient dans ma direction. Et vite.

Oubliant la prudence, les convenances et la montre de papa, je me précipite comme une dingue vers l'eau peu profonde. Tout à coup, l'ordre donné par Galen de rester sur la terre ferme ne me paraît plus si déraisonnable.

« À quoi ai-je pensé ? »

J'ai appris le peu que je connais sur les Syrénas dans les 24 dernières heures. Comme les humains, ils ont une structure sociale : un gouvernement, des lois, des familles, des amitiés. Ont-ils des hors-la-loi, comme les sociétés humaines ? Des violeurs, des tueurs en série ? Voilà que j'ai commis l'équivalent de me promener seule sur une aire de stationnement mal éclairée. C'était débile, débile, débile.

Prise dans une vague, je suffoque. Mes poumons ne sont manifestement pas encore prêts à aspirer de l'eau. Tousser en postillonnant me ralentit un peu, mais la berge est proche. Je sais qu'une branche plus grosse que mon bras m'attend juste au-delà du sable humide. Le fait qu'elle se rompra assurément comme une brindille sur la tête d'un Syréna m'apparaît secondaire.

L'eau ne m'arrive plus qu'à mi-genou lorsqu'une main me saisit la cheville. Je la regarde, mais je n'aperçois qu'une vague silhouette; l'individu a pris une forme mixte. L'eau ne coupe pas mon cri, mais elle le rend inaudible pour les oreilles humaines. La main, grosse et vigoureuse, m'éloigne de la sécurité tel un courant d'arrachement. Je gaspille un air précieux en donnant des coups de pied et en criant, mais ça vaut toujours mieux que de capituler.

Du fond de l'océan monte une colline abrupte. Seuls quelques rayons de soleil traversent l'obscurité. Une fois mes yeux accommodés à la profondeur, les rayons épars font place à la clarté d'un après-midi ensoleillé. Plus je me débats, plus vite nous transperçons l'eau, plus mon ravisseur raffermit sa prise.

— Vous me faites mal! gémis-je.

L'arrêt est assez brutal pour me donner un coup du lapin.

— Ah, pardon, dit la masse en se matérialisant.

C'est Toraf. Il relâche ma cheville.

— Toi!

— Bien sûr que c'est moi. Qui voulais-tu que ce soit?

Nous remontons à la surface sous le ciel nocturne. Je vois des étoiles, mais j'ignore si elles sont réelles ou si elles résultent du manque d'oxygène. Toraf fanfaronne. Il s'élance hors de l'eau et chevauche les vagues sur le bout de sa queue comme un dauphin savant.

— Arrête de déconner, lui dis-je. J'ai tenu combien de temps? Donne la montre.

— Vingt-sept minutes et dix-neuf secondes, répond-il en me la remettant.

Il ouvre la bouche.

— Ouah ! Qu'est-ce qui se passe avec tes mains ?

— Que veux-tu dire ?

Je les tourne et les retourne, peinant à bien voir sous le clair de lune. Il n'y a ni sang, ni coupure, ni égratignure.

— Elles n'ont rien. Regarde, dis-je en remuant les doigts.

Ses yeux écarquillés me convainquent de revérifier. Toujours rien.

— Toraf, si c'est encore une blague…

— Emma, je ne plaisante pas. *Regarde* tes mains… Elles sont… Elles sont… ridées !

— Oui. C'est à cause…

— Ah non. Je ne me ferai pas engueuler. C'est pas de ma faute.

— Toraf…

— Galen trouvera bien un moyen de me blâmer quand même. Comme toujours. « Tu ne te serais pas fait prendre si tu n'avais pas nagé si près du bateau, têtard. » Non, rien à voir avec l'humain qui aurait pu s'abstenir de pêcher…

— Toraf.

— Ou encore : « Peut-être que si tu cessais d'essayer d'embrasser ma sœur, elle ne te frapperait pas à la tête avec une pierre. » Quel est le lien entre mes baisers et ses coups ? Si tu veux mon avis, elle est tout simplement mal élevée…

— *Toraf.*

— Oh, et la meilleure : « Si tu joues avec un pterois, tu vas te faire piquer. » Je ne *jouais* pas avec lui ! J'essayais simplement de l'aider à avancer en attrapant ses nageoires…

— TO-RAF.

Il cesse d'arpenter la plage. Tout à coup, il semble se rappeler mon existence.

— Oui, Emma ? Tu disais ?

Je prends une inspiration aussi profonde que si je m'apprêtais à passer une demi-heure sous l'eau. En expirant lentement, je déclare :

— Ce n'est la faute de personne. Ma peau devient ridée si je reste dans l'eau trop longtemps. Depuis toujours.

— C'est impossible de rester dans l'eau trop longtemps. Pas pour un Syréna. Et puis, si ta peau plisse comme ça, tu ne seras jamais capable de prendre une forme mixte.

Il me montre sa paume, douce comme du marbre. Puis il trempe sa main. Elle disparaît. Mixte. Il croise les bras, triomphant. Son accusation est formelle.

— Ah, tu as raison. Je suis simplement un être humain avec une peau épaisse, des yeux violets et des os solides. Donc, tu n'as qu'à rentrer. Tu diras bonjour à Galen de ma part.

Toraf ouvre et referme la bouche à deux reprises. Chaque fois, il semble vouloir dire quelque chose, mais je vois à son expression que son cerveau ne collabore pas. Lorsque sa bouche se referme pour la troisième fois, je l'asperge d'eau.

— Vas-tu dire quelque chose ou essaies-tu de gober les mouches ?

Toraf affiche un sourire de la largeur de l'horizon.

— Il l'aime bien, tu sais. Ton caractère.

Ouais, c'est ça. Galen est l'archétype de la personnalité de type A. Ces personnes-là détestent quand on joue au plus malin avec elles. Parlez-en à ma mère.

— Je ne veux pas te blesser, mais tu n'es pas le plus doué pour lire les émotions des gens.

— Je ne suis pas sûr de comprendre.

— Si, tu as très bien compris.

— Si tu parles de Rayna, tu as tout faux. Elle m'aime. Elle ne veut simplement pas l'admettre.Je lève les yeux au ciel.

— Ouais, c'est ça. Elle essaie de jouer les indifférentes, c'est ça ? Elle te frappe avec une pierre, te fend la lèvre et te traite tout le temps d'« haleine de calmar ».

— Qu'est-ce que ça veut dire, jouer l'indifférente ?

— Ça veut dire qu'elle essaie de te faire croire qu'elle ne t'aime pas, pour que tu l'aimes encore plus et que tu redoubles d'efforts pour la conquérir.

Il hoche la tête.

— Oui. C'est exactement ce qu'elle fait.

Je me pince l'arête du nez.

— Je ne crois pas, non. Elle est en ce moment même en train de dissoudre votre sceau. Ce n'est pas jouer l'indifférente, c'est jouer l'inaccessible.

— Même si elle l'annule, ça ne veut pas dire qu'elle ne m'aime pas. Pour elle, c'est un jeu. Elle rigole.

La douleur dans sa voix me prend aux tripes. Peut-être bien qu'elle s'amuse à le faire marcher, mais ses sentiments à lui sont tout à fait réels. Et ne suis-je pas très bien placée pour le comprendre ?

— Il n'y a qu'une façon de le découvrir, dis-je doucement.

— Savoir quoi ?

— Si tout ce qu'elle veut, c'est jouer à un petit jeu.

— Comment ?

— *Toi*, tu joues les indifférents. Il paraît que quand on aime quelqu'un, on ne le retient pas ; si vous êtes faits l'un pour l'autre, elle reviendra.

— Jamais entendu ça.

— Ouais, bon, soupiré-je. Ce que j'essaie de dire, c'est que tu dois cesser de prêter attention à elle. Repousse-la. Traite-la comme elle te traite.

Il secoue la tête.

— Je ne crois pas en être capable.

— Ça répondrait à ta question, en tout cas, dis-je en haussant les épaules. Mais apparemment, tu n'as pas envie de savoir.

— Bien sûr que si. Mais si la réponse n'est pas la bonne ?

Il grimace comme si les mots l'avaient brûlé.

— Quoi qu'il arrive, tu dois te préparer à cette éventualité.

Toraf fait signe que oui, la mâchoire serrée. Il passera sans doute une longue nuit à méditer sur son alternative. Je décide de ne pas m'imposer davantage.

— Je suis plutôt fatiguée, alors je vais rentrer. On se verra chez Galen demain matin. Peut-être que je vais dépasser la barre des 30 minutes la prochaine fois ?

Je lui donne un coup de poing amical dans l'épaule, mais je ne reçois qu'un faible sourire en retour.

Je m'étonne quand il me prend la main et m'entraîne vers l'eau. Au moins, c'est mieux que de se faire traîner par la cheville. Je ne peux m'empêcher de penser que Galen pourrait faire la même chose.

« Pourquoi préfère-t-il passer son bras autour de ma taille ? »

Le samedi soir, j'arrive à rester sous l'eau pendant 35 minutes. Le dimanche, je tiens 47 minutes. Il faut bien admettre que l'entraînement donne des résultats. Pourtant, je ne fais que rester passivement sous l'eau en retenant ma respiration, pendant que je me fripe au point de ressembler à une grand-mère.

J'enlève les palmes apportées par Toraf et je les lance sur le rivage. Puis, je me détourne pendant que Toraf remet son maillot.

— Es-tu en tenue convenable? demandé-je après quelques secondes.

Même si je lui répète sans cesse que je ne vois pas encore sous l'eau, il prétend que c'est un stratagème pour voir son «anguille». *Pour l'amour du ciel.*

— Ah, mais je suis plus que convenable. En fait, je suis plutôt un bon coup.

Je suis on ne peut plus d'accord. Toraf est beau, drôle et attentionné, ce qui rend l'attitude de Rayna difficilement explicable. Je commence même à comprendre pourquoi Grom les a scellés : impossible de trouver meilleur compagnon pour Rayna.

Mais le dire à Toraf romprait notre accord tacite interdisant toute mention de Rayna ou de Galen. Depuis vendredi soir, nous avons discuté de tout sauf eux : nous avons parlé de Grom et Nalia, du traité de paix conclu entre les généraux Triton et Poséidon après la Grande Guerre, du goût des fruits de mer — non, en fait, nous nous sommes disputés sur la saveur des fruits de mer.

Mais nous nous sommes principalement exercés. Toraf me chronomètre pendant que je retiens ma respiration. Il ne peut pas expliquer comment se transformer mieux que Galen. Lui aussi définirait le phénomène comme un besoin irrépressible de s'étirer.

Toraf me rejoint dans l'eau.

— Je ne peux pas croire que le soleil se couche déjà, lui dis-je.

— Moi, si. Je meurs de faim.

— Moi aussi.

C'est sûrement toutes les calories supplémentaires que je brûle en restant dans l'eau.

Il hausse les épaules.

— Tout ce que je sais…

Il braque son regard sur l'eau, puis il revient à moi. Il me prend les épaules pour me rapprocher de lui. Puis, il brise notre pacte.

— Tu te souviens de ce que tu as suggéré à propos de Rayna? De jouer les indifférents?

Il jette un autre coup d'œil à la mer, puis repose les yeux sur moi. Il fronce les sourcils.

Je hoche la tête, stupéfaite par ce revirement.

— Bien, j'y ai repensé. Beaucoup. Et je vais essayer. Mais… Mais j'ai besoin de ton aide.

— Bien sûr que je vais t'aider. Je ferai ce qu'il faudra, dis-je.

Mais j'ai un malaise quand il me rapproche de lui.

— Bien, dit-il en lorgnant le soleil couchant. Galen et Rayna sont proches.

J'ouvre la bouche.

— Comment le sais-tu? Je ne les sens pas.

Mon cœur, ce traître, se met à battre comme si je venais de courir huit kilomètres en côte. Cela n'a rien à voir avec une pulsation et tout à voir avec la mention du nom de Galen.

— Je suis traqueur, Emma. Je peux les sentir presque à l'autre bout de la planète. Surtout Rayna. D'après moi, il remue sa jolie nageoire comme un fou pour te rejoindre. Rayna est probablement sur son dos.

— Tu peux savoir ce qu'elle fait ?

— Je sais à quelle vitesse elle va. Personne ne nage aussi vite que Galen, y compris Rayna. Il doit être assez impatient de te voir.

— Oui. Impatient que je me transforme pour régenter un nouveau sujet royal.

Le rire de Toraf me fait sursauter, pas parce qu'il est fort, mais parce que ses sautes d'humeur sont spectaculaires.

— C'est ce que tu crois ? dit-il.

Tout à coup, la pulsation de Galen me frappe les jambes. Toraf me tire hors de l'eau et me conduit vers la maison.

— Il a eu un million d'occasions de me prouver le contraire, dis-je, chacune de mes paroles rebondissant avec mes pas précipités dans le sable.

J'entends les rires de Galen et de Rayna derrière nous. J'ai l'impression qu'ils s'arrosent l'un l'autre.

Toraf nous arrête à la petite palissade, frontière apathique entre la plage du comté de celle de Galen.

— Eh bien, je vais leur donner une leçon, à ces enfants gâtés. Tu me fais confiance, Emma ?

Je hoche la tête, mais quelque chose me dit que je n'aurais pas dû. Cet instinct est confirmé lorsque Toraf me tire contre son torse et approche sa bouche de la mienne. Quand j'essaie de m'éloigner, il empoigne mes cheveux pour me maintenir en place. Derrière nous, le silence tombe, plus assourdissant que tous les rires.

Je peux affirmer que Toraf embrasse bien. Ses lèvres, à la fois douces et fermes, bougent juste comme il faut. Et malgré son régime, il n'a pas du tout le goût des fruits de mer.

Mais tout dans ce baiser est mal, mal, mal. J'ai l'impression d'embrasser mon propre frère, si j'en avais un. Puis, je sens autre chose. Des picotements à m'en faire dresser les cheveux sur la tête. Comme si j'allais me faire frapper par la foudre.

Puis Galen — et non la foudre — se jette sur Toraf, nous séparant l'un de l'autre. Plutôt que de m'entraîner avec lui dans sa chute, Toraf me relâche immédiatement. Ils s'écrasent tous deux sur le sable. Galen mitraille Toraf de coups de poing. Mais je suis trop sous le choc pour faire un mouvement.

16

Entre deux coups, Galen hurle sa rage.

— Je te faisais confiance ! Je t'ai dit de garder un œil sur elle, pas tes saletés de lèvres !

Le rire de Toraf le fait redoubler de violence. Galen entend Emma qui lui hurle d'arrêter, maintenant qu'elle est sortie de la transe dans laquelle le baiser l'a plongée.

Un feu calcine ses biceps quand elle s'efforce de retenir ses coups.

— Arrête, Galen ! Immédiatement !

Il braque son regard sur elle. L'inquiétude qu'elle manifeste pour Toraf entraîne Galen aux limites de la folie.

— Pourquoi ça ? Pourquoi devrais-je arrêter ?

— Parce que c'est ton ami. Parce que c'est le partenaire de ta sœur, crie-t-elle.

— Mais ce sont précisément les raisons pour lesquelles je devrais le tuer, Emma. Ce que tu dis n'a aucun sens.

— Rayna, aide-moi !

Emma se jette sur Galen et enfonce l'épaule dans son torse.

Avec Emma dans les bras, pas facile de continuer à marteler Toraf. Sa douceur et son parfum délicieux seraient distrayants même sans avoir ses bras qui l'enveloppent comme des tentacules. La mêlée s'effondre dans le sable. Impossible de déterminer quels membres appartiennent à qui.

Galen atterrit par-dessus la mêlée. De sa main, il protège l'arrière de la tête d'Emma, qui allait heurter un morceau de bois flottant. Sa dernière blessure lui a déjà causé suffisamment d'inquiétude pour réduire son espérance de vie.

— Par le trident de Triton, Emma, tu ne dois pas te jeter comme ça au beau milieu d'une bataille. Tu pourrais te faire mal, dit-il, hors d'haleine.

Elle le repousse, les poings serrés.

— Il faut être deux pour se battre, Votre Altesse. Tu n'as pas remarqué que Toraf ne ripostait pas ?

En fait, non. Et il s'en moquait. Il se relève et lui tend une main, qu'elle refuse. Il hausse les épaules, irrité par ce menu rejet.

— Tant pis pour lui. Maintenant, rentre à la maison. Toraf et moi n'avons pas fini.

Toraf a eu le temps de se relever et de s'épousseter. C'est seulement au bout de quelques instants que Galen se rend compte que Rayna n'a pas essayé de les séparer. En fait, elle n'a pas soufflé mot.

Pétrifiée là où il l'a laissée, sa figure se tord sous le choc, la colère et la douleur. La rage se dissipe quand Toraf lisse son maillot de bain et passe devant elle. En fait, le choc s'évanouit aussi. Seule la souffrance reste sur son visage décomposé.

Son partenaire est déjà immergé jusqu'aux genoux lorsqu'elle se décide à l'appeler.

— Toraf ?

Sa voix brisée prend Galen au dépourvu. Toraf ne remarque rien. Ou bien il s'en moque.

— Hum? dit-il, comme si elle était indigne qu'on lui adresse un mot entier.

— Tu… Tu as embrassé Emma.

— Oui? dit-il en regardant avec impatience vers le large.

— Mais… Mais tu es *mon* partenaire.

Il hausse les épaules.

— Ah, vraiment? Aux dernières nouvelles, tu te dépêchais d'aller voir Grom pour lui demander de nous desceller. Je me suis dit que j'allais cesser de perdre ton temps — et le mien. Et tu dois reconnaître qu'Emma est une bonne prise.

Il se retourne et fait un clin d'œil à Emma. Galen se lance vers lui, mais Emma s'accroche à son bras. Galen grince des dents.

Rayna fait de petits pas vers Toraf, comme si elle s'approchait d'un requin pendant son repas.

— Mais je ne nous ai pas descellés. Nous sommes toujours accouplés.

Toraf croise les bras.

— Vraiment? Alors, Grom ne voulait pas nous desceller?

Rayna s'arrête, les bras ballants, les épaules basses.

— Je ne le lui ai pas demandé.

Galen ne peut voir sa figure, mais à sa voix tremblotante, il devine qu'elle tente de se maîtriser. Mais pour une fois, ce n'est pas contre la colère qu'elle lutte.

« Mais qu'est-ce qui leur prend ? »

Toraf, nonchalant, presque indifférent. Rayna s'enveloppe de ses bras dans un accès d'insécurité. Et Emma... Emma n'a pas changé. Toujours aussi belle, aussi têtue que jamais.

— Je ne comprends pas pourquoi, dit Toraf en s'avançant en eau profonde. Toi et moi, nous savons très bien qu'entre nous, ça ne marchera pas.

Rayna entre dans l'eau.

— Qu'est-ce qui ne marche pas ? Tu as dit que tu m'aimais.

Son rire est acerbe.

— Et j'ai eu droit à une lèvre fendue pour toute réponse.

— Tu ne devrais pas m'en vouloir, dit-elle. Et puis, tu m'as prise par surprise.

— Par surprise ? Je te tourne autour depuis que nous sommes alevins. Non, dit-il en secouant la tête. C'est toi qui avais raison. Nous ne sommes pas faits pour être ensemble. En fait, je vais demander à Grom de nous desceller moi-même.

Sur ces derniers mots, il plonge, laissant le bout de sa queue dépasser.

Rayna, incrédule, se tourne vers Galen.

— Est-il sérieux ?

— Ça en a tout l'air, dit Galen, tout aussi étonné que sa sœur.

— Toraf, attends ! lance Rayna avant de se jeter dans les vagues pour le rattraper.

Galen et Emma regardent les deux partenaires s'éloigner sous les dernières lueurs du soleil couchant. Galen n'est pas certain de la réalité du spectacle auquel il vient d'assister — ni de la probabilité que sa bouche se referme un jour.

« Comment a-t-il pu me trahir à ce point ? »

La loyauté de Toraf est infinie.

« Du moins, c'est ce que je croyais. »

S'il a pu se fourvoyer à propos de lui sur ce point, sur combien d'autres choses encore s'est-il trompé ?

A-t-il mal évalué sa dévotion pour Rayna ? Comment est-ce possible ? Toraf a refusé de filtrer, car selon lui, Rayna était son âme sœur. Il est tombé malade la première fois qu'elle l'a rejeté. Non, Toraf ne traiterait jamais Rayna comme il vient de le faire. Et Rayna ne courrait jamais après lui. Jamais.

Et puis il y a Emma. Elle s'est manifestement rappro-chée de Toraf pendant son absence de trois jours.

« C'est de ma faute. J'aurais dû l'embrasser. J'aurais dû la laisser avec le souvenir d'un baiser au lieu de me disputer avec elle pour qu'elle reste sur la terre ferme. »

Mais qu'est-ce que cela aurait changé ? La possibilité qu'elle embrasse son frère un jour est toujours bien réelle. Ne devrait-il pas s'habituer à la voir en embrasser un autre ?

« Mais c'est différent. Je n'ai jamais prévu de la voir embrasser Grom. »

En fait, il ne planifiait pas de la revoir après l'avoir remise à son frère.

« Grom. »

Toraf a aussi trahi Grom. Techniquement, il a peut-être embrassé sa future reine. Quand Toraf disait qu'il désirait être en bons termes avec elle, il n'aurait jamais pensé qu'il pousserait la chose aussi loin. Mais Toraf ne peut espérer devenir le partenaire d'Emma. Elle est déjà prise — quoi qu'il arrive.

Il l'observe du coin de l'œil. Elle a les bras croisés, les yeux ronds. Les lèvres et les joues aussi rouges qu'un homard rôti. Il se racle la gorge.

— Depuis... depuis combien de temps ça dure? demande-t-il doucement.

Elle se tourne vers lui.

— Depuis combien de temps dure quoi?

— Toraf et toi. Le fait que vous vous embrassiez?

— Oh. Environ 10 minutes.

C'est mieux que ce qu'il espérait. Le soulagement le submerge tel un tsunami. Si leur histoire avait duré pendant toute son absence... il n'ose même pas y penser. Toraf a enfreint la loi syréna en embrassant Emma. Embrasser une autre personne que son partenaire est passible de 10 cycles lunaires d'enfermement dans les cavernes de glace. Il s'agit d'un des délits considérés les plus graves. S'il l'avait embrassée toute la fin de semaine, chaque baiser compterait pour une infraction individuelle.

Certes, Toraf pensait que Rayna avait dissous leur union. Il pensait avoir le droit d'embrasser qui il voulait.

«Mais pourquoi fallait-il que cette personne soit Emma?»

Il n'aurait pu effectuer pire choix, pour tant de raisons que Galen ne pourrait toutes les énumérer.

«Comme si je n'avais pas assez de soucis. La guerre, l'extinction, ou bien les deux, menacent mon royaume, et le seul moyen de le sauver est de renoncer à la seule chose que j'aie jamais voulue. Et Toraf vient me faire ce sale coup. Il nous trahit, ma sœur *et* moi.»

Galen ne pourrait imaginer pire situation. Alors, il ne s'attend pas du tout au gloussement d'Emma.

Il se tourne vers elle.

— Qu'y a-t-il de si drôle ?

Elle rit tellement qu'elle s'accroche à lui pour ne pas tomber. Il se raidit en résistant à l'envie de la prendre dans ses bras. Elle lance, en essuyant ses larmes :

— Il m'a embrassée !

Son fou rire reprend de plus belle.

— Et tu trouves ça *drôle ?*

— Tu ne comprends pas, Galen, dit-elle.

Un début de hoquet la prive de son air.

— Évidemment pas.

— Tu ne vois pas ? Ça a marché !

— Tout ce que j'ai vu, c'est Toraf, le partenaire de ma sœur, mon *meilleur ami*, qui embrasse, mon... mon...

— Ton quoi ?

— Mon étudiante.

« Mon obsession. »

— Ton étudiante. Wow.

Emma secoue la tête et laisse échapper un hoquet.

— Eh bien, je sais que tu es fâché à cause de ce qu'il a fait à Rayna, mais c'était pour la rendre jalouse.

Galen essaie d'assimiler l'information, mais elle reste à la surface, tel un bouchon.

— Tu es en train de dire qu'il t'a embrassée pour rendre *Rayna* jalouse ?

De nouveau prise d'un fou rire, elle hoche la tête.

— Et ça a fonctionné ! Tu as vu sa tête ?

— Tu es en train de me dire que c'était un coup monté pour la berner.

« Et pas moi ? »

Il secoue la tête.

— Mais où a-t-il pêché cette idée ?

— C'est moi qui la lui ai donnée.

Malgré lui, Galen serre les poings.

— Tu lui as dit de t'embrasser ?

— Non ! Enfin, d'une certaine manière. Mais pas vraiment.

— Emma...

— Je lui ai dit de se faire désirer. Tu sais, faire semblant qu'il n'est pas intéressé. Il a pensé à m'embrasser tout seul. Je suis tellement fière de lui !

« Elle pense que c'était génial de sa part de l'embrasser. Super. »

— Et tu... tu as aimé ?

— Je viens de te dire que oui.

— Pas son plan. Le baiser.

La joie se retire de son visage telle une marée descendante.

— Ce ne sont pas vos affaires, Votre Altesse.

Il passe la main dans ses cheveux pour ne pas être tenté de la secouer. Et de l'embrasser.

— Par le trident de Triton, Emma. As-tu aimé ça ou pas ?

Elle recule de plusieurs pas et plante les mains sur ses hanches.

— Te souviens-tu de M. Pinner, Galen ? En Histoire du monde ?

— Quel est le rapport ?

— Demain, c'est lundi. Quand j'entrerai dans la classe de M. Pinner, il ne me demandera pas si j'ai aimé le baiser de Toraf. En fait, il se balance de ce que j'ai pu faire pendant la fin de semaine. Parce que je suis son étudiante. Tout comme je suis *ton* étudiante, tu te rappelles?

Elle fouette l'air de ses cheveux en se retournant. De sa démarche nonchalante, elle s'éloigne, enivrante. Elle ramasse sa serviette, enfile ses gougounes et se dirige vers la maison, en haut de la colline.

— Emma, attends.

— J'en ai assez d'attendre, Galen. Bonne nuit.

Autrefois, la plage apaisait Galen. Un peu comme le champ de mines réconforte Grom. Mais maintenant, la lune lui rappelle la couleur des cheveux d'Emma. Le sable lui fait penser à sa façon de s'ancrer dans le lit de l'océan. Même les herbes imitent l'ondulation de ses hanches. Alors ce soir, la plage le tourmente. De la même façon que le champ de mines torture certainement Grom. Et comme Grom, il ne peut se décider à s'en arracher.

Toraf émerge de l'eau peu profonde, vêtu d'un short appartenant à Galen. Celui-ci ne bouge pas. Toraf s'assoit à ses côtés, tout juste hors de portée.

— Tu devrais dormir, fretin. N'as-tu pas école demain?

Sans un regard, Galen fait signe que oui.

— Si, dans environ trois heures. Où est ma sœur?

— Elle est en train de préparer l'île que nous avons trouvée ce soir.

Galen secoua la tête de dépit.

— Espèce d'anguille visqueuse. Tu aurais pu m'avertir de ce que tu manigançais.

Toraf éclate de rire.

— Mais oui. « Hé, Galen, il faut que je t'emprunte Emma pour quelques minutes. J'ai besoin de l'embrasser. D'ac ? » Je ne pense pas que ça aurait été bien accueilli.

— Parce que tu crois que ton attaque-surprise était mieux ?

Toraf hausse les épaules.

— Je suis satisfait.

— J'aurais pu te tuer.

— Ouais.

— Ne fais plus jamais ça.

— Je n'en ai pas l'intention. C'était une belle attention de ta part de défendre l'honneur de ta sœur. Très fraternel.

Toraf ricane.

— Tais-toi.

— Je le dis, tout simplement.

Galen passe la main dans ses cheveux.

— Je n'ai vu qu'Emma. Je n'ai pas pensé à Rayna du tout.

— Je sais bien, idiot. C'est pourquoi je t'ai laissé me frapper 58 fois. Parce que j'aurais fait la même chose à ta place.

— Tu veux dire 59.

— T'emballe pas, vairon. En passant, est-ce qu'Emma bouillait de colère ou était-elle juste un peu irritée ? Devrais-je garder mes distances pendant un moment ?

Galen pouffe.

— Elle riait tellement que j'ai cru qu'elle allait s'évanouir. C'est moi qui ai des ennuis.

— Tu m'étonnes. Comment as-tu réagi ?

— Comme d'habitude.

Camoufler ses émotions. Dire tout de travers. Se comporter comme un requin-bouledogue défendant son territoire.

Toraf secoue la tête.

— Elle ne va pas supporter ça éternellement. Elle pense déjà que tu veux sa transformation dans le but de la régenter.

— Elle a dit ça ?

Galen fronce les sourcils.

— Je ne sais pas ce qui est pire. La laisser penser ça ou bien lui dire la vérité sur les raisons de sa transformation.

— Selon moi, pas besoin d'annonce avant qu'elle n'arrive à se métamorphoser. Et jusqu'ici, elle en est incapable.

— Tu ne crois pas qu'elle est comme nous ?

Toraf hausse les épaules.

— Sa peau se ride. C'est assez dégoûtant. Peut-être qu'elle est une sorte de surhumaine. Tu sais, comme Batman.

Galen rit.

— Comment connais-tu Batman ?

— Je l'ai vu sur le carré noir dans ton salon. Il peut faire plein de choses que les autres humains ne peuvent pas. Peut-être qu'Emma est comme lui.

— Mais Batman n'existe pas. Ce n'est qu'un homme qui se comporte de cette façon pour être regardé par les autres humains.

— Il m'a semblé plutôt réel.

— Ils sont bons là-dedans. Certains humains passent toute leur vie à donner l'apparence du réel à ce qui ne l'est pas.

— Les humains sont plus perturbants que je ne le croyais. Pourquoi faire semblant d'être quelque chose que l'on n'est pas ?

Galen hoche la tête.

« Pour s'emparer d'un royaume, peut-être ? »

— Au fait, ça me rappelle que Grom a besoin de toi.

Toraf grogne.

— Ça ne peut pas attendre ? Rayna se prélasse sur notre île au moment où l'on se parle.

— Franchement. Je ne veux pas le savoir.

Toraf sourit.

— Bon. Désolé. Mais tu vois ce que je veux dire, pas vrai ? Enfin, si Emma t'attendait...

— Emma ne m'attendrait pas, parce que je ne l'aurais pas quittée.

— Rayna m'y a forcé. Même toi, tu ne m'as jamais frappé aussi fort. Elle veut que nous restions en bons termes. Et puis, j'ai quelque chose à te dire, mais tu ne m'en as pas donné l'occasion.

— Quoi ?

— Hier, quand on s'exerçait devant chez toi, j'ai senti quelqu'un. Quelqu'un que je ne connais pas. Alors, j'ai fait sortir Emma de l'eau et je suis allé mener mon enquête.

— Et elle t'a *obéi* ?

Toraf fait signe que oui.

— En fait, tu es la seule personne à qui elle désobéit. Bref, j'ai suivi la pulsation.

— Qui était-ce ?

— La pulsation a cessé avant que je la rejoigne.

— Elle t'a mené où ?

— Chez Emma, Galen. Il y avait des traces de pas toutes fraîches qui sortaient de l'eau et menaient jusqu'à la maison. C'est pourquoi la pulsation avait cessé — la personne était sortie de l'eau.

— Tu es un traqueur. Tu as rencontré tous les Syrénas des deux maisons. Comment se fait-il que tu ne puisses pas identifier cet individu ?

— Apparemment, je n'ai pas rencontré tout le monde. Je t'ai dit que je n'avais jamais senti cette pulsation avant. Emma ne l'a pas reconnue non plus. Mais bon, ça ne m'étonne pas.

Galen se pince l'arête du nez. Emma n'aurait pas reconnu la pulsation parce qu'elle a eu l'eau en horreur pendant des années. S'il y a des Syrénas vivant à proximité, ils n'auraient pas senti sa présence. Jusqu'à maintenant. Il secoue la tête.

— On doit être au courant de l'existence d'Emma. Je dois me rendre là-bas tout de suite. Elle est seule. Sa mère travaille de nuit.

La terreur l'envahit et l'étrangle. Elle lui serre la gorge comme un étau.

— Toraf, tu dois aller retrouver Grom. Ce soir. Immédiatement. Tu dois retrouver Paca avant que cet étranger ne trouve Emma.

— La fille de Jagen ? Qu'a-t-elle à voir avec Emma ?

Galen se relève.

— Jagen prétend que Paca détient le pouvoir de Poséidon. Si c'est exact, je m'assurerai qu'elle devienne la partenaire de Grom à la place d'Emma. Mais ce sera impossible si quelqu'un — peu importe son identité — repère Emma avant que tu trouves Paca.

— Galen…

— Je sais, c'est pas gagné. Mais le don de Paca n'est pas plus improbable que celui d'Emma. Et c'est mon seul espoir.

Toraf hoche la tête, compréhensif.

— D'accord. Si elle est en vie, je la trouverai, Galen. Je te le jure.

— Si quelqu'un peut la trouver, c'est toi. Et envoie-moi Rayna pendant ton absence.

17

Être première de classe n'est pas synonyme de bon sens. Je ne fais pas exception à la règle. Le temps que je me rende compte que la vapeur dans la salle de bain indique que l'eau devient chaude — c'est simplement ma chair de Syréna qui ne peut le sentir —, ma mère a appelé le plombier. Du coup, ma seule option est d'inventer une histoire que même un enfant de maternelle ne goberait pas. Pourtant, ma mère avale mes explications — et accepte de payer les frais pour pertes de temps et d'essence causées par une adolescente.

L'incident m'amène à ma nouvelle théorie : mon coup à la tête a déclenché mes instincts syrénas. Tous les bouleversements de mon existence semblent liés à cet incident. Je ne me suis pas seulement cogné la tête. Le malaise que j'ai eu chez Galen, quel qu'il soit — les points noirs, les étourdissements — semble avoir scellé mon destin. D'ailleurs, cette nuit-là représente une série de premières et de dernières fois.

La première fois que j'ai retenu ma respiration plus longtemps qu'un nageur olympique. Ma dernière douche chaude. La première fois que j'ai pu voir à travers une eau noire comme de l'encre. La dernière fois que j'ai fait confiance à Galen. La première fois que j'ai senti un autre Syréna. La dernière fois que j'ai détesté Rayna. La première et dernière fois que j'ai passé la tête à travers une vitre à l'épreuve des ouragans. La liste est aussi longue que la côte du New Jersey.

Tout comme la série de raisons de ne pas avoir hâte de le retrouver à l'école. Mais je ne peux m'en empêcher. Il m'a déjà envoyé trois SMS ce matin : « Je passe te prendre ? » et « On prend le déjeuner ? » et « Tu reçois mes messages ? » Mes pouces veulent taper « oui » à toutes les questions, mais la fierté exige que je ne réponde pas du tout. Il m'a appelée son *étudiante*. Alors qu'il était seul à la plage avec moi, il m'a dit qu'il me voyait comme son élève. Que notre relation était strictement platonique. Et tout le monde sait bien que « relation platonique » égale « rejet ».

Eh bien, j'ai beau être son étudiante, je vais *lui* donner une ou deux bonnes leçons. La première leçon d'aujourd'hui s'appelle *Traitement silencieux 101*.

Donc, lorsque je le croise dans le couloir, je le salue de la tête et je passe devant lui. En l'effleurant, je sens l'énergie créée par le léger contact. Elle ne s'évapore pas tout à fait, ce qui signifie qu'il me suit. J'ai le temps de me rendre à mon casier avant qu'il ne pose la main sur mon bras.

— Emma, murmure-t-il.

J'ai la chair de poule jusqu'au bout des petits orteils. Mais je me contiens.

Je hoche la tête, puis je compose la combinaison de mon casier. Il évite de justesse de recevoir la porte dans la figure. Il me contourne, s'appuie contre la porte et me retourne face à lui.

— Ce n'est pas très aimable.

Je lève un sourcil accusateur.

Il soupire.

— Je suppose donc que je ne t'ai pas manqué.

Il y a tant de choses à répliquer! Par exemple : «Au moins, Toraf était là pour me tenir compagnie» ou «T'étais parti?» ou «T'inquiète, je ne me suis pas ennuyée de mon professeur de calcul non plus.» Mais l'idée est de ne rien dire. Alors je me retourne. Je transfère des livres et des papiers de mon casier à mon sac. Je plante un crayon dans mon chignon. Quand il éclate de rire, je sens son souffle sur mon oreille.

— Ainsi, ton téléphone n'était pas brisé, tu n'as simplement pas répondu à mes messages.

Lever les yeux au ciel ne fait pas de bruit, donc les règles du Traitement silencieux 101 me le permettent. Je m'exécute en refermant mon casier. Quand j'essaie de me dégager un passage, il m'attrape par le bras. Et j'imagine que si marcher sur son pied est silencieux…

— Ma grand-mère est mourante, lâche-t-il.

Bon, voilà que je suis prise au dépourvu. Comment poursuivre le Traitement silencieux 101 après cette nouvelle? Il ne m'a jamais parlé de sa grand-mère, mais bon, moi non plus.

— Je suis désolée, Galen.

Je pose ma main sur la sienne, et je la serre légèrement.

Il rit. Quel crétin!

— Par bonheur, elle vit dans un appartement à Destin, et sa dernière volonté est de te rencontrer. Rachel a téléphoné à ta mère. Notre avion décolle samedi après-midi, et on revient dimanche soir. J'ai déjà averti le Dr Milligan.

— Mais c'est pas possible!

Depuis la fenêtre de notre hôtel, je fixe le golfe du Mexique. La tempête d'aujourd'hui a donné des airs de gruau au sable, maintenant grumeleux et criblé de trous. En traversant la tempête, notre avion a subi des turbulences alarmantes qui ont rendu Galen malade.

Je jette un œil à l'horrible causeuse sur laquelle Galen dort pour faire passer la nausée. À en juger par ses ronflements réguliers, le minuscule canapé n'est pas aussi inconfortable qu'il en a l'air. Ou bien la projection de vomi est une activité tellement exigeante qu'après, on peut s'effondrer n'importe où.

Le soleil est en train de se coucher, mais nous avons encore du temps avant notre rendez-vous avec le Dr Milligan au Gulfarium. Il veut que l'on vienne après la fermeture pour s'assurer de passer les tests à l'abri des regards. Ce qui nous laisse encore cinq heures.

Pour tuer le temps, je mets mon maillot de bain en prenant soin de ne pas réveiller Galen. Je vais à la plage. Galen a besoin de repos, et moi, j'ai besoin de réfléchir. De plus, la pluie a fait fuir les derniers touristes, alors si jamais j'ai une poussée de nageoire à un moment inopportun, il n'y aura pas de témoins.

J'enlève mon t-shirt et entre dans l'eau. Je ne sais pas à quelle distance se trouve l'endroit où Chloé est décédée. Je n'ai pas reconnu les hôtels alentour. Rachel a réservé dans un établissement luxueux, tandis que les parents de Chloé avaient pris une chambre plutôt abordable. De toute façon, tout ça n'a guère d'importance. Chloé n'est pas là.

D'ailleurs, moi non plus, enfin, pas vraiment. Du moins, je ne suis plus la même Emma. La silhouette blanche qui la suivait dans les couloirs de l'école comme une ombre. Celle qui restait en retrait tandis que Chloé butinait d'un cercle d'amis à l'autre comme une abeille pollinisatrice. Un fantôme effacé, oubliable.

Je me demande si Chloé la flamboyante aurait pu laisser place à ma version améliorée. Une Emma qui a menti à sa mère pour prendre l'avion avec un étrange homme-poisson. Une Emma qui est déjà immergée jusqu'à la taille sans ressentir un soupçon de terreur. Une Emma plus susceptible de déclencher une bataille que d'en arrêter. Peut-être qu'«améliorée» n'est pas le bon terme pour décrire ma nouvelle personnalité. Peut-être qu'on devrait dire «différente». Peut-être même «indifférente».

L'air est si humide que j'ai l'impression de me noyer. Il va probablement pleuvoir d'une minute à l'autre. Les gouttes s'emmêleront probablement avec les larmes qui roulent sur mes joues… Pour l'indifférence, c'est raté.

Je plonge.

Le golfe n'est pas du tout comme dans mes souvenirs. Bien sûr, c'est parce que la dernière fois, le sel m'irritait les yeux. De plus, l'eau était rafraîchissante comparée à la chaleur suffocante de la Floride. Maintenant, tout comme le jacuzzi, l'Atlantique et la moindre flaque, l'eau est tiède.

C'est presque aussi enrageant que la valse-hésitation de Galen. En revanche, je n'ai pas l'impression qu'il vit une partie de plaisir. À en juger par son visage, il est déchiré par une lutte intérieure féroce. Un pas en avant, un pas en arrière. Un pas en avant, un pas en arrière. On dirait une bataille entre le bien et le mal. Sauf que je ne sais pas si, pour lui, ce serait mal de m'embrasser.

« Probablement que oui. »

C'est pitoyable. Pendant les 24 prochaines heures, je serai enfermée dans une chambre d'hôtel sans chaperon avec un gars qui se retient de toutes ses forces de m'embrasser.

« Magnifique. »

Je rase le fond de l'eau en traînant ma mauvaise humeur. Je m'amuse à voir combien de crabes j'arriverai à provoquer. La plupart collaborent et essaient de me pincer. Mais même si l'un d'entre eux parvenait à s'agripper à mon doigt, il ne me ferait pas plus mal qu'une pince à linge. Toutefois, ma stratégie ne marche qu'un temps. Bientôt, Galen et ses lèvres succulentes ressurgissent dans mon esprit. Il est comme la version boîte de nuit d'une chanson déjà insupportable, dont on n'arrive plus à se défaire. Et que l'on se repasse encore et encore et encore et encore.

Je me demande ce que Chloé m'aurait conseillé.

« Comme elle me manque ! »

Contrairement à moi, elle était une spécialiste de la gent masculine. Elle devinait quand ils étaient infidèles. Elle savait quand les gars racontaient des vacheries à leurs amis. Elle sentait s'ils voulaient son numéro, même quand ils ne lui empruntaient qu'un crayon. Elle aurait pu, après un seul coup d'œil, expliquer pourquoi Galen ne m'embrasse pas, comment m'y prendre pour le convaincre de le faire et quelle salle réserver pour notre réception de mariage.

Trop irritée pour continuer, je fais volte-face. Une odeur de métal me frappe comme une vague.

« Une odeur ? Comment est-ce possible ? »

Puis, je le vois. Le nuage de sang. Des remous causés par une lutte. Un aileron. Deux ailerons. Je hurle. La bête m'entend. *Elles* m'entendent. Elles interrompent la correction qu'elles étaient en train d'infliger. Les restes d'un animal quelconque retombent autour d'elles comme des confettis. Des confettis sanglants.

Je me retourne de nouveau, mais je sais déjà que je suis fichue. La bonne nouvelle est que deux requins me tueront plus vite qu'un seul. Deux paires de mâchoires ont plus de chances de me sectionner une artère vitale sur le coup. Ce sera sûrement rapide. Une partie de moi veut s'arrêter, histoire d'en finir tout de suite. L'autre, la partie dominante, veut s'enfuir à toute vitesse. Elle veut se battre, mutiler, lancer des coups de pieds. Devenir leur proie la plus durement gagnée. Qu'ils s'étouffent sur mes os épais de Syréna.

J'entends un sifflement : ils approchent. Je me raidis. L'un des requins me percute. Des bulles d'air m'échappent. Je crie et ferme les yeux de toutes mes forces. Personne ne veut assister à sa propre mort. Une mâchoire se referme sur ma taille, puissante et ferme. La bête avance si brusquement que ma tête bascule vers l'arrière.

« C'est la fin. »

J'attends d'être transpercée par les dents. Rien ne se passe. La bête se contente de nager. J'ai entendu dire que les alligators se comportaient ainsi. Ils saisissent leur proie et l'emmènent ailleurs. Ainsi, ils gardent le repas pour plus tard. L'eau salée est probablement un excellent agent de conservation pour un cadavre bien frais comme le mien.

Je me force à ouvrir un œil. Et je m'étouffe. Ce n'est pas une mâchoire vigoureuse qui me tient si fortement. Ce sont des bras. Des bras que je connais par cœur.

Galen. Et il est si furieux qu'il pourrait amener l'eau à ébullition. Peut-être que c'est déjà le cas. Peut-être que nous progressons trop vite pour nous en rendre compte. D'après son expression, il a envie de me tuer lui-même. J'étais sans doute en meilleure compagnie avec les requins.

Galen nage un long moment. Il ne me regarde pas, ne me parle pas. De toute façon, je devine qu'il vaut mieux me taire. Après quelques instants, le décalage horaire, la frousse éprouvée et le sentiment de sécurité dans les bras de Galen se liguent contre moi. Si je n'étais pas immergée, je bâillerais. Au lieu de ça, je ferme les yeux.

— Emma ! Emma, tu m'entends ?

La gifle sur ma joue me réveille en sursaut.

— Quoi ?

Ce n'est pas mon moment de gloire. Je me frotte les yeux. Galen me porte comme une princesse. Peu à peu, je distingue des étoiles.

« Quand avons-nous émergé ? »

Des milliards de magnifiques étoiles scintillent dans un ciel dégagé tandis que je suis dans les bras du prince-poisson charmant. Je vis probablement le moment le plus romantique de mon existence.

Le grognement de Galen brise complètement la magie.

— J'ai cru que tu étais morte. Deux fois.

— Désolée.

C'est la seule pensée que j'arrive à formuler. Ah oui, et aussi :

— Merci de m'avoir sauvée.

Il secoue la tête. Je n'ai manifestement pas encore droit à la parole.

— Quand je me suis réveillé, tu t'étais volatilisée, dit-il, la mâchoire serrée. Et tu ne répondais pas au téléphone.

J'ouvre la bouche, mais ses yeux lancent des éclairs.

« Non, pas encore mon tour. »

— Je t'ai dit de ne jamais aller dans l'eau seule…

Ça, c'est mon signal.

— Je n'accepte pas les ordres, Votre Altesse.

Il me lance un regard noir. Oups. Ce n'était pas une bonne idée.

Il inspire à plusieurs reprises. Et encore quelques fois. Je m'attends à ce qu'il fasse une crise d'hyperventilation. Mais non. Il attrape fermement mon menton. Il jauge mes lèvres, et son expression s'adoucit. Il me relâche, puis regarde dans l'eau.

Puis il nous entraîne vers le fond.

Il me tient toujours comme si j'étais une nouvelle mariée sur le seuil de sa nouvelle demeure. Nous descendons plus rapidement qu'un ascenseur en chute libre. Mais c'est son mystérieux sourire en coin qui me donne envie de m'agiter.

Finalement, nous nous arrêtons. Après un signe de tête, il se mixe avec l'eau. Déjà, j'ai peur de me retourner. Avec raison. Je m'élance vers lui, mais il ne me laisse pas me cacher. Une baleine. Une énormissime baleine. Et puisque Galen a disparu, je suis la seule personne qu'elle voit.

— Qu'est-ce que tu fais, Galen ? Fais-nous sortir d'ici.

— C'est toi qui voulais aller nager. Seule. Tu as changé d'avis ?

— J'ai dit que j'étais désolée.

— Tu as aussi dit que tu n'acceptais pas d'ordres…

— C'était une blague.

Ha, ha.

Il ricane et se matérialise.

— Il ne te fera pas de mal, Emma.

— Il se rapproche, Galen.

— Tu piques sa curiosité.

— Tu parles de ma saveur ?

Pourquoi Galen ne nous sort-il pas d'ici tout de suite ? J'ai appris ma leçon, maintenant !

— Non.

Il rit.

— Quoique je meurs d'envie de le savoir, moi.

Je me retourne vers lui brusquement.

— Ce n'est pas drôle. Au moins, *toi*, tu peux te mixer. Allez, partons. S'il te plaît.

Il secoue la tête.

— Il ne nous fera pas de mal. C'est un bosselé. Les humains les appellent des cachalots. Ils se nourrissent principalement de calmars. Je n'ai jamais entendu parler d'une attaque envers un Syréna. Il veut juste nous examiner... Je te le jure.

D'une main, il me fait faire demi-tour. L'énorme mammifère est si près que je peux voir ses yeux, qui sont à peu près aussi gros que ma tête.

— Parle-lui, murmure Galen.

J'ai le souffle coupé.

— Tu es malade !

Ma voix et mon corps tout entier tremblent. La pression de son nez sur ma nuque me calme. Un peu.

— Emma, parle-lui. Dis-lui que nous ne lui ferons aucun mal.

Nous ne *lui* ferons aucun mal ?

— Dis-lui toi-même. C'est toi, le poisson.

— Emma, il te comprend. Il ne peut pas me comprendre, moi.

— Galen, allons-nous-en. Je t'en prie. Je ferai tout ce que tu voudras. Je ne tremperai plus un orteil dans l'eau sans ta permission. Je te le jure.

Il se retourne de nouveau et soulève mon visage avec son pouce.

— Écoute-moi, Emma. Il ne t'arrivera rien. Je te le promets. J'essaie de te montrer à quel point tu es spéciale. Mais avant, tu dois te calmer.

Il attrape mon visage et ne me laisse pas me retourner. Il me regarde droit dans les yeux, me caresse les cheveux. La joue. Il presse son front contre le mien. Après environ une minute, je me calme. Il sourit.

— Tu as arrêté de trembler.

Je confirme d'un signe de tête.

— Es-tu prête à te retourner?

Je déglutis involontairement.

— Est-il proche?

Il fait signe que oui.

— Il est juste derrière toi, Emma. S'il voulait te manger, il l'aurait déjà fait. Tu as seulement peur parce qu'il est énorme. Si tu réussis à oublier sa taille, ce sera comme parler à un poisson rouge.

Je n'ai pas le temps d'assimiler la comparaison. Il me retourne si vite que Goliath et moi sursautons tous les deux.

— Parle-lui, Emma.

— Qu'est-ce que je raconte à une baleine, Galen? sifflé-je.

— Dis-lui d'approcher.

— Hors de question.

— D'accord. Dis-lui de reculer.

Je hoche la tête.

— D'accord. Bon.

Pour éviter de m'ouvrir les doigts à force de les triturer, je joins les mains. J'ai une conscience aiguë de ma terreur, mais encore plus de l'absurdité de la situation. Je suis sur le point de demander à un poisson de la taille de ma maison de faire demi-tour. Parce que Galen, l'homme-poisson derrière moi, ne parle pas la langue des baleines à bosse.

— Euh, pouvez-vous vous éloigner de moi ? demandé-je.

Ma voix est polie, comme si je lui demandais d'acheter des biscuits à une scoute.

Pendant quelques instants, je me sens mieux. En effet, Goliath ne bouge pas, ce qui prouve que Galen ne sait pas ce qu'il raconte, que cette baleine ne me comprend pas et que je ne suis pas une espèce de Blanche-Neige des océans. Sauf que Goliath *commence à se retourner.*

Je me retourne vers Galen.

— Ce n'est qu'une coïncidence.

Galen soupire.

— Tu as raison. Probablement qu'il nous a pris pour un membre de sa famille. Dis-lui de faire autre chose, Emma.

— Galen, ne pourrait-on pas…

— Dis-lui.

Goliath s'est déjà un peu éloigné. Vu d'ici, il a la taille d'un seul autobus scolaire plutôt que de trois. Son petit battement de nageoire me rappelle un drapeau qui volette paresseusement sous une brise légère.

— Attendez, appelé-je. Revenez. Vous n'avez pas besoin de partir.

La baleine s'arrête, fait volte-face et se dirige lourdement vers nous. Le doute me quitte aussi sûrement que l'eau s'échappe d'une bouche d'incendie brisée. Goliath se rapproche tellement que s'il ouvrait la bouche, il nous aspirerait. Il est laid. Avec son énorme caboche, il a l'air d'une de ces poupées qui dodelinent de la tête. Et il a oublié de se passer le fil dentaire. Un tentacule de calmar gros comme mon bras dépasse du côté de sa bouche. J'espère que ce n'est pas un calmar vivant.

Mais je n'ai plus peur. Galen a raison. Si Goliath avait voulu nous dévorer, il l'aurait déjà fait. Ses grands yeux semblent doux. Contrairement aux yeux vides et mécaniques d'un requin, son regard est loin de révéler un abîme sauvage.

— Parle-lui, murmure encore Galen en me serrant la taille plus fort.

Cette fois, je ne me contente pas de lui parler. Galen me laisse me dégager de son étreinte. Toutefois, pour ma sécurité, il continue de me tenir par le poignet. De ma main libre, je touche le nez de Goliath — du moins, la région de son nez.

— J'avais peur de toi parce que je pensais que tu nous mangerais, lui dis-je. Mais tu ne nous mangeras pas, n'est-ce pas ?

Je ne m'attends pas à ce que Goliath parle avec un accent espagnol ou quoi que ce soit, mais une petite partie de moi espère qu'il me réponde d'une façon ou d'une autre. Malgré tout, la façon dont son corps ondule avec le courant en dit long. Il n'est pas tendu et immobile comme un cobra prêt à l'attaque. Il est calme, curieux, serein.

— Écoute, si tu me comprends, je veux que tu nages dans cette direction, dis-je en indiquant ma droite, et que tu reviennes ici.

Goliath fait exactement ce que je lui ai dit. *Pas possible.*

Mon nouvel ami nous suit jusqu'à la surface quand mes poumons commencent à se serrer. Sur la route, Galen désigne différents poissons pour qu'on vérifie s'ils me comprennent tous. En passant, je lance des instructions.

— Nage par là, décris un cercle. Nage vite, nage lentement, nage vers le bas.

Ils obéissent tous.

Quand Goliath et moi allons chercher une dose d'oxygène, il y a assez de poissons autour de nous pour remplir une piscine entière. Certains sautent hors de l'eau. Certains me mordillent les orteils. Certains passent entre mes jambes ou entre Galen et moi.

Ils nous suivent jusqu'à ce que nous atteignions la rive. Il y a tellement de poissons qui virevoltent autour de nous qu'on dirait que l'eau est brouillée par la pluie. Nous nous asseyons sur la plage et nous les regardons jouer. Quand les mouettes remarquent leur manège, leur instinct de conservation reprend le dessus, et mon cercle d'admirateurs se réduit.

— Alors, dis-je en me tournant vers Galen.

— Alors, répond-il.

— Tu as dit que je suis spéciale. À quel point suis-je spéciale?

Il prend une grande inspiration et expire lentement.

— Très.

— Depuis quand sais-tu que je suis la femme qui murmure à l'oreille des poissons?

La blague lui échappe. Mais il comprend quand même ma question.

— Tu te souviens que je t'ai dit que le Dr Milligan t'a vue au Gulfarium ?

Je hoche la tête.

— Tu as dit qu'il a reconnu ma couleur d'yeux et qu'il a pensé que je pourrais être comme vous.

Galen se frotte le cou sans me regarder.

— C'est assez exact. Ta couleur d'yeux était significative. Surtout que les Syrénas ne sont pas censés fréquenter les humains.

Il fait un grand sourire.

— Mais ce qui l'a vraiment enthousiasmé, c'est la façon dont tu interagissais avec les bêtes. Il a dit que tu nouais des liens avec les animaux. Avec chacun d'entre eux.

Je suffoque. Je n'avais donc rien imaginé. Il n'y avait pas de hasard extraordinaire. Je m'étais persuadée que les animaux étaient entraînés à être sociables avec les visiteurs. Mais n'avais-je pas remarqué qu'ils n'étaient pas amicaux avec tout le monde ? N'avais-je pas observé qu'ils m'accordaient une attention toute particulière ? Oui, je l'avais constaté. Je n'ai simplement pas accepté que cela ait une quelconque signification. Pourquoi l'aurais-je fait ? Qu'est-ce que ça signifie ? Et pourquoi Galen ne m'a-t-il pas dit cela avant ?

— Tu ne m'as rien dit. Pourquoi ? Est-ce que Toraf est au courant ? Et Rayna ? Et comment se fait-il que je puisse parler aux poissons, Galen, et pas toi ? Et si le Dr Milligan m'a remarquée au Gulfarium, ça veut dire que je détenais le pouvoir *avant* mon coup à la tête. Qu'est-ce que ça veut dire ? Quelle est la signification de tout ça ?

Il éclate de rire.

— Par quelle question veux-tu que je commence?

— Pourquoi ne m'as-tu rien dit?

— Parce que je voulais te donner le temps d'accepter le fait que tu n'es pas humaine. Tu dois avouer que ça aurait fait beaucoup d'informations à assimiler d'un coup.

J'y réfléchis pendant un moment. Je soupçonne que c'est de la foutaise, mais que puis-je répliquer? Même s'il ment, il a raison. Je hoche la tête.

— Je suppose que c'est logique. Et maintenant, parlons de Toraf et Rayna. Sont-ils au courant?

— Toraf, oui. Pas Rayna. D'ailleurs, si tu veux que tout le monde connaisse ta vie privée, tu n'as qu'à en parler à Rayna.

— Pourquoi ne veux-tu pas qu'elle parle de moi aux autres Syrénas?

— Parce que ton pouvoir est un don des généraux. Le pouvoir de Poséidon. Alors, techniquement, tu es mon ennemie.

Je hoche la tête sans comprendre.

— Oui. Non.

Galen rit.

— Il y a bien des millénaires, les généraux ont conclu leur accord de paix et ont pris des mesures pour assurer la survie de notre espèce. Chaque maison a donc reçu un pouvoir particulier. Le tien prouve que tu appartiens à la maison de Poséidon.

— Est-ce la raison pour laquelle tu me fais sortir de l'eau quand tu sens quelqu'un à proximité? Parce que tu pourrais avoir des ennuis en me fréquentant?

Il fait signe que oui, songeur.

— Toi aussi, tu pourrais avoir des ennuis. N'oublie pas que ta maison est sur le rivage du territoire triton.

Ainsi donc, nous sommes ennemis. Donc, il n'est pas déchiré entre le bien et le mal. Il s'agit d'un combat entre la maison de Triton et la maison de Poséidon. Un conflit dont je me moque complètement. Mais je ne peux pas changer ce que je suis, et lui non plus. Mais est-ce que je veux vraiment de quelqu'un qui ne veut pas m'embrasser parce que je suis issue de la maison de Poséidon ?

« Oh que oui. »

Puisque je suis sur le point de me faire rougir à force de penser à embrasser Galen, je décide de poser des questions neutres pour calmer mes ardeurs.

— Mais comment le fait de parler à des poissons peut-il assurer notre survie ?

« Est-ce que je viens de dire "notre" ? »

Galen s'éclaircit la gorge.

— Eh bien... quiconque a le don de Poséidon peut assurer notre subsistance.

Je ravale mon irritation et secoue la tête.

— Tu es en train de me dire que je peux parler aux poissons... pour les tuer... et les manger...

Galen hoche la tête.

— Enfin, peut-être que tu n'auras jamais à utiliser ton pouvoir. En ce moment, nous avons largement de quoi manger. Mais je crois que les généraux ont prévu le fait que les humains dépasseraient les bornes et envahiraient les mers. Je crois qu'un jour ou l'autre, peut-être même d'ici quelques dizaines d'années, nous aurons besoin du pouvoir de Poséidon pour nous alimenter.

J'espère que ma figure ne trahit pas ma nausée.

— Les généraux n'auraient pas pu choisir pire candidat pour *ce* pouvoir-là !

Me tenir le ventre n'empêche en rien mon estomac de se retourner. Je ne peux concevoir de me lier d'amitié avec Goliath pour ensuite le livrer en pâture aux Syrénas. Mais je ne peux pas davantage envisager de laisser Galen et Toraf mourir de faim. Probablement que Rayna non plus.

« Il est temps de faire découvrir le merveilleux monde de la pizza à mes nouveaux amis... »

— Les généraux sont morts, Emma. Ils ne t'ont pas choisie. C'est un don qui est transmis par filiation. Le Dr Milligan appelle ça la « génétique ».

La génétique indique que mes parents ne sont pas mes vrais parents. Je sais que Galen le pense depuis le début, mais je suis toujours incapable de l'accepter. Je ne peux pas non plus écarter complètement cette possibilité. Surtout que je viens de jouer les chefs d'orchestre avec une symphonie de poissons. Comment en parler avec ma mère, ou même aborder le sujet ?

« Tu sais, Galen pense que tu m'as menti pendant les 18 dernières années. »

Même sans l'accuser directement, ça reviendrait au même. Et que répondre si elle me demande où j'ai pêché cette idée ?

« Eh bien, j'ai découvert que je peux retenir ma respiration pendant deux heures et que les poissons m'obéissent au doigt et à l'œil. Je n'ai pas pu m'empêcher de remarquer que toi, tu ne le peux pas. »

Pas de chance que ça arrive.

— Hé ! crié-je presque, ce qui fait sursauter Galen. N'est-ce pas la spécialité de Rachel ? Elle pourrait enquêter sur mes origines.

— Elle l'a déjà fait.

— Qu'est-ce que tu veux dire ? Elle a fait une vérification de mes antécédents ou quelque chose du genre ? Cette fois, je parle de recherches approfondies…

— Selon ton acte de naissance, tu es née dans un hôpital. Tes deux parents l'ont signé ainsi que le médecin traitant. Il se trouve qu'il est maintenant un professeur d'université qui enseigne aux étudiants en médecine comment accoucher des humains. Rachel a aussi trouvé une photo de ton père et de ta mère qui célébraient la remise d'un prix. Ta mère était enceinte sur la photo. D'après la date, il est raisonnable de penser que tu étais dans son utérus.

Je suis complètement bouche bée, mais rien ne sort. Galen ne s'en rend pas compte.

— On a trouvé dans les archives de ton école la preuve de ta fréquentation scolaire depuis la garderie jusqu'à aujourd'hui, et il n'y a pas eu de changement d'adresse. Ton dossier médical pourrait passer pour un dossier d'humain, bien que tu n'aies jamais eu la varicelle. Tu t'es cassé le bras quand tu avais quatre ans, tu n'as jamais subi de chirurgie, tes vaccins sont à jour…

— OhmondouxSeigneur ! hurlé-je en me relevant.

Je lui envoie le plus de sable possible avec mon pied.

— Ça ne la regarde pas ! Et toi non plus ! Elle n'avait pas le droit de…

— Tu viens de me dire que tu voulais qu'elle fasse des recherches approfondies, dit-il, lui aussi debout. Je croyais que tu serais heureuse d'apprendre que c'est déjà fait.

— Tu t'es immiscé dans ma vie privée ! dis-je en enfilant mes gougounes.

Je me dirige résolument vers l'hôtel. Le feu s'empare de mon poignet quand il le saisit.

— Emma, calme-toi. J'avais besoin de savoir…

Je pointe un doigt accusateur. Je touche presque son œil.

— Si je te permets de le faire, c'est une chose. Mais je suis sûre que c'est illégal de le faire sans mon consentement. En fait, je suis pas mal sûre que tout ce que cette femme fait est illégal. Sais-tu seulement ce qu'est la mafia, Galen ?

Il hausse les sourcils.

— T'a-t-elle révélé qui elle est ? Enfin, qui elle était ?

Je fais signe que oui.

— Quand tu étais allé voir Grom. Mafieuse un jour, mafieuse toujours, si tu veux mon avis. Comment pourrait-elle gagner tout cet argent autrement ? Mais je suppose que, puisqu'elle t'achète des maisons, des voitures et des fausses cartes, tu t'en fiches.

Je dégage ma main et je marche vers notre hôtel. Du moins, j'espère que c'est notre hôtel.

Galen éclate de rire.

— Emma, ce n'est pas l'argent de Rachel, c'est le mien.

Je me retourne brusquement.

— Tu es un poisson. Tu ne travailles pas. Et je ne crois pas qu'aucun de nos présidents figure sur la monnaie syréna.

Maintenant, « nos » veut dire que je suis humaine de nouveau. Si seulement je pouvais me décider !

Il croise les bras.

— Je l'ai gagné d'une autre façon. Marche avec moi jusqu'au Gulfarium, et je t'expliquerai comment.

La tentation me déchire autant que si on m'écartelait. D'une part, j'ai envie de piquer une crise, et de l'autre, je suis sous le charme. J'aurais le droit d'être furieuse, de porter plainte, de couper les cheveux de Rachel dans son sommeil. Mais suis-je prête à prendre le risque ? Et si jamais elle dort avec un fusil sous l'oreiller ? Suis-je prête à manquer l'occasion d'écouter, les orteils dans le sable, la voix riche de Galen détailler comment un poisson a fait fortune ? Non, pas du tout.

Je le dépasse en prenant soin de lui donner un coup d'épaule au passage. J'espère que je vais dans la bonne direction. Quand il me rattrape, son large sourire menace de faire fondre ma colère, alors je me détourne et fixe les vagues, furieuse.

— Je vends des trucs aux humains, dit-il.

Je lui jette un coup d'œil en attendant la suite. Il me regarde, l'air de guetter ma réaction aussi. Je déteste ce petit jeu… Peut-être parce que j'y suis très mauvaise. Il attend que je demande la suite. La curiosité est un de mes plus grands défauts — et il le sait.

Pourtant, je viens de ravaler une colère parfaitement justifiée, alors il m'en doit une. Qu'importe s'il m'a sauvé la vie. C'était il y a *deux* heures : une éternité. Je relève le menton.

— Selon Rachel, je suis millionnaire, dit-il.

Son petit sourire satisfait me met les nerfs aussi à vif que s'il les raclait avec un grattoir.

— Mais l'argent est secondaire pour moi. J'ai un faible pour l'histoire, tout comme toi.

Mince, mince, mince. Comment se fait-il qu'il me connaisse déjà si bien ? Je dois être aussi lisible que l'alphabet… À quoi bon résister ? Il gagnera toujours.

— Quels trucs ? Quelle histoire ?

Le voilà reparti, non sans brandir un sourire qui entrave toute réflexion.

— Je retrouve des objets perdus en mer et je les vends aux humains, dit-il en croisant les mains derrière son dos. Quand ils sont trop gros pour que je puisse les transporter moi-même, comme des vieux sous-marins de guerre ou des avions, j'indique leur localisation aux gouvernements humains contre rémunération. Bien sûr, Rachel s'occupe des formalités juridiques.

Je cligne des yeux.

— Vraiment ?

Il hausse les épaules, mal à l'aise, comme si le fait de recevoir toute mon attention le rendait soudainement nerveux.

— J'ai des acheteurs privés, aussi. On leur donne le premier choix, vu qu'ils offrent généralement un prix plus intéressant que la plupart des pays.

— Et les épaves ? Les trésors de pirates ?

Les possibilités sont infinies. Du moins, elles sont uniquement restreintes par les limites du territoire Triton, qui s'étend du golfe du Mexique au centre de l'océan Indien.

Il hoche la tête.

— Des tonnes. Ma meilleure prise, c'est une flotte espagnole entière qui transportait de l'or.

J'ai le souffle coupé. Il se dandine d'un pied sur l'autre. Peut-être suis-je la seule personne en dehors de Rachel à qui il a révélé le secret.

— Combien d'or ? T'ont-ils demandé comment tu l'as découverte ? Où était-ce ?

Les questions débordent comme une bouteille de soda trop secouée.

Il se pince l'arête du nez, puis il éclate de rire.

— Rachel enregistre tout ça sur l'ordinateur, y compris les photos. Tu pourras parcourir le tout à loisir quand nous rentrerons à la maison.

Je tape des mains comme un morse dressé. Je ne m'occupe pas des papillons dans mon estomac quand il dit : « quand nous rentrerons à la maison ». Comme si la maison pouvait se trouver sur la terre ferme.

18

Le garde de sécurité les laisse entrer dans le Gulfarium et les conduit dans l'exposition *La mer animée* pour y attendre le Dr Milligan. Émerveillée, Emma se dirige vers l'aquarium et tapote la vitre qui monte du sol au plafond. Galen, en retrait, s'adosse contre le mur. Il observe Emma parler doucement aux poissons tropicaux qui recherchent son attention. Une tortue de mer s'avance lentement pour les examiner.

Elle glisse sa main sur le verre en faisant les cent pas devant l'aquarium, qui devient un immense banc de poissons regroupant toutes sortes de bêtes : raies, tortues de mer, anguilles. Il y a plus de sortes de poissons que dans le ragoût-surprise aux fruits de mer de Rachel. Il y a même un petit requin qui se joint au défilé.

— Elle est incroyable.

Galen se tourne vers le Dr Milligan, qui se tient à côté de lui et regarde Emma comme si elle pouvait léviter.

— Oui, dit Galen.

Le Dr Milligan regarde Galen avec un sourire entendu.

— Elle n'a pas charmé que les *petits* poissons, on dirait. En fait, j'ai l'impression que tu es le plus ensorcelé de tous, mon garçon.

Galen hausse les épaules. Il n'a rien à cacher au Dr Milligan.

Le docteur expire en sifflant.

— Qu'en dit Rayna ?

— Elle l'aime bien.

Le bon docteur hausse un sourcil. Galen soupire.

— Enfin, elle l'aime *assez*.

— Bon, on ne peut pas demander mieux, j'imagine. On y va ?

Galen acquiesce.

— Emma. Le Dr Milligan est là.

Emma se retourne et se fige sur place.

— Vous ! s'étouffe-t-elle. C'est vous, le Dr Milligan ?

Le vieil homme acquiesce de la tête.

— Oui, jeune fille, c'est moi. Tu te souviens de moi, alors.

Elle hoche la tête et marche vers lui lentement, comme si elle craignait un piège.

— Vous m'avez parlé près de l'aquarium pédagogique. Vous avez essayé de m'offrir des abonnements annuels gratuits.

— Oui, dit-il. *Évidemment* que je t'ai offert un abonnement. Comment aurais-je pu étudier tes interactions fascinantes avec les spécimens autrement ?

Elle croise les bras.

— Je ne savais pas que je pouvais parler aux poissons à l'époque. Comment avez-vous deviné ?

— Je ne l'ai pas vu tout de suite, dit-il en se rapprochant.

Il prend délicatement sa main.

— Mais en voyant tes yeux, j'ai compris que tu étais certainement syréna. Je me rappelle que Galen m'avait parlé de ce don, mais je n'y avais jamais vraiment cru. Ce qui est idiot, je suppose. Enfin, si je crois aux sirènes — hum ! pardon, Galen, aux *Syrénas* —, alors pourquoi ne pas croire aussi à ce pouvoir-là ?

— Et qu'en pensez-vous maintenant, Dr Milligan ? dit Galen, troublé d'apprendre que son ami ne l'avait pas cru.

D'ailleurs, le mot « sirène » était déplacé.

Le Dr Milligan rit doucement en serrant la main d'Emma.

— Je reconnais mon erreur, comme toujours. Emma, que dirais-tu d'une petite visite privée ?

Elle hoche la tête. Une lueur d'excitation danse dans ses yeux.

Ils suivent le Dr Milligan dans le hall et empruntent un escalier. Il leur fait visiter chaque exposition, en lançant des faits et des statistiques sur chaque animal. Chaque créature se souvient d'Emma. Les lions de mer hochent la tête et émettent des sons que seule Emma arrive à trouver charmants. Les loutres font de même. Même les alligators obéissent à ses instructions et tournent en rond comme des nageuses synchronisées.

Le docteur amène Galen et Emma dans une exposition appelée « Dune et lagon ». Il explique que c'est un sanctuaire pour les oiseaux blessés soignés au Gulfarium. Emma se promène, parle et murmure aux créatures ailées, qui ne réagissent pas. En fait, elles semblent plus excitées de voir le Dr Milligan. Un canard passe à côté d'Emma et vient cancaner aux pieds du scientifique.

— Fascinant, dit-il.

Emma rit.

— Il n'y a rien de fascinant à se faire rejeter.

Le Dr Milligan sourit et tire quelques boulettes de sa poche. Il les lance au canard impatient.

— Ce petit bonhomme sait que j'ai des friandises. Écoute, si on allait voir les pingouins?

— Les pingouins ne sont-ils pas des oiseaux? Enfin, je sais qu'ils ne volent pas, mais ils sont quand même des oiseaux. Ils ne seront pas sensibles à mes pouvoirs, si?

Le Dr Milligan approuve d'un signe de tête.

— Des oiseaux aquatiques. Et il n'y a qu'une façon de le savoir, n'est-ce pas?

Les pingouins adorent Emma. Ils se dandinent autour d'elle, plongent et bondissent hors de l'eau, l'interpellent. Elle rit.

— On dirait des ânes!

— Peut-être que tu sais aussi parler aux ânes.

Le Dr Milligan sourit. Emma hoche la tête.

— Mais oui. Parce que parfois, Galen est bête comme un âne.

— Tu me fais de la peine, Emma, fait Galen, l'air faussement blessé.

Elle lui jette un sourire insolent.

Le Dr Milligan éclate de rire et les ramène au hall. À travers les vitres carrées du mur intérieur, on voit trois dauphins qui les suivent. Impatients de faire sa connaissance, ils lancent des cris à Emma. Debout à côté d'un écriteau annonçant : SPECTACLE DE DAUPHINS, l'océanographe indique un escalier.

— On y va ?

L'étage supérieur est une terrasse. Galen a déjà assisté au spectacle. La première rangée de gradins en bois n'est pas assez éloignée pour préserver les spectateurs des éclaboussures. Pour le plus grand plaisir des bambins, particulièrement pendant les canicules, l'été. Galen est heureux d'être venu après la fermeture.

Emma marche jusqu'au bord de l'aquarium et regarde dans l'eau. Elle chatouille l'eau de ses doigts. Trois têtes grises sortent de l'eau et couinent avec enthousiasme. Emma glousse et se penche en mettant la main en porte-voix. Les animaux se rapprochent comme s'ils voulaient entendre un secret.

Les têtes disparaissent. Lorsqu'elles émergent de nouveau, elles ont toutes un jouet à la bouche. Les bêtes amènent leurs trésors à Emma. Un anneau du diamètre d'un cerceau et deux ballons de soccer. Elle remet les ballons à Galen et accepte l'anneau offert par le plus petit cétacé.

— Lance les ballons au centre, Galen. Voyons s'ils sont doués au basket.

Galen s'exécute en riant. Emma tient l'anneau au-dessus du rebord du bassin. Les dauphins couinent d'excitation.

— Chut, dit-elle.

Ils se taisent et restent immobiles.

— Essaie de faire passer le ballon dans l'anneau.

Deux des têtes disparaissent. La troisième reste derrière et lance des cris à Emma. Elle le calme de nouveau tandis qu'un des ballons émerge de l'eau et passe dans l'anneau qu'elle tient. Un deuxième ballon sort, mais celui-là manque la cible et rase plutôt les cheveux d'Emma.

— J'ai failli avoir un œil au beurre noir!

Mais elle rit et récompense les animaux en leur caressant le nez.

— À ton tour, dit-elle au plus petit dauphin.

Elle récupère les ballons dans les gradins et les relance dans l'eau.

— Allez, dit-elle en le chassant de la main.

La bouche entrouverte comme en un sourire, l'animal ne bouge pas.

Elle se tourne vers le Dr Milligan.

— On dirait qu'il ne comprend pas.

Il pouffe.

— Mais si, il comprend. Mais il n'écoute pas.

Emma n'accepte pas son attitude. Elle l'asperge d'eau.

— Allez? Qu'y a-t-il? Tu es trop poule mouillée pour jouer?

Il reste immobile et agite la tête comme s'il protestait. Même les oreilles peu entraînées de Galen perçoivent sa mauvaise volonté. La pauvre créature ne se rend pas compte à quel point Emma est proche de taper du pied, mais Galen reconnaît cette raideur impatiente. Elle avait la même posture quand ils se sont rencontrés pour la première fois sur cette plage. Tout comme la fois où elle a informé Toraf que Rayna pourrait vivre avec elle. Et la fois où Rachel lui a appris qu'elle leur avait réservé la suite nuptiale.

Au moment où Galen décide d'intervenir, la tension quitte les épaules d'Emma.

— Oh, dit-elle doucement.

Elle retire ses gougounes et se hisse sur le rebord frais du bassin en béton.

— Emma, la prévient Galen, sans savoir exactement de quoi.

Le Dr Milligan et lui échangent un regard.

— Ça va, Galen, dit-elle sans le regarder.

Elle agite les pieds dans l'eau à un rythme lent et apaisant. Les deux plus gros dauphins viennent à elle immédiatement et poussent ses pieds du museau et créent des vagues agitées autour d'elle. Mais l'absence de réaction du petit dauphin de l'autre côté retient toute son attention. Hésitant, il avance vers elle petit à petit. Quand elle lui tend la main, il s'immerge et se précipite de l'autre côté du bassin. Elle se tourne vers Galen et le Dr Milligan.

— Il ne nous fait pas confiance. Enfin, aux humains.

— Hum, dit l'océanographe. Qu'est-ce qui te fait dire ça ?

— Son comportement.

Emma penche la tête.

— Voyez-vous comment il garde le museau immergé ? Les autres sortent la tête entière. Mais pas lui, comme s'il voulait détaler. Et ses yeux. Ils ne sont pas pétillants comme les autres. Son regard est flou, détaché, mais pas tout à fait indifférent, non.

Elle donne un coup dans l'eau et laisse échapper quelques gouttelettes sur son museau. Il ne bronche pas.

— Non, je pique manifestement sa curiosité. C'est simplement… eh bien, je crois qu'il est triste.

— Tu sais, je crois que tu as raison, dit le scientifique, à la fois incrédule et admiratif. Je ne sais pas si tu t'en souviens, mais il n'était pas là cet été quand tu es venue. Il s'est échoué sur la plage à Panama City, il y a quelques semaines.

C'est le seul qui n'est pas né en captivité. Nous l'avons appelé Lucky. J'imagine qu'il n'est pas tout à fait d'accord.

Emma hoche la tête.

— Il n'aime pas cet endroit. Pourquoi s'est-il échoué ?

Lucky est maintenant à la portée d'Emma. Elle tend une main, pas pour le caresser, mais pour l'inviter à initier le contact. Après quelques secondes d'indécision, il glisse son museau dans sa paume.

— On ne sait pas. Il n'était pas malade ni blessé, et il est plutôt jeune. On ne sait pas comment il s'est retrouvé séparé de son groupe.

— Je crois que les humains ont quelque chose à y voir.

L'amertume dans sa voix surprend Galen.

— Pourra-t-il retourner un jour chez lui ? demande Emma sans lever les yeux.

Sa façon de caresser la tête de Lucky rappelle à Galen la manière dont sa mère passait les doigts dans les cheveux de Rayna pour l'aider à dormir. Le contact était une berceuse en soi. On dirait que Lucky est du même avis.

— D'habitude non, ma chère. Mais je vais voir ce que je peux faire.

Emma lui sourit tristement.

— Ce serait bien.

Galen est près de secouer la tête. Si le sourire d'Emma charme le docteur autant que lui-même, alors Lucky sera libre en moins de deux.

Après quelques minutes, le Dr Milligan dit :

— Chère Emma, je ne veux pas te séparer des animaux, mais nous devrions peut-être nous diriger vers la salle d'examen.

— Eh bien, pas de doute sur l'épaisseur de sa peau, n'est-ce pas ? dit le Dr Milligan.

Il examine l'aiguille de la seringue, qui s'est tordue lorsqu'il a essayé de la planter dans sa veine.

— J'imagine qu'il faut sortir les gros canons.

Il jette l'aiguille et fouille dans le tiroir supérieur d'un meuble en inox.

— Ah ah ! Ça devrait faire l'affaire.

Les yeux d'Emma deviennent ronds comme des soucoupes. Elle rentre les jambes sous la table en métal sur laquelle elle est assise.

— Mais ce n'est pas une aiguille ! C'est une paille !

Galen réprime l'envie de lui prendre la main.

— C'est la même qu'il utilise pour moi. Ça ne fait pas mal, c'est juste un pincement.

Elle braque ses immenses yeux violets sur lui.

— Tu l'as laissé prélever *ton* sang ? Pourquoi ?

Il hausse les épaules.

— C'est comme un échange. Je lui donne des échantillons d'analyse, et il me tient au courant des agissements de ses collègues.

— Qui ça, « ses collègues » ?

Galen se hisse sur la table en face d'elle.

— Il se trouve que Dr Milligan est un biologiste marin renommé. Il surveille les nouvelles qui pourraient avoir un impact sur notre espèce. Tu sais, les nouveaux dispositifs d'exploration, les chercheurs de trésors, des trucs du genre.

— Pour vous protéger ? Ou pour s'assurer que tu trouves le trésor en premier ?

Galen fait un grand sourire.

— Les deux.

— Est-ce que quelqu'un a déjà vu — AÏE !

En un clin d'œil, son attention passe à son bras, où le Dr Milligan prélève du sang avec un sourire d'excuse. Emma lance à Galen un regard noir.

— Ça pince, tu disais ?

— C'était pour une bonne cause, mon poisson-ange. Le pire est passé. Tu veux toujours qu'il t'aide, pas vrai ?

Son ton paternaliste ne lui attire aucune sympathie.

— Je ne suis pas ton « poisson-ange ». J'ai accepté de passer les tests, alors je ne me défilerai pas. OUILLE !

— Désolé. Juste un dernier tube, murmure le Dr Milligan.

Emma hoche la tête.

Quand le Dr Milligan termine, il lui remet un coton pour presser contre la blessure, déjà en train de cicatriser.

— Le sang de Galen coagule vite aussi. Tu n'as probablement pas besoin de le tenir.

Il met la demi-douzaine de tubes dans la centrifugeuse et actionne la machine. Il prend une petite boîte blanche sur une étagère.

— Emma, ça ne te dérange pas si je prends ta tension artérielle ?

Elle secoue la tête, mais dit :

— Pourquoi avez-vous un tensiomètre pour mesurer la pression des humains dans un hôpital vétérinaire ?

Il éclate de rire.

— Parce que *mon* médecin dit que je dois surveiller la mienne.

Le Dr Milligan tapote le genou d'Emma.

— OK, alors maintenant, décroise les jambes pour que je puisse prendre une mesure valide.

Elle obéit et tend un bras. Le Dr Milligan fait signe que non.

— Non, ma chère. J'ai toujours une mesure plus précise sur le mollet. J'ai découvert que l'artère principale de la queue se divise en deux quand Galen se transforme en humain. Une moitié va dans chaque jambe.

Encore une fois, Emma écarquille les yeux.

— Tu as dit que ça ne fait pas mal de se transformer, tout comme tu as dit que ça ne ferait pas mal quand il m'a planté cette paille, dit-elle en regardant Galen de travers. Je vais prier pour que ça ne fasse pas mal, grommelle-t-elle. Des artères qui se divisent en deux.

Galen se prépare à répondre, mais le Dr Milligan l'interrompt.

— Hum. C'est étrange.

— Quoi ? demandent-ils en chœur.

Emma se mord la lèvre. Galen croise les bras. Ce « hum » n'augure rien de bon.

Le scientifique desserre le brassard et se relève.

— Ton rythme cardiaque n'est pas aussi lent que celui de Galen. Et ta tension artérielle n'est pas aussi basse. Galen, pourquoi ne viens-tu pas sur la table pour que je reprenne ta tension ?

Sans effort, Galen se laisse tomber en bas du comptoir et monte sur la table. Pendant que le docteur installe une plus grosse manchette pour le mollet plus musclé de Galen, Emma se penche vers celui-ci.

— Qu'est-ce que ça signifie ? murmure-t-elle.

Il hausse les épaules en essayant de ne pas trop se délecter de son parfum.

— Je ne sais pas. Peut-être rien du tout.

Tandis que la manchette le compresse, Galen sent quelques coups sourds dans sa jambe. La manchette se relâche en sifflant, et Dr Milligan se relève de nouveau. Son expression est loin d'être rassurante.

— Que se passe-t-il ? dit Galen, prêt à le secouer jusqu'au coma s'il ne répond pas. Il y a un souci ?

Emma prend une inspiration saccadée, et Galen ne peut s'empêcher de lui prendre la main.

— Oh, non. Je ne dirais pas qu'il y a nécessairement un *souci*. Le rythme cardiaque d'Emma est vraiment plus lent que celui de n'importe quel humain. Il n'est simplement pas aussi lent que le tien.

Le Dr Milligan se dirige vers un grand meuble à tiroir. Il en tire un bloc-notes et commence à le feuilleter.

— Ah, dit-il, plus pour lui-même que pour ses invités. Il semble que ton pouls est plus rapide que la dernière fois, mon garçon. Ça, ou bien je ne peux pas déchiffrer mes propres gribouillis.

Il tourne la page.

— Non, je suis sûr que c'est ça. Ton rythme cardiaque était systématiquement plus bas lors des 10 dernières prises de pouls. Curieux.

— Ce qui signifie ? demande Galen entre ses dents.

— Eh bien, traditionnellement, on considère que chaque cœur bat un nombre limité de fois jusqu'à ce qu'un jour, il *arrête* de battre. Les animaux avec un pouls plus lent vivent plus longtemps. Les tortues de mer, par exemple. Bien que leur cœur batte autant de fois que les autres, il leur faut plus de temps pour atteindre le maximum de battements. C'est pourquoi les tortues peuvent vivre bien au-delà de 100 ans. Un cœur humain bat en moyenne deux millions et demi de fois. Pour un rythme cardiaque équivalant à 70 battements par minute, l'espérance de vie sera de 80 ans. D'après les tests que j'ai faits sur Rayna et toi, le cœur syréna moyen ne bat que 19 fois par minute. Donc, théoriquement, il faut 300 ans pour accumuler les deux millions et demi de pulsations. Mais selon les résultats d'aujourd'hui, Galen, ton cœur bat à 23 battements par minute. Quelque chose a accéléré ton cœur, mon garçon.

— Trois cents ans, c'est à peu près exact, dit Galen.

Le biologiste décoche un coup d'œil significatif à Emma, mais Galen n'en tient pas compte.

— En fait, certaines des Archives ont bien au-delà de 320 ans.

— Alors, *mon* pouls est de combien ? dit Emma.

C'est alors que Galen comprend : « Son cœur bat plus vite que le mien… Elle mourra avant moi. » Tous ses muscles semblent se liguer contre lui. De façon irrépressible, ils se contractent simultanément. Il se laisse tomber de la table en vacillant. Il parvient à l'évier de justesse avant l'explosion de vomi. Même en ouvrant le robinet au maximum, les canalisations ne peuvent évacuer toute la vomissure. Évidemment, les gros morceaux non identifiables du dîner n'aident en rien.

— Ne t'en fais pas avec ça, Galen, murmure le Dr Milligan en lui remettant un essuie-tout. Je m'en occuperai plus tard.

Galen hoche la tête et se rince la bouche. Il se sèche le visage et les mains. Il retourne à la table, mais se contente de s'y appuyer. Il ne remonte pas dessus, au cas où il aurait besoin de l'évier à nouveau.

— Toujours pas remis du vol ? chuchote Emma.

Il confirme d'un signe de tête.

— Vous disiez, Dr Milligan ?

Le docteur soupire.

— Trente-deux battements par minute.

— Et en années ? demande-t-il, l'estomac noué.

— Environ ? Je dirais autour de 175 ans.

Galen se pince l'arête du nez.

— Pourquoi ? Pourquoi son cœur bat-il plus rapidement que le cœur d'un autre Syréna ?

— J'aimerais pouvoir te répondre, Galen. Mais nous savons tous les deux que ce n'est pas la seule différence entre Emma et toi. Ses cheveux et sa peau, par exemple. Peut-être que ces différences ont quelque chose à voir avec son incapacité à se transformer en Syréna.

— Pensez-vous qu'il y ait un lien avec sa blessure à la tête ?

Emma secoue la tête.

— Impossible.

— Pourquoi, Emma ? dit le Dr Milligan.

Il se croise les bras, pensif.

— Galen a dit que le coup était assez violent. Je dirais qu'il est plausible que ton cerveau ait subi des dommages.

— Vous ne comprenez pas, Dr Milligan, dit-elle. Je n'avais aucune des aptitudes des Syrénas avant de me cogner la tête. C'est le coup qui a tout changé. Et puis, je suis blanche comme la lune depuis toujours. Ça n'a rien à voir avec une commotion.

— C'est vrai, dit Galen. Mais tu étais capable de retenir ta respiration très longtemps *avant* ton accident. Et tu possédais déjà le don. Peut-être as-tu toujours possédé ces aptitudes, mais tu n'avais jamais eu l'occasion de les mettre à l'épreuve.

« Idiot, idiot ».

La douleur sur le visage d'Emma lui confirme son erreur.

— Tu veux dire le jour où Chloé est morte, dit-elle doucement.

Il hoche la tête lentement. Inutile de mentir. Même s'il ne parlait pas de Chloé, elle y pense déjà. Elle revient sur le passé et se torture avec des « si seulement ». Si seulement elle avait su à propos de son sang syréna, si seulement elle avait su à propos de son pouvoir... Chloé aurait survécu. Elle n'a pas besoin de l'exprimer : son visage parle pour elle.

— Tout le monde a considéré que c'était l'adrénaline, dit-elle. J'aurais dû le savoir.

Le Dr Milligan s'éclaircit la gorge.

— Histoire d'être exhaustif, je voudrais prendre des radiographies avant votre départ, demain. Ça te va, Emma ?

Elle acquiesce, mais Galen sait que ce n'est qu'un geste machinal.

Galen appelle un taxi pour les ramener à l'hôtel. Pas question d'imposer à Emma une marche sur la plage même où son amie est décédée. D'autant qu'il ne sait pas combien de temps il peut partager la même chambre qu'elle sans essayer de la réconforter avec un câlin... ou un baiser.

« La nuit va être longue. »

19

Le Dr Milligan indique la radiographie sur l'écran lumineux.

— Tu vois, Galen, ici, c'est l'endroit où tes os s'épaississent pour protéger tes organes. Là où les gens ont des côtes, toi, tu as un bouclier osseux. Comme une carapace, en fait. Et voici la radio d'Emma, dit-il.

Il allume l'interrupteur pour éclairer la radiographie d'Emma.

— Vois-tu comme ses os ressemblent à des côtes à première vue ? C'est à peine visible, mais en regardant bien, on distingue une fine couche d'os reliant les côtes. Elle n'est cependant pas aussi épaisse que la tienne. En fait, toute son ossature n'a pas la même densité que la tienne.

— Mais qu'est-ce que ça veut dire ? dit Galen en fronçant les sourcils.

Je suis rassurée de voir que je ne suis pas la seule qui a du mal à suivre le biologiste. Mes pensées alternent entre le courant d'air, comparable à une bourrasque dans cette blouse d'hôpital trop grande, et la pensée que je pourrais atteindre les 175 ans. Même dans les circonstances actuelles, tout ceci devient de plus en plus étrange. Je suis à moitié nue, à des centaines de kilomètres de chez moi et en compagnie de deux hommes que je connais à peine. Si je sortais ces faits hors de leur contexte, j'aurais de sérieux doutes sur mon bon sens.

«Seigneur, même *dans* le contexte.»

Le Dr Milligan hausse les épaules.

— Je n'en suis pas sûr. Ça pourrait vouloir dire plusieurs choses. Il me reste tant à apprendre sur votre espèce, Galen. Votre croissance, par exemple. Peut-être que les os d'Emma ne se sont pas complètement développés parce qu'elle a passé sa vie sur la terre. Peut-être que le corps des Syrénas réagit à quelque chose dans l'eau qui déclenche le développement de la pigmentation. Ce n'est toutefois qu'une supposition. Parce que vraiment, je n'en sais rien.

Galen me regarde, l'inquiétude tapie dans chaque pli de son visage. Je sais que ça le dérange quand je ne dis rien. Il serait probablement surpris d'apprendre que, généralement, je suis plutôt silencieuse. Sauf avec lui.

— Emma, as-tu des questions pour le Dr Milligan?

Je me mords la lèvre et resserre ma blouse.

— Comment se fait-il que je parle aux poissons? Pourquoi comprennent-ils tous l'anglais? Et ne venez pas me dire que c'est de la magie.

Ce n'est pas la question que je voulais poser, mais ça reste une bonne question. La réponse me donnera le temps de rassembler ma confiance, qui n'a cessé de s'effriter depuis que j'ai enfilé cette blouse.

Le Dr Milligan sourit et enlève ses lunettes, qu'il essuie avec son sarrau.

— Eh bien, Galen est convaincu que c'est génétique aussi. Si c'est vraiment génétique, je doute fort que ce soit de la magie. Et je ne suis pas convaincu qu'ils pourraient comprendre une langue aussi complexe que l'anglais. Si c'était le cas, ce ne serait pas la peine d'utiliser des appâts. Le pêcheur n'aurait qu'à mettre un seau dans l'eau et à ordonner aux poissons d'y entrer.

Il éclate de rire.

— Si je devais émettre une hypothèse, ce serait que le phénomène est lié au son de ta voix. Nous savons déjà que plusieurs animaux aquatiques communiquent par le son. Les baleines et les dauphins, par exemple. Il est possible que ta voix ait une fréquence universelle ou des inflexions spéciales qu'ils peuvent comprendre. Il est possible qu'ils comprennent tes instructions non pas grâce à tes *mots*, mais plutôt grâce à ta *façon* de les dire. Malheureusement, je n'ai pas le matériel nécessaire pour vérifier cette théorie, ni même la capacité de me le procurer.

Je hoche la tête, ne sachant comment réagir à ces paroles. Ni à toutes ces révélations.

— Y a-t-il autre chose qui te tracasse, Emma? demande Galen, ce qui me surprend.

Je me demande pourquoi on s'est embêtés avec des radiographies alors que Galen semble capable de voir à travers moi, jusqu'au plus profond de mon être. Comme hier soir, dans la chambre d'hôtel. Quand je me suis rhabillée après un larmothon de 45 minutes dans la douche, j'ai trouvé une boîte de fraises au chocolat sur mon oreiller pendant que Galen, roulé en boule dans l'affreuse causeuse, dormait profondément.

Je me racle la gorge.

— Dr Milligan, je ne sais pas si Galen vous l'a dit, mais mon père était médecin. Il a soigné mes petits rhumes, mes égratignures et s'est chargé de mes vaccins. À son décès, son ami le Dr Morton a pris la relève. Comment des choses comme mon ossature particulière et mon pouls anormalement lent ont-elles pu leur échapper ? Enfin, êtes-vous sûr de ce que vous avancez ? À vrai dire, vous n'êtes pas *spécialiste* du corps humain. Vous êtes vétérinaire, n'est-ce pas ? Il se peut que vous vous trompiez.

Galen, nerveux, s'agite dans sa chaise. S'il est vrai que le métal et le polyester ne sont pas des matières des plus confortables, j'ai plutôt le sentiment que ce sont mes questions qui le mettent mal à l'aise.

Le Dr Milligan avance le tabouret à roulettes de la table d'examen sur laquelle je suis assise. Je me penche vers lui sans y penser, ce qui froisse le papier qui me sépare du vinyle. Il tapote ma main.

— Ma chère Emma, c'est normal de penser ça. Et tu as raison, je ne suis absolument pas médecin comme ton père. Mais pas besoin d'être médecin pour constater les différences entre ma radiographie, celle de Galen et la tienne.

Pour illustrer ses propos, il désigne de la tête le mur où nos squelettes sont illuminés. Puis, il marque un temps d'arrêt.

— Seigneur.

Il bondit sur ses pieds. Le tabouret tombe à la renverse derrière lui.

Galen et moi observons le Dr Milligan, en train de réorganiser les clichés dans un tourbillon de plastique chuintant : la radiographie du biologiste, la mienne et celle de Galen.

— Est-ce possible ? demande-t-il en nous scrutant par-dessus la monture de ses lunettes.

Dans sa concentration, il fronce les sourcils. On dirait deux chenilles grises unies par un baiser.

Galen se lève, croise les bras et se penche sur l'écran lumineux. Finalement, il déclare :

— Je crois que je ne vous suis pas, Dr Milligan. Que voyez-vous ?

Le Dr Milligan me regarde, soudain rajeuni par l'excitation. Je secoue la tête, incapable de formuler une hypothèse qui se tient. Le scientifique poursuit sur sa lancée.

— La première, la mienne, est humaine. De l'autre côté, celle de Galen est Syréna. Voici celle d'Emma, au centre. Ça crève les yeux. Tellement que je suis gêné que ça m'ait échappé. Emma n'est assurément pas humaine. Mais elle n'est pas Syréna non plus.

Tout ceci n'augure rien de bon. Le Dr Milligan croit avoir été clair : excité de voir notre réaction, il nous regarde comme si nous étions sur le point d'ouvrir un cadeau qu'il nous aurait offert.

Galen vient à notre secours.

— Dr Milligan, vous savez que je ne connais pas grand-chose à ces trucs-là. Pourriez-vous nous fournir l'explication pour les nuls ?

Je n'aime pas me laisser impressionner par Galen. Alors que je viens de décider qu'il n'est qu'un prince prétentieux, son humilité fait voler mon opinion en éclats.

Le Dr Milligan éclate de rire.

— Bien sûr, mon garçon. Emma n'est ni humaine ni Syréna. Elle semble être *les deux*. Cela dit, je ne sais même pas si la chose est possible. L'ADN d'un Syréna diffère grandement de celui d'un humain.

Galen recule et se rassied. Si je n'étais pas déjà assise, j'en ferais autant. Nous regardons l'écran, les sourcils froncés. À force de jouer à la chaise musicale avec les yeux, je comprends. Les trois photographies se fondent en une image unique, indistincte. Les squelettes humains et Syréna se fondent jusqu'à ce qu'il ne reste qu'une seule image sur l'écran : ma radio. Le mélange des deux autres.

— C'est possible, dit doucement Galen.

Le Dr Milligan s'appuie contre le mur, le visage dévoré de curiosité.

— C'est déjà arrivé, dit-il.

Il joint les mains, probablement pour ne pas les tordre.

— Tu en as déjà entendu parler, n'est-ce pas ?

Galen hoche la tête et se tourne vers moi.

— C'est la cause principale de la Grande Guerre. C'est la raison pour laquelle nous avons deux territoires, m'explique-t-il. Il y a des milliers d'années, Poséidon a décidé de vivre sur terre avec les humains. À cette époque, l'interaction avec les humains n'était pas illégale, simplement mal vue. Les humains l'ont traité comme un dieu, lui ont sacrifié des animaux, lui ont dédié des statues flatteuses et ridicules. Ils ont même construit une ville en l'honneur de Poséidon et des Syrénas qui l'ont rejoint sur terre. « Tartessos », qu'ils l'ont appelée.

— L'Atlantide ?

La main sur la poitrine, le Dr Milligan inspire.

Galen confirme.

— Certains humains la désignaient ainsi, au début.

Il se retourne vers moi.

— Poséidon aimait vivre parmi les humains. Il a permis à ses disciples de s'accoupler avec eux. Lui-même a pris une compagne humaine, contre la volonté de son frère, Triton. Selon son frère, les humains étaient toxiques et destructeurs, et l'accouplement avec eux était contre nature. Pour manifester son désaccord, il a séparé les deux territoires : le territoire de Triton pour ceux qui n'aiment pas les humains, et le territoire de Poséidon pour les autres. Poséidon ne s'est pas occupé de son frère. Il a fait à sa tête et s'est servi de son pouvoir pour nourrir la population grandissante de Tartessos. Malheureusement, la partenaire qu'il avait choisie n'était pas libre, car elle était la compagne d'un roi humain.

— Lequel ? demande le Dr Milligan.

Il ramasse le tabouret qu'il a laissé en plan et l'époussette comme s'il accumulait les moutons de poussière depuis la dernière utilisation.

Galen hausse les épaules.

— Je ne sais pas.

Il se tourne vers moi avec un sourire narquois.

— Et je m'en moque. Nous, les Tritons, n'aimons pas trop les humains.

— Pour un ambassadeur, ce n'est pas une très bonne attitude, dis-je. Mais ne t'inquiète pas. Je ne le dirai pas au Dr Milligan. Ni à Rachel.

Galen sourit de toutes ses dents.

— Quoi qu'il en soit, le roi a envoyé à peu près la moitié de son armée pour récupérer son « bien ». Il a gagné le soutien des autres rois humains en parlant d'esclavage et d'accouplements d'humains contre nature. Quand les armées sont arrivées, ils ont tout tué sur leur passage, y compris certains des propres enfants mi-humains de Poséidon. Pour mettre fin au carnage, Poséidon a appelé Triton à l'aide.

Triton a accepté de l'aider à une condition : Poséidon devait abandonner sa ville et promettre de vivre désormais comme un Syréna. Il a accepté. Triton s'est servi de son don pour provoquer de grandes vagues, qui ont anéanti la ville, les métis et les armées humaines. Il n'y eut aucun survivant. Après quoi, les généraux ont décidé de s'entraider pour combattre les humains. La reproduction avec eux est devenue illégale, et le produit d'une telle union, une abomination.

Galen hésite en prononçant le dernier mot, probablement parce qu'il sait que si je suis vraiment métisse, le mot est une insulte directe à mon égard. Pourtant, je ne suis pas blessée. Sa façon de raconter l'histoire ressemblait plus à une récitation formelle qu'à une narration dans ses propres mots. Donc, je ne pense pas qu'il y croie, du moins, pas entièrement. D'ailleurs, sa façon de me regarder me ferait difficilement sentir comme une « abomination ».

— Je croyais que c'était une guerre entre royaumes, lui dis-je. Pas contre les humains.

Galen fait signe que non.

— Nous ne nous sommes jamais fait la guerre. Enfin, pas concrètement.

Une émotion inconnue passe fugitivement sur son visage, puis disparaît, comme le flash d'un appareil photo.

— Alors, le don de Triton, c'est la maîtrise des mers ? demandé-je.

— Non, dit-il en se grattant le cou. Pas exactement. On ne sait pas comment il a fait. Certains disent qu'avec sa force, il a fendu la terre pour créer les vagues. D'autres disent qu'il s'est servi de sa vitesse. On l'ignore. Il y a si longtemps qu'un membre de la famille royale a hérité du pouvoir de Triton que les Archives ne savent plus en quoi il consiste.

Pendant quelques instants, nous restons silencieux, absorbés par le spectre du récit de Galen, du dit et du non-dit. Et plus j'y réfléchis, plus je suis en colère.

— Alors je n'ai de place nulle part, lancé-je, ce qui les tire de leur torpeur.

— Pardon ? demande le Dr Milligan, les yeux encore voilés par la rêverie.

— En gros, nous sommes tous d'accord sur le fait que je suis un monstre. N'est-ce pas ?

— Tu n'es pas un monstre, dit Galen.

— Je ne suis pas Syréna et je ne suis pas humaine. Les Syrénas pensent que je suis une abomination. S'ils me trouvent, les humains me traiteront comme une curiosité scientifique. Ce qui soulève une question cruciale, Dr Milligan : comment se fait-il que personne ne m'ait découverte ?

Docteur Milligan soupire. Il sort un mouchoir de sa poche et nettoie de la poussière imaginaire sur ses lunettes. Ses gestes sont si étudiés, si méticuleux, que même moi, je comprends qu'il cherche à m'apaiser.

— Emma, ma chère, tu ne me connais pas depuis aussi longtemps que Galen. Pourtant, je te considère comme une amie et j'espère que c'est réciproque. Alors, si nous sommes amis, me donnes-tu la permission de te répondre franchement ?

J'acquiesce, en mordant ma lèvre aussi fort que si elle était un morceau de gâteau au fromage.

Le Dr Milligan sourit d'une manière polie, neutre.

— Très bien. Alors, je crois que ton père a toujours été au courant de ton état.

Sans que je sache pourquoi, des larmes jaillissent immédiatement. Galen détourne les yeux.

— Ce n'est pas possible, murmuré-je. C'est impossible. Ma mère savait toujours quand il cachait quelque chose. Elle flaire les mensonges à des kilomètres à la ronde.

— Je suis certain qu'elle était au courant, elle aussi, soupire le Dr Milligan. Comme tu l'as dit, tu es une *anomalie* médicale, insiste-t-il, même si j'articule silencieusement le mot « monstre ». Je n'ai pas d'enfants, mais si j'en avais, moi non plus, je ne voudrais pas rendre cela public. Les scientifiques du monde entier auraient traqué ta famille en vous suppliant de les laisser procéder à des tests. Votre vie aurait été un enfer. Ton père le savait.

Je prends une grande respiration.

— Je suppose que vous avez raison. Mais si ce ne sont pas mes parents, alors d'où est-ce que je viens ?

— Pourrais-tu le demander directement à ta mère ? demande le Dr Milligan.

— Si je le faisais, elle me ferait enfermer. Non, attendez : elle me rirait au nez, et *ensuite*, elle me ferait enfermer.

Le souvenir du jour où j'ai échappé à la noyade remonte et donne un goût âcre à mes paroles. La confiance avec laquelle je me suis hissée sur ses genoux pour lui parler du poisson-chat. Son rire, si tonitruant qu'elle pouvait à peine respirer. C'était la première fois que je m'apercevais que je ne pouvais pas tout lui dire.

Docteur Milligan hoche la tête.

— Mais tu n'as pas besoin de mentionner le fait d'être Syréna. Peut-être qu'elle n'est même pas au courant du fond de l'histoire. Peut-être qu'elle sait simplement que tu es différente.

— J'imagine, dis-je, sceptique.

Si elle savait à propos de moi et de mon don, elle n'aurait pas ri de moi il y a si longtemps. Elle m'aurait réconfortée et m'aurait expliqué ma nature tout de suite. *N'est-ce pas?* Soudain, je suis trop bouleversée pour réfléchir. Mon univers s'effondre et se reconstruit inlassablement, mais chaque fois, la mosaïque de la réalité se présente à moi d'une manière renouvelée. Peut-être suis-je bonne pour l'asile psychiatrique.

D'un bond, je descends de la table d'examen. Mes pieds nus claquent contre le linoléum.

— Je suis prête à rentrer à la maison, dis-je à la cantonade.

Je manque de m'étouffer sur le mot «maison». Le mot me semble étranger, comme si je venais tout juste de le forger. Comme s'il n'était pas réel.

— Avez-vous terminé vos tests, Dr Milligan?

Le scientifique me tend la main.

— Oui. J'ai fini de t'ausculter, ma chère.

Son sourire n'a plus rien de neutre.

— C'était un plaisir de te rencontrer, jeune femme.

Mais, mes vêtements sous le bras, je suis déjà à l'autre bout du corridor.

20

Galen se glisse derrière son bureau. Emma discute avec un grand gaillard blond. Son bras, posé négligemment sur le dossier d'Emma, trouble Galen.

— Bonjour, dit Galen.

Il se penche pour passer les bras autour d'elle. Il la soulève presque de sa chaise et presse sa joue contre la sienne pour faire bonne mesure.

— Bonjour... euh, Mark, c'est ça ? dit-il en prenant soin de rester poli.

Toutefois, il lance un regard significatif au bras toujours appuyé sur la chaise et qui la touche presque.

À sa défense (et dans son propre intérêt), il ramène le bras offensant sur son propre bureau. Il offre avec nonchalance un sourire découvrant une dentition d'une blancheur éclatante.

— Toi et Forza, hein ? Vous avez mis ses groupies au courant ?

Elle rit et s'extirpe doucement des bras de Galen. Du coin de l'œil, il voit le rose se répandre sur sa figure comme de la peinture renversée.

Elle n'est pas encore habituée à le fréquenter. Jusqu'à il y a 10 minutes, il n'y était pas habitué non plus. Mais avec

Mark qui la regarde comme si elle était un délicieux crustacé, jouer le rôle du petit ami lui semble maintenant tout à fait naturel.

La cloche sonne, ce qui épargne à Emma une réponse et à Mark des milliers de dollars en frais hospitaliers. Emma lance à Galen un regard noir. Il répond avec un sourire, qu'il espère désarmant. Il mesure son succès à l'augmentation de sa rougeur, mais s'arrête en remarquant les cernes sous ses yeux.

Elle n'a pas dormi de la nuit. Pas qu'il s'attendait à ce qu'elle ait dormi. Pendant le vol de retour, deux jours plus tôt, elle était restée silencieuse. Il ne l'a pas forcée à discuter, principalement parce qu'il n'aurait pas su comment entretenir la conversation. Il a tenté plusieurs fois de lui garantir qu'il ne la voyait pas comme un monstre. Mais en prononçant ces paroles, il avait l'impression de commettre un délit. Il avait l'impression de remettre en question la loi de façon délibérée. Mais comment ces lèvres délicieuses et ces grands yeux violets pourraient-ils être considérés comme abominables ?

Ce qui est encore plus incroyable, c'est que non seulement il *ne la voit pas* comme une abomination, mais le fait qu'elle soit métisse éveille en lui un espoir interdit : « Grom ne s'accouplerait jamais avec un demi-humain. » Du moins, il ne le *pense* pas.

Il jette un œil à Emma. Dans son demi-sommeil, ses paupières soyeuses ne palpitent même pas. Il s'éclaircit la gorge pour la réveiller.

— Merci, prononce-t-elle silencieusement.

Elle reprend son crayon et la lecture de son manuel en suivant les caractères à l'aide de la gomme. Il répond d'un signe de tête. Non, il ne veut pas la laisser ainsi, anxieuse, tendue et mal dans sa si jolie peau.

Mais il doit aller voir Romul. Celui-ci pourra lui parler des métis et des raisons pour lesquelles ils suscitent l'animosité. Galen ne s'est jamais posé la question, car il n'a jamais été à court de raisons pour détester les êtres humains. Mais ses quelques amis humains l'empêchent maintenant de mépriser leur espèce dans son ensemble. Et un jour, il pourrait avoir besoin d'avoir la loi de son côté à ce sujet.

La cloche retentit et tire brutalement Galen de ses réflexions et Emma de son petit somme. Il attrape le sac d'Emma et le tient pendant qu'elle y enfonce ses livres et ses feuilles.

Avant qu'elle parte, il attrape sa main en mêlant ses doigts aux siens, comme Rachel lui a montré. Il est surpris de voir Emma se pencher vers lui et appuyer sa tête contre ses biceps. Peut-être qu'elle s'adapte mieux au fait de le fréquenter qu'il le croyait. Elle bâille.

— On devrait sécher les cours cet après-midi et aller faire la sieste chez toi.

Il serre sa main. Passer le restant de la journée à la maison, seul avec elle, est la meilleure et la pire chose qu'il peut imaginer.

— Ta mère me tuera. Et elle te privera de sortie.

— Je n'ai pas dormi hier.

— Je sais.

— J'ai une si mauvaise mine?

— Tu sembles fatiguée, oui.

Ils s'arrêtent devant la porte de leur prochaine classe. Il s'apprête à lui ouvrir la porte.

— Galen, dit-elle en le regardant. S'il te plaît.

Il soupire.

— Je ne peux pas manquer l'école aujourd'hui. Je vais peut-être manquer demain.

La curiosité la ragaillardit.

— Pourquoi ?

Il la tire hors du chemin de leurs camarades qui se traînent en classe. La deuxième sonnerie retentit.

— Je vais aller parler aux Archives ce soir. Je veux voir ce que je peux apprendre sur les métis. J'ai pensé que peut-être ça te ferait te sentir mieux au sujet de…

Il hausse les épaules, incapable de formuler une demi-vérité.

— De plus, je dois revenir ici avant la fin de la semaine. Rachel pense que nous devrions faire une sortie, vendredi soir. Tu sais, pour la frime.

— Oh, dit-elle.

Ses cils s'entremêlent dans le plus long clignement d'yeux de l'histoire. Elle bâille de nouveau.

— Comme aller au cinéma ou quelque chose du genre ?

— Elle a mentionné quelques activités, dont le cinéma, je crois. Elle a aussi parlé de patin à roulettes et de jeu de quilles.

Emma lâche un rire ensommeillé.

— Si tu penses que je suis dangereuse en gougounes, tu devrais me voir en patins à roulettes.

— Donc, va pour le cinéma, alors. Je ne suis pas prêt à te faire risquer une autre commotion.

Il la guide vers l'entrée, et elle le laisse lui tenir la porte. Tyler, un élève de deuxième cycle dont la pomme d'Adam rivalise avec la taille de son nez, leur indique discrètement les places qu'il leur a réservées au dernier rang. Galen lui glisse un billet de 20 dollars tandis que Tyler glisse ses effets dans un bureau à l'avant.

Emma dort pendant tout le cours de physique. Pendant ce temps, Galen prend consciencieusement des notes sur la thermodynamique pour elle. Sur une autre feuille, il inscrit des questions à poser à Romul. Pourquoi, même après avoir vérifié et revérifié la liste, a-t-il l'impression qu'une dernière question lui échappe? Logée aux confins de sa mémoire, elle le ronge sans jamais se rapprocher suffisamment pour qu'il parvienne à la verbaliser.

À ses côtés, Emma soupire dans son sommeil. Galen se raidit.

« Emma. Qui veillera sur elle en mon absence? »

Toraf n'est pas revenu de sa quête pour Paca. Rachel peut la surveiller sur terre, mais dans l'eau, elle n'est d'aucune aide. Pas qu'elle soit pressée de retourner s'exercer dans un avenir immédiat, considérant son état de fatigue actuelle. Mais Emma est pratiquement l'incarnation de la rébellion, de l'entêtement et de la détermination. Et d'à peu près tout ce qui pourrait lui compliquer la vie. Si elle veut aller à l'eau, elle le fera.

Ce qui ne laisse qu'une personne. *Rayna.*

21

Les chaînes de télévision continuent de défiler, même après que Rayna arrête d'appuyer sur les boutons de la télécommande. Elle se laisse glisser du fauteuil et tombe par terre.

— Quatre cents chaînes, et pas une seule digne d'intérêt. C'est pas possible, marmonne-t-elle.

Je lui jette un coup d'œil depuis mon fauteuil inclinable et replie le coin de la page de mon livre.

— Tu pourrais m'aider à m'entraîner. Ils ne sont pas obligés d'être au courant.

Je n'en ai même pas envie. J'ai juste l'impression que je devrais y aller par principe, puisque Galen ne veut pas que j'y aille. Surtout considérant qu'il m'a laissée sous la surveillance d'un chaperon.

Elle me lance un regard furtif.

— Grosses Babines le saura. Il me sent depuis n'importe où, tu te souviens ? Et il me dénoncerait à Galen. Il saurait qu'il y a un problème si nous y allons toutes les deux sans mon frère.

Je hausse les épaules.

— Depuis quand crains-tu d'avoir des ennuis ?

— Depuis jamais. Mais Galen a dit que si je te gardais éloignée de l'eau, il m'apprendrait à conduire.

Bingo.

— Il se trouve que je sais conduire. Je pourrais te montrer.

— Galen a dit que je n'avais pas le droit de te demander, sinon l'accord ne tient plus.

— Tu ne m'as rien demandé. C'est moi qui t'ai offert.

Elle hoche la tête en se mordant la lèvre.

— Oui, c'est vrai.

Je pose mon livre sur l'affreuse table basse en verre et m'accroupis près d'elle.

— Je t'apprendrai à conduire si tu me laisses aller dans l'eau. Tu n'as même pas à y entrer.

Sa façon de hausser le sourcil me rappelle Galen.

— Tu perds ton temps à essayer de te métamorphoser, si tu veux mon avis. Tu es à moitié humaine. Tu n'as probablement pas de queue.

— Que sais-tu à propos des métis ?

Elle hausse les épaules.

— Pas grand-chose. Assez pour savoir que si c'est ce que tu es, ce n'est pas la peine d'essayer. Personne ne t'acceptera. Du moins, pas un Syréna.

Je décide de ne pas me vexer. De toute façon, son opinion m'indiffère, et elle se moque de mes sensibilités. On peut compter sur Rayna pour dire ce qu'elle pense. M'offusquer ne nous avancerait à rien. Et puis, elle est toujours là. Si elle *pensait* que j'étais une abomination, elle ne voudrait rien avoir à faire avec moi, non ?

— C'est peut-être vrai. Mais si tu étais à ma place, ne voudrais-tu pas savoir si tu peux te transformer ?

Elle réfléchit, puis hausse les épaules de nouveau.

— Probablement.

— Alors, affaire conclue ?

Je lui tends la main. Elle la toise du regard et croise les bras. Mal à l'aise, je remets la main sur le fauteuil en me demandant si elle sait seulement ce qu'est une poignée de main.

— Tu m'apprendras à conduire ta voiture si je te laisse aller dans l'eau ?

— Euh, non. Je t'apprendrai à conduire la voiture de *Galen* si tu me laisses aller dans l'eau. Tu ne touches pas à ma bagnole sans permis. On parle d'une vraie voiture et non pas d'une babiole en plastique que Rachel a bricolée entre deux infovariétés d'après-midi.

Même si la voiture de Galen n'est pas assurée, son portefeuille est assez garni pour s'en racheter une. En revanche, mes économies couvriraient à peine ma franchise.

Ses yeux deviennent ronds comme des billes.

— Tu me laisseras conduire sa petite voiture rouge ? La décomposable ?

« Pourquoi pas ? »

J'acquiesce d'un signe de tête.

— Oui. La décapotable. Entendu ?

Elle attrape ma main sur le fauteuil et nous hisse debout. Puis elle la secoue.

— Entendu ! Je vais chercher les clés de Rachel.

Je me gare sur le bas-côté poussiéreux de la route la plus abandonnée du quartier le plus éloigné de la banlieue la plus périphérique de Middlepoint. Dans le rétroviseur, on ne voit rien d'autre que l'empreinte poussiéreuse de notre passage, qui se perd entre les arbres qui bordent la route, tel un fantôme. La camionnette de la poste qui nous précède s'arrête avec ses feux de détresse devant l'unique boîte aux lettres de cette portion de route. En passant à côté de nous, le conducteur soulève sa casquette, l'air soupçonneux. Il semble croire que nous préparons un mauvais coup ; le genre de coup pour lequel il appellerait la police. Je le salue de la main avec un sourire en me demandant si la culpabilité est lisible sur mon visage. J'ai intérêt à donner le cours le plus expéditif de l'histoire de la conduite. Si elle arrive à diriger la voiture en ligne droite pendant 10 secondes, j'aurai honoré ma part du contrat.

Je coupe le contact et la regarde.

— Alors, comment ça va entre toi et Toraf ?

Elle penche la tête vers moi.

— Qu'est-ce que ça a à voir avec la conduite ?

« À part retarder le début du cours ? »

— Rien, dis-je en haussant les épaules. Je me posais la question, c'est tout.

Elle rabat le pare-soleil et ouvre le miroir. De l'index, elle corrige les bavures du mascara que Rachel lui a appliqué.

— Ça ne te regarde pas, mais ça va bien. Il n'y a jamais eu de problème.

— Ce n'est pas l'impression que donnait Toraf.

Elle me jette un regard.

— Il est trop sensible, parfois. C'est ce que je lui ai expliqué.

« Trop sensible ? »

Ah non, elle ne s'en tirera pas si facilement.

— Il embrasse bien, lancé-je en me préparant au pire.

Elle se tourne vers moi, les yeux plissés.

— Tu as intérêt à oublier ce baiser, Emma. Il est à moi, et si tu jamais tu poses encore tes sales babines de métisse sur lui…

— Qui est-ce qui est trop sensible, maintenant? demandé-je en souriant de toutes mes dents.

« Elle l'aime. »

— Échangeons nos places, grogne-t-elle.

Mais je suis trop heureuse pour Toraf pour lui rendre son acrimonie.

Une fois dans le siège du conducteur, elle change d'attitude. Elle rebondit sur le coussin comme si elle essayait un matelas. Elle y met tant d'ardeur qu'elle l'aurait fait éclater si je ne l'avais un peu dégonflé avant. Elle s'apprête à faire démarrer le moteur, mais j'attrape sa main.

— Non. Mets ta ceinture d'abord.

C'est presque un cliché pour elle de lever les yeux au ciel maintenant, mais c'est ce qu'elle fait. Après avoir fait tout un cinéma du bouclage de sa ceinture — sans oublier de tirer dessus pour s'assurer qu'elle est bien attachée —, elle se tourne vers moi et attend avec une moue. Je donne mon feu vert d'un signe de tête.

Elle tourne la clé et lance le moteur. Son air absent me rend nerveuse. Ou peut-être est-ce la culpabilité qui me tord l'estomac. Galen a beau ne pas aimer cette voiture, j'ai l'impression de commettre un sacrilège en confiant une BMW à des mains inexpérimentées. Elle empoigne le levier de vitesse si énergiquement que ses jointures blanchissent. Je remercie le ciel que ce soit une automatique.

— « D », c'est pour le mode « conduite », pas vrai? demande-t-elle.

— Oui. La pédale droite sert à avancer. La pédale gauche, à s'arrêter. Tu dois appuyer sur la pédale de gauche pour passer en mode «conduite».

— Je sais. Je t'ai vue faire.

Elle écrase le frein et nous fait passer en mode conduite. Mais nous ne bougeons pas.

— Bon. Maintenant, tu vas appuyer sur l'accélérateur, la pédale de droite…

Les pneus commencent à tourner — et nous aussi. La bouche béante, Rayna me dévisage avec les yeux ronds, ce qui est mauvais signe puisqu'elle est au volant. J'ai l'impression qu'elle crie, mais je la couvre avec mes propres hurlements. Un nuage de poussière s'élève en tourbillonnant autour de nous, ce qui nous empêche de voir les arbres, la route, et la vie telle que nous la connaissions.

— Enlève ton pied de la pédale de droite! hurlé-je.

L'arrêt est si abrupt que mes dents s'entrechoquent.

— Tu veux nous tuer ou quoi? hurle-t-elle en portant la main à sa joue comme si je l'avais giflée.

— Quoi? Tu te fiches de moi! C'est toi qui conduis!

Son regard est perdu, vitreux; peut-être va-t-elle pleurer.

— Tu as dit d'appuyer sur le frein pour passer en mode conduite, puis d'appuyer sur la pédale droite pour…

— Mais pas en même temps!

— Eh bien, tu aurais dû me le dire! Comment étais-je censée le deviner?

Je grogne.

— Tu t'es comportée comme ce satané dalaï-lama quand j'ai essayé de t'expliquer comment changer les vitesses. Je t'ai dit qu'une pédale sert à avancer et l'autre à s'arrêter. Tu ne peux pas freiner et avancer en même temps! Tu dois te décider.

D'après son expression, soit elle est sur le point de me frapper, soit de me traiter de tous les noms. Elle ouvre la bouche, mais les gros mots ne sortent pas. Elle la referme. Puis elle pouffe.

«Moi qui croyais avoir tout vu.»

— Galen me dit tout le temps ça, dit-elle en gloussant, que je ne sais pas me décider.

Elle s'esclaffe tellement qu'elle postillonne sur le volant. Elle continue jusqu'à ce que je sois convaincue qu'une force invisible la chatouille d'une façon insensée.

«Quoi?»

À ma connaissance, son indécision a failli nous coûter la vie. Je ne vois rien de drôle.

— Tu aurais dû te voir, dit-elle entre deux hoquets. Tu faisais une de ces têtes...

Elle imite l'expression d'un clown saoul.

— Je parie que tu as mouillé ta culotte.

Elle se trouve si hilarante qu'elle attrape ses côtes comme pour les empêcher de se fendre.

Malgré moi, j'esquisse un sourire.

— Tu as eu plus peur que moi. Tu as tellement hurlé que tu as avalé au moins une dizaine de mouches.

Elle couvre le volant de postillons à nouveau. Je m'écroule de rire sur le tableau de bord. Il nous faut plusieurs minutes pour nous calmer suffisamment et poursuivre la leçon. La gorge sèche et les yeux humides, je dis :

— Allez, maintenant. Concentrons-nous. Le soleil descend. Ces bois sont probablement dangereux après la tombée de la nuit.

Elle s'éclaircit la gorge, encore prise de petits gloussements.

— OK. Concentration. Bon.

— Alors, cette fois-ci, quand tu retires ton pied du frein, l'auto avancera d'elle-même. Tu vois ?

Le moteur au ralenti, nous longeons la route à une vitesse de trois kilomètres à l'heure.

Elle souffle dans sa frange.

— Quel ennui ! Je veux aller plus vite.

— Pas trop vite, commencé-je.

Mais elle enfonce le champignon, et le vent avale mes mots. Stupéfaite, elle crie, ce qui est plutôt hypocrite parce que, tout bien considéré, c'est moi la passagère impuissante et c'est elle qui pousse des hurlements aussi stridents qu'une bouilloire tout en braquant le volant d'un côté et de l'autre, comme si la route n'était pas droite comme un « I ».

— Freine, freine, freine ! crié-je en espérant qu'à force d'être répétés, mes mots parviendront à ce qui lui reste de raison.

Tout se passe très vite. Nous nous arrêtons. Quelque chose craque. Ma tête s'écrase contre le tableau de bord. Non, le tableau de bord se transforme en coussin de sécurité gonflable. Le cri de Rayna est interrompu par son propre coussin. J'ouvre les yeux. Un arbre. Une saloperie d'arbre. Le châssis gronde, et du capot s'échappe un chuintement mécanique. Un mur de fumée s'élève du moteur, qui indique de façon incontestable que nous sommes foutues.

J'entends un froissement à mes côtés. Rayna se bat contre le coussin gonflable comme s'il l'avait attaquée plutôt que sauvée.

— Mais qu'est-ce que cette chose? gémit-elle en l'écartant pour ouvrir la porte.

« Mille et un… mille et deux… »

— Eh bien, vas-tu rester plantée là? Nous avons une longue marche devant nous. Tu n'es pas blessée, j'espère? Parce que je ne peux pas te porter.

« Mille et trois… mille et quatre… »

— Que sont ces lumières bleues qui clignotent là-bas?

22

Le trajet entre la côte du New Jersey et la caverne de la Mémoire où demeurent les Archives est presque une ligne droite. Galen arrive à destination en quelques heures. Au-dessus de lui, l'épaisse couche de glace arctique sert de tampon entre eux et les regards indiscrets des humains.

Pendant des siècles et des siècles, les vestiges du passé, figés en épaisses couches de plusieurs kilomètres d'épaisseur, constituaient la seule défense nécessaire. Mais à présent, les humains ont découvert comment envoyer des caméras sous-marines. Beaucoup des reliques syrénas qui étaient autrefois bien visibles sur le lit de l'océan ont été déplacées dans des salles de la grotte. Ce qui est dommage, puisque l'accès à la caverne est réservé aux membres de la famille royale et aux Archives.

Galen passe à côté d'un site où, autrefois, d'immenses colonnes romaines surgissaient devant les visiteurs, comme pour les accueillir. Maintenant, ce n'est plus qu'un terrain abandonné, gris et froid, et pas seulement à cause de la température. Les humains ont le don de tout détruire.

« Non, se reprend-il. La *plupart* des humains ont le don de tout détruire. Pas tous. »

Il atteint le portail de la caverne. Deux traqueurs syrénas le laissent entrer sans poser de questions. Ils l'avaient certainement senti avant même qu'il n'arrive au Groenland. L'étroit portail débouche sur un large couloir évoquant une gigantesque mâchoire pleine de dents fines et pointues. Les formations rocheuses du plafond touchent presque celles du sol. Galen espère que si jamais les humains s'infiltrent dans les lieux, ils auront l'impression d'être de la chair à pâté.

Même s'ils osaient dépasser la gueule de la caverne pour entrer dans son ventre, ils auraient du mal à trouver quelque chose d'incongru dans cet environnement vieux de plusieurs milliers d'années. La caverne de la Mémoire s'étend sur des centaines de kilomètres, véritable dédale de passages, de tunnels et de salles souterraines. Certains passages sont si étroits que même une anguille ne pourrait s'y glisser. D'autres pourraient accueillir une armée humaine entière. Les reliques, témoins du passé de l'espèce de Galen, sont cachées dans la partie la plus profonde de la grotte, accessible uniquement par les chemins les plus compliqués. Il est impossible de s'y diriger, même à l'aide de la technologie humaine la plus avancée.

Mais les Syrénas ont un outil naturel pour trouver le chemin : ils peuvent le sentir. Avec leur mémoire développée au maximum, les Archives n'en ont plus besoin : ils peuvent retrouver leur chemin sans faire appel à leur sens. Galen sourit en repensant à l'expression irritée d'Emma quand elle a appris que les Syrénas avaient une mémoire photographique, selon le Dr Milligan. Lorsque Galen a eu une meilleure note qu'elle à leur premier examen de calcul, elle est presque tombée à la renverse.

Au détour d'un corridor étroit, Galen perçoit la présence de Romul. Il suit sa piste dans le labyrinthe à travers un parcours tarabiscoté. Romul l'attend dans la salle de cérémonie, là où sont conservées les archives des accouplements. C'est la première fois que Galen voit Romul dans cette pièce. Il se demande si cela a quelque chose à voir avec la lignée de Paca.

« Essaie-t-il de prouver qu'elle est de sang royal ? »

Romul s'incline devant lui, mais c'est Galen qui se sent tout petit.

— Ah, mon préféré de la famille royale, dit Romul. Comment allez-vous, mon jeune Galen ?

— Je vais bien, Romul, merci.

— Quel bon vent vous amène vers ces lieux si éloignés de l'existence, mon prince ? Mais surtout, en quoi puis-je me rendre utile ?

— J'ai encore besoin d'informations sur les humains, Romul, dit Galen sans la moindre hésitation.

Il est encore méfiant vis-à-vis de l'implication de Romul dans la recherche de Paca, menée par Grom. Mais il est habituel pour Galen de poser des questions sur les humains. Romul n'y verra rien de suspect, d'autant que Galen est ambassadeur auprès des humains.

Romul sourit et hoche sa tête aux longs cheveux noirs fins et clairsemés.

— Mais certainement, mon prince. Que puis-je faire pour vous ?

— J'aimerais jeter un œil aux vestiges de Tartessos. J'ai des questions sur les métis.

Surpris, Romul hausse un sourcil.

— Comme vous voulez, mon prince. Par ici, s'il vous plaît.

Galen suit son mentor qui s'enfonce dans la grotte. Il dépasse la mal-nommée salle des Parchemins. Les fragiles rouleaux de parchemin des anciennes civilisations humaines qu'elle contenait se sont désintégrés depuis longtemps. Toutefois, les eaux glaciales de l'Arctique ont préservé les autres artefacts — tablettes, poterie, bijoux et parfois des murs entiers de hiéroglyphes.

La température glaciale a également conservé la salle des Tombes — les catacombes géantes des Syrénas — intacte. Galen ne s'est jamais rendu dans la nécropole, mais Rayna venait y visiter la tombe de sa mère, les premières années après son décès. Ces tombes ont pour but d'empêcher les humains d'accéder aux restes syrénas. Galen frissonne à l'idée des fouilles mondiales qui seraient enclenchées si un corps syréna — ou même simplement un os — s'échouait sur une plage.

Ils atteignent la Salle civique, la plus grande de toutes les pièces, où sont conservés les vestiges des cités. Galen est déjà venu ici à plusieurs reprises, mais jamais avec le point de vue d'un humain, pour ainsi dire. Ou plutôt, d'un métis. Emma pourrait explorer l'endroit pendant des jours ou même des mois. Et il adorerait l'amener ici pour lui en donner l'occasion.

Romul le fait passer devant les ruines d'Alexandrie, d'Égypte, et devant des artefacts ayant appartenu à Cléopâtre. Devant d'anciens temples thaïlandais, méticuleusement extraits de leur site sous-marin pour être reconstruits ici, dans la caverne de la Mémoire. Devant une imposante pyramide, démontée il y a des siècles au large d'une île appelée « Japon », puis reconstruite ici en vue d'une éternité bien méritée. Finalement, ils atteignent Tartessos, peut-être la cité la plus importante, en raison de ses liens avec leur espèce.

Tartessos est la ville la mieux conservée de toutes. Conçue comme une énorme cible, la métropole était de forme circulaire, avec des rues gravitant autour des structures centrales. Romul et Galen franchissent le premier pont récupéré où l'eau coule maintenant par-dessus plutôt qu'en dessous. Ils nagent à côté d'une succession de statues de Poséidon lui-même — ou du moins, de la représentation que les humains se faisaient de lui. Malgré toutes leurs fractures, leurs fissures, les bouts de queue et de tridents manquants, les statues demeurent saisissantes.

Les Syrénas chargés de recréer les routes se sont montrés méticuleux en formant, à l'aide de chacun des pavés retrouvés, une sphère parfaite de chemins sinueux menant au palais central. Bien qu'ils glissent dans l'eau la surplombant, Galen et Romul suivent le tracé de la route fragmentée. Ils passent devant des édifices, des fontaines et des bains publics. Galen peut facilement imaginer la population antique qui donnait jadis vie à cet endroit désolé et inanimé, échangeant de grandes quantités d'or, d'argent et de cuivre contre de la nourriture, des vêtements et des services.

« Et qu'en est-il des gens qui ressemblent à Emma ? »

Galen obtient sa réponse au dernier virage avant le palais. Ils s'approchent d'un mur qu'il a vu un million de fois, mais qu'il n'a jamais vraiment regardé. En voyant les représentations d'humains qui sacrifient de grands taureaux en l'honneur de Poséidon, il a le souffle coupé. La plupart d'entre eux ont les cheveux noirs, une peau olive et des yeux violets. Des lignes anguleuses sont tracées sur leurs poitrines, probablement pour mettre leur physique en valeur. Mais dans un coin du panorama, il y a d'autres êtres humains. Il ne les a jamais remarqués auparavant, parce que leurs traits se confondent presque avec le mur. Un teint clair. Des cheveux blancs. Des yeux violets. Des humains qui ressemblent à Emma.

Galen se racle la gorge.

— Ces êtres humains, ici, dit-il en indiquant une femme dont les courbes délicates lui rappellent Emma. Qui sont-ils ?

— Mon prince, il n'y a aucun humain sur ce dessin. Ceux-ci sont nos camarades syrénas sous leur forme humaine. Et ceux-ci, dit-il avec dédain, sont les métis. Ils sont la progéniture de Poséidon lui-même.

Galen se raidit en entendant l'amertume dans la voix de Romul.

— D'accord. Je crois que tu les as déjà mentionnés. Tu as parlé d'abomination... je ne me souviens pas exactement. Pourquoi étaient-ils détestés ?

Romul secoue la tête.

— Eux-mêmes n'étaient pas détestés. Non, mon jeune ami. En fait, Poséidon aimait tendrement sa progéniture métisse, ce qui était une partie du problème. Plusieurs de nos camarades se sont sacrifiés pour leur partenaire humain.

— Ils se sont sacrifiés ? Que veux-tu dire ?

— D'après notre mémoire collective, plusieurs de nos ancêtres ont choisi de passer la majeure partie de leur existence sur terre, intervient une voix derrière eux.

Galen et Romul se retournent vers Atta, une Archive de la maison de Poséidon.

Romul lui sourit chaleureusement. Dans la caverne de la Mémoire, il n'y a pas de divisions entre les maisons.

— Bienvenue, Atta.

Romul se retourne vers Galen.

— Oui, elle a raison, mon jeune ami.

— Mais quel mal y a-t-il à passer du temps sur terre ?

Galen regrette de ne pas avoir formulé sa question autrement. Il a l'impression de remettre la loi en cause. De commettre une trahison.

— Nos corps ne sont pas adaptés à la vie sur terre, mon prince, dit Atta en passant sa petite main sur le mur avec déférence. La… lourdeur… sur terre fait travailler nos corps plus fort que dans l'eau, ce qui nous fait vieillir plus vite.

— La lourdeur ? répète Galen en s'interrogeant sur ses paroles.

Il se tourne vers Romul.

— Est-ce qu'elle parle de la gravité ?

« Mais bien sûr. »

Voilà pourquoi il se sent si fatigué à la fin d'une journée d'école. Il a besoin de plus d'énergie pour se déplacer sur terre que pour flotter dans l'eau, où il est presque en état d'apesanteur. Beaucoup plus d'énergie. Un petit mouvement de nageoire le propulse trois fois plus loin que s'il fournissait le même effort pour remuer ses jambes humaines.

Romul hoche la tête.

— Oui, la gravité, très bien, Galen. La population syréna a commencé à diminuer très rapidement, parce que beaucoup de nos camarades ont décidé de rester sur terre avec leurs partenaires humains et de mourir comme des humains. Triton savait que si la situation perdurait, notre espèce finirait par disparaître.

« Ça nous fait vieillir plus vite. »

Galen se rappelle des paroles du Dr Milligan sur le pouls. Plus le cœur d'un être bat vite, plus son existence est courte. Au cours de cette dernière visite, le Dr Milligan avait dit que le cœur de Galen battait plus vite qu'à la prise de pouls précédente, il y a quelques mois.

« Parce que j'ai passé tellement de temps sur terre. »

Sa gorge se serre.

— Ces métis. Comment étaient-ils ?

Atta et Romul échangent un regard.

— Je crains que nous ne comprenions pas votre question, mon prince.

— Je voudrais savoir s'ils sont capables de se métamorphoser en Syréna ? Est-ce qu'un des descendants de Poséidon a hérité de son pouvoir ?

Romul fronce les sourcils. Atta croise ses mains.

— Pas à notre connaissance, Votre Altesse. Selon notre interprétation commune, les métis n'ont jamais été capables de se métamorphoser. Aucun d'eux n'aurait jamais hérité du pouvoir de Poséidon.

— « Aurait » ? Vous n'en êtes pas certains ? demande Galen, de plus en plus frustré.

— Mon prince, dit Romul, il est possible que l'un d'eux ait hérité de son pouvoir. La Loi des généraux obligeant les deux maisons à s'unir n'a été promulguée qu'à l'issue du siège de Tartessos par les humains. Nous ne pouvons confirmer si un des enfants métis de Poséidon a hérité du pouvoir, puisqu'ils ont tous été éliminés par les grandes vagues de Triton.

Emma peut retenir sa respiration pendant longtemps, mais pas indéfiniment. Selon la façon dont Poséidon avait pilonné le rivage, il était tout à fait possible que les métis aient été exterminés.

« Malgré tout, il est possible que certains aient survécu. »

Il fixe la métisse sur le mur, celle qui lui rappelle Emma. L'idée qu'elle ait pu se noyer lui retourne l'estomac.

Perdu dans ses pensées tourmentées, il fixe l'image assez longtemps pour que l'ennui gagne ses compagnons.

— Votre Altesse, pouvons-nous vous être encore utiles? dit Atta, l'extrayant doucement de sa rêverie.

Galen fait signe que oui.

— J'ai une dernière question, Atta, si ça ne t'embête pas.

— Bien sûr que non, Votre Altesse, dit-elle gracieusement.

— Les métis. Étaient-ils malfaisants? Se sont-ils retournés contre nous? Est-ce la raison pour laquelle Triton les a éliminés avec les humains?

— Non, dit-elle. Triton pensait qu'ils devaient être exterminés en raison de ce qu'ils représentaient. Il ne voulait pas que l'on rappelle à Poséidon sa compagne humaine ni ses descendants mi-humains. Il ne voulait pas que l'un d'entre nous soit tenté de vivre — ou de mourir — sur terre. Il croyait que notre survie dépendait du fait de demeurer sous l'eau, loin des humains.

— Y a-t-il autre chose que l'on puisse faire pour vous, mon jeune ami? demande Romul après quelques instants.

Galen secoue la tête.

— Non. Merci à tous les deux pour votre temps.

— C'est un plaisir de vous servir, Votre Altesse, dit Atta avec une révérence.

Sa chevelure ondule derrière elle comme un tissu tandis qu'elle s'éloigne.

Galen s'apprête lui aussi à partir, mais quelque chose sur le mur attire son attention. Il scrute le dessin de nouveau en essayant de retrouver la brève apparition. Il la retrouve à quelques mètres. Il se hisse près de l'image d'un Syréna mâle et encercle son œil du doigt.

— Bleus? demande-t-il à Romul. A-t-il les yeux bleus?

Romul secoue la tête.

— Non, mon prince. Il semblerait que certaines des peintures utilisées par les humains pour nous représenter étaient de qualité inférieure. Avec les années, les couleurs semblent avoir pâli.

— Évidemment. Le violet vient du bleu.

Galen hoche la tête à l'image, puis à Romul.

— Eh bien, merci encore, Romul. À la prochaine.

Romul incline la tête.

— C'est toujours un honneur, mon jeune ami. Portez-vous bien.

Galen suit la pulsation des deux traqueurs pour retrouver la sortie de la grotte. Le retour lui paraît plus long que l'aller. Il soupçonne que ses soucis lui pèsent tant qu'ils ralentissent jusqu'à ses mouvements.

Le Dr Milligan a raison. Emma est certainement une métisse. Mais il ne demeure pas moins qu'elle possède le pouvoir de Poséidon. La loi qui impose une union entre les deux maisons à toutes les trois générations n'existe probablement que pour la galerie, puisque les membres de la famille royale ne sont pas les seuls à pouvoir hériter du don. Galen suppose que c'est une façon pour Triton d'assurer la loyauté entre les deux maisons, plutôt qu'avec les humains.

« Ce qui fait de Paca une candidate aussi admissible que n'importe qui, de sang royal ou pas. »

Si elle détient le pouvoir, elle le transmettra à ses descendants. Tout comme Emma.

Serait-il possible que l'un des enfants mi-humains de Poséidon ait survécu et se soit reproduit ? Serait-il possible qu'Emma descende de cette lignée ? Selon elle, son père avait le teint et les cheveux pâles. Serait-il le chaînon manquant ?

Et si jamais c'était le cas ? Quelle serait la priorité de Grom ? Respecter la loi qui interdit de s'accoupler avec un mi-humain ou bien faire le contraire pour assurer la transmission des pouvoirs ? Galen l'ignore. Mais même si Grom refuse de s'unir avec Emma, permettra-t-il à Galen de le faire, lui ? Parce que si les affirmations de Romul et Atta sont exactes, Emma ne verra jamais pousser sa nageoire. Ce qui signifie que Galen devra aller vivre sur la terre ferme avec elle.

« Cela en vaut-il la peine ? De renoncer à des années de mon existence pour vivre auprès elle ? »

Galen pense à la courbe de ses hanches, à ses lèvres pleines, à sa façon de rougir quand il la surprend à le regarder. Et il se souvient du moment où le Dr Milligan lui a appris qu'elle mourrait avant lui. À quel point la pensée l'a rendu malade.

« Oh, oui. Ça en vaut totalement la peine. »

23

L'agent Downing se gare dans l'allée à côté de la voiture de ma mère. *Évidemment,* elle est à la maison. Je ne sais même pas pourquoi j'ai perdu mon énergie à espérer qu'elle n'y soit pas. Peut-être parce que j'ai 18 ans, ce qui signifie qu'ils ne prennent pas la peine de demander aux parents de venir sur les lieux de l'accident. Mais même si je ne suis pas une victime de la loi, je suis la victime des cancans d'une petite ville. Une victime des gyrophares allumés, des chuchotements méprisants et des hochements de tête désapprobateurs. Et seigneur, je me sens vraiment comme le dindon de la farce, parce que non seulement elle est à la maison, mais elle m'attend debout sur le porche, les bras croisés.

L'agent Downing m'ouvre la porte arrière de la voiture de police bon marché qui sent le vinyle, la sueur et l'humiliation. Je sors. Il me tend mon sac à dos, que Rachel a eu l'amabilité de me remettre quand nous avons déposé Rayna chez Galen. Elle a aussi eu la gentillesse de ne pas me tuer pour m'être présentée chez elle flanquée d'un policier.

— Prenez du repos, jeune femme, dit l'agent Downing. Il y a de bonnes chances que vous ayez mal demain. Il faut habituellement un jour ou deux avant de ressentir les effets d'un accident.

— Merci de nous avoir ramenées, Monsieur l'agent. Je vous suis reconnaissante, dis-je, honteuse.

— Je vous en prie, Mlle McIntosh. Bonne soirée.

Il fait un bref salut de la main à ma mère, puis remonte en voiture et s'en va.

Je marche vers le porche d'un pas lourd, même si je suis tentée de courir dans la direction opposée. Mais en théorie, je ne devrais pas être dans le pétrin. Ce n'était pas ma voiture. Ce n'est pas moi qui ai reçu une contravention. C'est Samantha Forza. Et la photo sur le permis de conduire de Samantha Forza ressemble drôlement à Rayna. Elle a dit à l'agent Downing qu'elle a fait une embardée en essayant d'éviter un chameau. Elle l'a décrit comme «un quadrupède poilu et cornu», ce que le policier a généreusement interprété comme étant un cerf.

Puisque personne n'a monté d'équipe de recherche pour retrouver un chameau ou une licorne, j'en ai conclu que nous étions hors de danger. Mais d'après l'expression de ma mère, je suis à mille lieues d'être tirée d'affaire.

— Salut, dis-je en atteignant les marches.

— Voyons voir, dit-elle en attrapant mon visage.

Elle me braque une lampe-crayon dans les yeux, que j'écarte d'un revers de main.

— Non, mais tu vérifies mes pupilles? Tu plaisantes?

— Hal a dit que tu avais l'air dans les vapes, dit-elle en replaçant sa lampe-crayon dans le col de sa blouse.

— Hal? Qui est Hal?

— C'est l'ambulancier qui t'a fait signer la décharge quand tu as refusé tout traitement médical. Il a appelé l'hôpital par radio après t'avoir laissée.

— Ah. Eh bien, Hal a sans doute remarqué que je venais d'avoir un accident, donc logiquement, il est possible que j'aie été un peu dans les vapes. Ça ne veut pas dire que j'étais défoncée.

Ainsi donc, ce n'étaient pas des commérages de petite ville, mais des commérages de petit *comté*. Le bon vieux Hal a probablement amené des centaines de patients à ma mère à l'urgence à deux villes de là.

Elle fronce les sourcils.

— Pourquoi ne m'as-tu pas appelée ? Qui est Samantha ?

Je soupire et l'écarte de mon chemin. Il n'y a pas de raison d'en discuter sur le porche. Elle me suit à l'intérieur.

— C'est la sœur de Galen. Je ne t'ai pas appelée parce que mon téléphone ne captait pas. Nous étions sur une route isolée.

— Où était Galen ? Pourquoi conduisais-tu sa voiture ?

— Chez lui. Nous voulions faire un tour, et il n'a pas voulu venir.

Puisqu'en théorie, toutes ces affirmations sont exactes, j'arrive à les énoncer de façon crédible.

Ma mère renifle et verrouille la porte d'entrée.

— Probablement parce qu'il sait que sa sœur est un danger public derrière le volant.

— Probablement.

Je vais dans la cuisine et pose mon sac sur le comptoir. Je prends une bouteille d'eau dans le réfrigérateur et je m'installe à la table de la salle à manger pour enlever mes chaussures de sport.

Elle s'assied à côté de moi.

— Tu n'es pas blessée? Hal m'a dit que tu as reçu un coup à la tête. J'étais inquiète.

— Oui, j'ai reçu un coup en frappant le coussin gonflable. Mais ça va. Je ne suis même pas étourdie.

Le ton de ma mère passe de l'inquiétude maternelle au plus grand sérieux.

— Alors, veux-tu me dire ce qui est vraiment arrivé? Parce que je ne crois pas un mot de ton histoire d'«emprunter une route de terre avec une BMW». Et un cerf? Tu te moques de moi, c'est ça?

Je déteste quand elle fait ça. Quand elle me fait le coup du gentil flic et du méchant flic. Elle ne comprend pas qu'elle est censée choisir entre les deux, pas jouer les deux à la fois!

— Je parlerai si tu parles aussi, dis-je.

La maturité, je m'en lave les mains. Je suis fatiguée qu'elle fasse deux poids, deux mesures — elle a le droit d'avoir des secrets, mais pas moi. Et puis, je suis fatiguée, point. J'ai besoin de sommeil. Ce qui signifie que j'ai besoin de réponses.

— Qu'est-ce que tu racontes? Te dire quoi?

— Je te dirai ce que nous étions réellement en train de faire quand tu m'auras révélé qui sont mes vrais parents.

Ça y est. Je l'ai fait. Je me suis fourrée dans un énorme guêpier.

Comme je m'y attendais, elle éclate de rire.

— Tu es sérieuse?

Je fais signe que oui.

— Je sais que je suis adoptée. Je veux savoir comment. Pourquoi. Quand.

Elle rit de nouveau, mais son rire sonne faux, comme si elle ne réagissait pas tout à fait spontanément.

— Alors, c'est quoi l'histoire? Tu te rebelles parce que tu crois être adoptée? Comment diable t'es-tu fourré cette idée dans la tête?

Je joins les mains et je les pose sur la table.

— Regarde-moi! Nous savons toutes les deux que je suis différente. Je ne ressemble ni à toi ni à papa.

— Ce n'est pas vrai. Tu as mon menton et ma bouche. Et on n'échappe pas au nez McIntosh.

— Et ma peau? Et mes cheveux?

— Quoi? Qu'est-ce qu'ils ont?

— Ah, laisse tomber, fis-je avec un geste d'impuissance.

Je me lève pour partir. Comme je l'imaginais, elle ne changera pas d'avis.

— Je n'ai pas envie qu'on se moque de moi. Je vais prendre une douche et aller me coucher.

Elle attrape mon bras.

— Qu'est-ce que tu veux dire par «se moquer de toi»? Pourquoi rirais-je?

«En excluant le fait qu'elle s'est déjà esclaffée à deux reprises au cours de notre conversation?»

Sceptique, je lève le sourcil, mais je me rassieds. J'inspire profondément.

— Parce que c'est ta réaction chaque fois que j'essaie de te parler, lâché-je.

Elle cligne des yeux.

— Depuis quand essaies-tu de me parler? dit-elle doucement.

Hum. Bon point. Vue comme ça, mon accusation paraît plutôt injuste. J'ouvre et referme la bouche à plusieurs reprises. Enfin, suis-je censée répondre : «Depuis mes quatre ans ?» Après tout, si je ne lui parle pas, c'est elle la responsable, n'est-ce pas ?

— Quand les poissons m'ont sauvée...

Elle lance les bras au ciel, ce qui me pétrifie.

— Pour l'amour du ciel, je croyais que tu voulais avoir une vraie discussion, Emma. Et tu remets ça sur le tapis ? Tu n'avais que quatre ans à l'époque. Comment se fait-il que tu t'en souviennes, de toute façon ?

— Je ne sais pas. Je m'en souviens, c'est tout. Je me souviens que ces poissons m'ont sauvée. Je me souviens que tu as ri aux éclats quand j'ai essayé de t'en parler. Mais pas papa. Il m'a crue, lui.

Elle soupire.

— Écoute, je sais que ton père te manque. Mais enfin, qu'est-ce que ça a à voir avec le fait d'être adopté ?

En me levant, je manque de renverser ma chaise.

— Bon, oublie ça, tu veux ? Tu es ma vraie mère. Papa est mon vrai père. Et Ra... *Samantha* a fait une embardée en essayant d'éviter un cerf. Voilà. C'est bon, maintenant, la vie continue. Je vais me coucher.

D'un pas lourd, je monte l'escalier. Je commence à me déshabiller. Ce serait le moment idéal pour prendre un bon bain chaud afin de retrouver une Emma plus agréable. Mais je suis condamnée à un monde totalement tiède pour le reste de mon étrange existence.

Au fond de moi, je sais que je me suis défilée. Je devrais continuer à l'interroger. Mais d'une façon ou d'une autre, c'est *moi* qui me suis retrouvée sur la sellette au lieu d'elle. Tout à coup, on dirait que c'est de *ma* faute si nous n'entretenons pas une relation ouverte.

J'écarte sèchement le rideau de douche et me glisse sous l'eau bouillante. J'ai l'impression de baigner dans de la bave. Ensuite, je me verse du shampoing sur la tête et le fais mousser abondamment. Depuis l'autre côté du rideau, j'entends la voix de ma mère. Je me raidis.

— Tu as raison. Ton père t'a crue, dit-elle d'un ton neutre. Mais cet homme croyait tout ce que tu lui racontais. Emma, tu étais si bouleversée, si émotive. Évidemment que tu as cru que c'était vrai. Je suis certaine que tout ça était très réel pour toi. Je suis désolée d'avoir ri. J'ignore si j'ai déjà dit ça auparavant. Mais je suis désolée. Je ne me suis jamais rendu compte que je t'avais fait de la peine.

Ma lèvre tremble. Je suis incapable de répondre. Ce serait si simple de dire que ce n'est pas grave. D'accepter ses excuses. Mais je porte cette amertume depuis si longtemps que je suis incapable de m'en libérer. Pas encore. Alors je ne le fais pas. Elle n'ajoute rien. Je n'ai jamais entendu son départ.

Quand je sors de la douche, mon acte de naissance est sur le lavabo, accompagné de photos de bébé que je n'ai jamais vues. Une photo de mon père qui sourit à la caméra en coupant un cordon ombilical. Une photo de ma mère, l'air épuisé après des heures de travail, mais souriant. Elle berce un pâle bébé à la peau presque transparente et dont la houppe de cheveux est encroûtée de sang. Moi.

Est-ce possible que tout cela soit une mise en scène ? Que l'acte de naissance soit contrefait ? Et si oui, POURQUOI ? Cela n'a pas de sens. Mais peut-être que cela a quelque chose à voir avec ma fatigue. Peut-être que demain matin, je pourrai regarder ces photos d'un œil nouveau. Je vais même montrer le document à Rachel pour voir si elle peut déterminer son authenticité.

Satisfaite de mon plan, je me fais un turban avec une serviette, puis je m'en enroule une deuxième autour du corps. J'ouvre la porte de la salle de bain. Et je manque sauter au plafond. Galen est assis sur mon lit.

«Je devrais vraiment commencer à verrouiller la porte de mon balcon.»

Il a l'air à la fois furieux et content. Je l'ai vu il y a 24 heures, mais malgré le manque de sommeil et ma mauvaise humeur, je suis excitée de le revoir.

— Je crois que ton père était métis, dit-il.

Il fronce les sourcils.

— Et je n'ai jamais promis à Rayna de lui apprendre à conduire.

24

« Nous sommes enfin vendredi soir. »

Galen s'engage dans la rue où habite Emma en repassant de mémoire la liste que Rachel lui a remise en prévision de leur rendez-vous. Il est déterminé à la divertir toute la soirée : elle a encore plus besoin de se changer les idées que lui. Elle l'a harcelé de questions à propos de son père. Galen lui a répété toutes les paroles des Archives. Elle lui a montré son acte de naissance — Rachel a confirmé qu'il était soit authentique, soit la meilleure contrefaçon qu'elle ait jamais vue — et ses photos de bébé. Les faits appuient sa conclusion : le père d'Emma descendait des métis. Il avait leurs cheveux blonds et leur teint clair. De plus, il portait des lentilles. Emma jure qu'elles n'étaient pas colorées, mais Galen reste convaincu du contraire. Elles étaient nécessairement teintées.

Il y a d'autres coïncidences, aussi. Son père adorait l'océan et les fruits de mer. Il a cru Emma quand elle lui a raconté que les poissons-chats étaient venus à son secours. Pourquoi l'aurait-il crue s'il n'était pas courant de son état ? De plus, étant médecin, il était certainement au courant de toutes les anomalies chez Emma. Comment pourrait-il ne pas être métis ?

Mais Emma résiste à tous ses arguments, sous prétexte que «quelque chose cloche.»

«En parlant de choses qui clochent…»

Il gare son VUS flambant neuf dans son allée, l'estomac noyé par l'excitation. En sortant de voiture, il se dit qu'il préfère vraiment descendre d'un véhicule plutôt que de se hisser hors d'un petit engin mortel. Il est presque content que Rayna ait embouti un arbre — mis à part le fait que Rayna et Emma auraient pu être blessées. Il secoue la tête. En marchant, il fait craquer le gravier avec ses Timberland en suède.

Malgré tout le bruit, il entend les battements étouffés de son cœur.

«Sont-ils plus rapides qu'avant?»

Il n'y avait jamais prêté attention auparavant, alors il l'ignore. Il repousse cette idée en se disant qu'il est para-noïaque. Il frappe à la porte, puis croise les mains devant lui.

«Je ne devrais pas faire ça. C'est mal. Peut-être revient-elle quand même à Grom.»

Mais quand Emma ouvre la porte, tout se remet en place. Avec sa petite robe violette, ses yeux ressortent d'une manière saisissante.

— Désolée, dit-elle. Ma mère a piqué une crise quand j'ai essayé de sortir en jean. Elle est de l'ancienne école, j'imagine. Tu sais : «Il faut être bien mis quand on sort au cinéma», dit la femme qui ne possède pas une seule robe.

— Elle m'a rendu service, dit-il.

Il enfonce les mains dans les poches.

«Elle m'a achevé, plutôt.»

Après qu'ils ont acheté leurs tickets, Emma l'entraîne vers les marchands de friandises.

— Galen, tu veux bien ? demande-t-elle.

Elle décrit un cercle distrayant sur son bras, ce qui le consume à peu près entièrement. Il reconnaît son air espiègle, mais ne comprend pas à quoi elle joue.

— Prends ce que tu veux, Emma, répond-il.

Avec un sourire faussement timide, elle commande 70 dollars de bonbons, de soda et de maïs soufflé. D'après la tête du caissier, 70 dollars représentent sûrement une belle somme. Si l'objectif, c'est de dépenser tout son argent, alors elle sera déçue. Il a assez d'argent pour acheter cinq autres brassées de ces trucs-là. Il aide Emma à transporter deux grandes boissons, deux seaux de maïs soufflé et quatre boîtes de confiseries jusqu'à la première rangée de la salle à moitié pleine.

Une fois calée dans son siège, elle ouvre une boîte et en déverse le contenu dans sa main.

— Regarde, petit gourmand, j'ai pris tes préférés, des bonbons au citron !

« Petit gourmand ? Qu'est-ce… »

Avant qu'il ait le temps de se détourner, elle lui en enfonce trois dans la bouche. Sa grimace lui arrache un ricanement malveillant. Elle enfonce une paille dans un des gobelets et le lui remet.

— Tu ferais bien de boire ça, murmure-t-elle. Ça fera passer l'acidité.

Il n'aurait pas dû. Le breuvage est tellement effervescent que les bulles lui brûlent le nez. La fierté l'empêche de tousser. Ainsi que les pastilles coincées dans sa gorge. Après quelques coups de gosier à la limite du haut-le-cœur, il réussit à déglutir.

Après quelques minutes, un seau de maïs soufflé graisseux et le reste du soda, les lumières baissent enfin, et lui accordent un répit. Pendant qu'Emma est absorbée par ce qu'elle appelle «les stupides bandes-annonces», Galen s'éclipse pour aller vomir dans la toilette. Emma a remporté le premier round.

Quand il retourne à sa place, Emma n'est plus là et a abandonné son arsenal alimentaire derrière elle.

«Aucune importance. Elle m'a déjà déclaré la guerre.»

Puisque ses yeux ne s'ajustent à l'obscurité que dans l'eau, il doit tâtonner en se fiant à ses chatouillements pour la retrouver. Il la retrouve quelques rangées plus bas, à l'autre bout de la salle. Il prend place à ses côtés et la regarde, l'air perplexe. L'écran est assez lumineux pour lui permettre de la voir lever les yeux au ciel.

— On était assis devant une bande de gamins, murmure-t-elle. Ils parlaient trop.

Il soupire et gigote sur son siège pour se mettre à son aise : la soirée s'annonce longue. Regarder des humains jouer à faire semblant n'a pas de quoi lui faire frétiller la nageoire. Mais il voit qu'Emma commence à remuer sur son siège. Tout comme lui.

Au moment où il pique du nez, un grand bruit bondit hors de l'écran. Emma s'accroche à son bras comme si elle était suspendue au-dessus d'une falaise. Elle enfonce le visage dans son biceps en gémissant.

— Est-ce fini ?

— Le film ?

— Non, la chose qui lui a sauté au visage. Est-elle partie ?

Galen rit de bon cœur et dégage son bras pour le passer autour d'elle.

— Non. Tu ne devrais vraiment pas bouger jusqu'à ce que je te dise qu'il n'y a plus de danger.

Elle lève la tête subitement, mais un sourire brille presque dans ses yeux.

— Je pourrais te prendre au mot, faux rancart ou pas. Je déteste les films qui font peur.

— Pourquoi ne m'as-tu rien dit ? Tout le monde à l'école bavait pratiquement sur ce film.

Leur voisine se penche vers eux.

— Chut, chuchote-t-elle d'une voix criarde.

Emma se niche au creux de son bras et enfonce son visage dans sa poitrine, lieu où elle retourne fréquemment tout au long du film. Galen reconnaît que les humains sont doués pour donner un air de vérité à leurs films. Toutefois, il n'arrive pas à comprendre comment Emma peut être effrayée. Elle sait très bien que ces acteurs sont payés pour s'égosiller comme des homards dans l'eau bouillante. Mais qui est-il pour se plaindre ? Leur jeu convaincant garde Emma au creux de ses bras pendant au moins deux heures.

À la fin du film, il ramène la voiture près du trottoir et lui ouvre la porte, conformément aux instructions de Rachel. Emma accepte la main qu'il lui tend pour l'aider à monter en voiture.

— Comment devrait-on appeler notre nouveau petit jeu ? demande-t-il sur le chemin du retour.

— Notre jeu ?

— Tu sais, «prends ces bonbons au citron, petit gourmand?»

— Oh, je vois. Que dirais-tu de... Dégobillage?

— Pas mal. Tu te rends compte que c'est à ton tour, n'est-ce pas? Je pensais te faire avaler un crabe vivant.

Elle se penche vers lui. Quand ses lèvres effleurent son oreille, il manque faire une embardée.

— Où trouveras-tu un crabe vivant? Tout ce que j'ai à faire, c'est plonger la tête dans l'eau pour leur ordonner de s'éparpiller.

Il sourit à pleines dents. Elle devient de plus en plus à l'aise avec son pouvoir. Hier, elle a ordonné à des dauphins de partir à sa poursuite. Avant-hier, elle a intimé à tous les êtres vivants des environs de s'écarter lorsqu'un bateau de pêche est passé au-dessus de leurs têtes.

Il s'engage dans l'allée de chez Emma et coupe le contact. Il a l'impression que toutes les forces de l'univers le poussent vers elle — comme un aimant. Ou peut-être que toutes les forces l'*attirent* vers lui. Comme avait dit Toraf. Peu importe, il commence à en avoir assez de résister. Il faut qu'il se passe quelque chose. Et vite.

Il ouvre la porte du conducteur, mais elle l'interrompt en plaçant sa main sur la sienne.

— Pas besoin de m'ouvrir, dit-elle. Ma mère n'est pas à la maison, alors pas besoin de cette mascarade, hein. Merci pour le film. À demain.

Et c'est tout. Elle sort, marche vers la porte et entre. Au bout de quelques secondes, les lumières sur le porche s'éteignent. Galen sort de l'allée. Quand il emprunte la route principale, le vide qu'il ressent n'a rien à voir avec le fait d'avoir perdu la partie de dégobillage.

Du coin de l'œil, il voit Emma regarder le sac-cadeau rose sur l'îlot de la cuisine. Il sait qu'il est cruel de s'amuser avec sa curiosité, mais il ne peut s'en empêcher. Elle en est encore au deuxième problème de son devoir de calcul, sur lequel elle travaille depuis près d'une heure.

Elle fronce les sourcils et flanque son crayon sur le comptoir.

— Je déteste bosser le samedi, dit-elle. C'est ta faute. Tu devrais arrêter de manquer l'école. Parce que je ne me sentirais pas obligée d'être productive pendant ton rattrapage.

Elle lui arrache son crayon des mains et le lance de l'autre côté de la cuisine. Près du réfrigérateur, Rachel y échappe de peu. Elle leur lance un regard interrogateur, mais poursuit son ménage.

Galen sourit.

— On pourrait glander, si tu veux.

Emma jette un œil à Rachel en levant le sourcil. Celle-ci hausse les épaules et clame son innocence.

— Non, non. Ne me regarde pas comme ça. Ce n'est pas moi qui lui ai appris ça.

— Je l'ai appris tout seul, dit-il en récupérant son crayon par terre.

— Fallait s'y attendre, ricane Emma.

— Hé, fais pas la tête, bichette.

— Ça y est, tu viens de franchir la limite avec ton « bichette ». Et ne t'avise pas de m'appeler « poupée » non plus, dit Emma.

Il rit.

— J'étais sur le point de le faire.

— Je n'en doute pas. Alors, est-ce qu'on t'a expliqué comment glander ?

Galen hausse les épaules.

— D'après ce que j'ai compris, glander, c'est l'équivalent d'être dans le coma, mais éveillé.

— C'est à peu près ça.

— Ouais. Ça n'a pas l'air très intéressant. Les humains sont-ils tous paresseux ?

— Faut pas charrier, Votre Altesse.

Elle esquisse toutefois un sourire moqueur.

— Si je suis une Altesse, toi, tu es une bichette. Un point, c'est tout.

Emma grogne, mais pas aussi férocement qu'elle l'espérait. En fait, son grognement est plutôt adorable.

— Punaise ! Alors, je ne t'appellerai pas « Majesté ». Et tu ne. M'appelles. Plus. Jamais. « Bichette ».

Il sourit jusqu'aux oreilles en hochant la tête.

— Est-ce que… est-ce que je viens d'avoir le dernier mot ?

Elle lève les yeux au ciel.

— Fais pas l'idiot. Nous sommes à égalité.

Il rit.

— Si tu admets que j'ai gagné, je te laisse ouvrir ton cadeau.

Elle jette un œil au sac-cadeau et se mord la lèvre — ça aussi, c'est adorable. Elle regarde Galen de nouveau.

— Peut-être bien que je me fiche du cadeau.

— Oh non, tu ne t'en fiches pas.

— Si, je m'en fiche TOTALEMENT, dit-elle en croisant les bras.

Il se passe la main dans les cheveux. Si elle continue de lui mettre des bâtons dans les roues, il devra lui révéler leur destination. Il hausse les épaules de la façon la plus nonchalante possible.

— Ça change tout. Je m'étais dit, vu que tu aimes l'histoire… Bref, laisse tomber. Je ne t'embêterai plus avec ça.

Il se lève et empoigne le sac en tripotant le papier de soie dont Rachel l'a bourré.

— Même si je dis que tu as gagné, ça reste un mensonge, tu sais, souffle-t-elle.

Galen ne se laisse pas prendre au piège. Pas cette fois.

— D'accord. C'est un mensonge. J'ai juste envie de t'entendre le dire.

Mi-surprise, mi-soupçonneuse, elle obéit. En sortant de sa bouche, les mots sonnent comme une musique.

— Tu as gagné.

En lui remettant le sac, il se sent étourdi, comme si c'était lui qui recevait le cadeau. En fait, c'est un peu le cas. En revenant de la caverne de la Mémoire, il a tout de suite su qu'il devait l'amener là-bas à son passage devant l'épave.

— Tiens. Va te changer. Tu n'as pas besoin du masque ni des palmes, mais je veux que tu mettes la combinaison. Elle est conçue pour retenir la chaleur. Il peut maintenir un être humain en vie pendant plusieurs heures par des températures glaciales, alors tu devrais être très bien là-dedans.

Elle regarde dans le sac.

— Une combinaison de plongée ? Pourquoi aurais-je besoin de ça ?

Il lève les yeux au ciel.

— Va te changer.

Quand elle émerge de la salle de bain, il manque tomber de son tabouret. Le vêtement épouse chacune des courbes de son corps. La seule chose qu'il n'aime pas, ce sont ses sourcils froncés.

— J'ai l'air d'un phoque là-dedans, dit-elle en indiquant la capuche.

Il sourit.

— Garde-la. Si tu as assez chaud une fois là-bas, tu pourras l'enlever, je te le promets.

Elle acquiesce avec impatience.

— J'espère que ça en vaut la peine.

Pour l'aider à conserver son oxygène, ils restent à la surface. De temps à autre, il plonge pour vérifier leur localisation. Cette fois-ci, il sourit à pleines dents.

— Nous sommes arrivés.

Elle sourit.

— Enfin. J'ai cru un moment que nous étions en route pour l'Europe.

— Avant de descendre, tout va bien ? As-tu froid ?

Elle secoue la tête.

— Pas du tout, en fait, j'ai un peu chaud. Ce machin fonctionne vraiment.

— Très bien. Prends une grande inspiration, d'accord ? Le Dr Milligan m'a dit de prendre notre temps pour nous assurer que ton corps tolère la descente. Si tu sens un serrement dans la poitrine ou un quelconque malaise, tu me le dis tout de suite. Nous allons à une profondeur équivalente à 10 Empire State Building.

Elle hoche la tête, les yeux ronds. Ses joues rougissent soit d'excitation, soit de chaleur. Il sourit en la prenant par la taille. Au cours de leur descente, elle parle aux poissons curieux qui voltigent autour d'eux. Mais plus ils avancent, plus les poissons se font rares. Vers la fin, Galen serait surpris de voir des poissons non luminescents.

— Comment as-tu rencontré le Dr Milligan, au fait? lâche-t-elle, comme après-coup.

— Je lui ai sauvé la vie. Enfin, nous nous sommes sauvés l'un l'autre.

Elle appuie la tête contre son menton.

— Dit le gars qui déteste les humains.

— Je ne déteste pas les humains.

«Enfin, plus maintenant.»

Après quelques minutes, elle remue dans ses bras.

— Alors? insiste-t-elle.

Il la retourne pour lui faire face.

— Alors quoi?

— Vas-tu me dire *comment* tu as sauvé le Dr Milligan?

— Vraiment, tu es la personne la plus curieuse que je connaisse. Ça m'inquiète.

— Avec raison.

Il rit de bon cœur. Entêtée, elle arque les sourcils. Il soupire.

— Toraf, Rayna et moi jouions près de récifs au large de la terre du Pont, enfin, ce que vous appelez le «Mexique». Nous avions environ 10 ans, je crois. Bref, le Dr Milligan faisait de la plongée libre avec deux de ses amis, qui étaient de l'autre côté du récif. Nous prenions soin de garder nos distances, mais le Dr Milligan s'était éloigné de ses compagnons. Je l'ai trouvé de notre côté, étendu au fond, agrippant sa jambe : il avait une crampe. Je voyais qu'il était sur le point de perdre connaissance. Je l'ai donc remonté à la surface. Ses amis nous ont vus et l'ont hissé à bord du bateau. Ils ont vu ma nageoire; je n'étais pas encore très habile pour prendre une forme humaine. Ou pour me mixer. Ils ont essayé de me hisser à bord moi aussi.

Emma a le souffle coupé. Galen lui adresse un sourire en coin.

— Mon histoire ne te donnera pas de cauchemars, hein? Tu sais comment ça se termine. Les gentils s'en tirent.

Elle le pince.

— Continue.

— Le Dr Milligan a lancé le moteur à pleine vitesse. Ils ont perdu l'équilibre et m'ont lâché. Fin.

— Nooooon. Ce n'est pas fini. Comment vous êtes-vous retrouvés? C'était avant ta rencontre avec Rachel, hein?

Il hoche la tête.

— Je ne l'ai pas revu pendant un an. Je revenais souvent au récif, parce que je me disais que lui aussi reviendrait peut-être. Et un jour, il est revenu.

— Et ses amis? Ont-ils essayé de te retrouver?

Galen rit.

— Ils me cherchent toujours. Et ce ne sont plus ses amis.

— N'es-tu pas inquiet qu'ils aient révélé ton existence?

Il hausse les épaules.

— Personne ne les croit. Le Dr Milligan a tout nié aux autorités humaines. C'est sa parole contre la leur.

— Hum, dit-elle, songeuse.

Ils gardent le silence pendant quelques minutes. Au moment où il se dit que cela a assez duré, elle reprend la parole.

— Je n'ai vraiment plus chaud, dit Emma.

Galen s'arrête.

— Non, dit-elle rapidement. Je me sens bien. Continue.

À ce stade, elle est prête à n'importe quoi pour voir la surprise. Et il lui laisse le bénéfice du doute. La vérité est qu'il est excité à propos de la suite.

Quand ils sont suffisamment proches, il la retourne face à lui.

— Ferme les yeux. Je veux que ce soit une vraie surprise.

Elle rit.

— Tu crois que j'ai la moindre idée d'où nous sommes? On pourrait tout aussi bien être au pôle Nord, pour ce que j'en sais. Je n'ai même pas le sens de l'orientation sur terre, Galen.

— Bah, ferme les yeux quand même.

Elle obéit. Il accélère et longe le lit de l'océan jusqu'à ce qu'il le voie se dresser devant eux. Il la retourne.

— Tu peux regarder, Emma, murmure-t-il.

Il sait exactement à quel moment elle ouvre les yeux. Elle suffoque. Il savait qu'elle le reconnaîtrait.

— Le *Titanic,* souffle-t-elle. OhmondouxSeigneur.

Il l'amène jusqu'à la coque. Elle touche la rampe rendue célèbre par les films.

— Fais attention à la rouille, la prévient-il.

— Il a l'air si désolé... Exactement comme sur les photos.

Il s'élance par-dessus la balustrade. Il la soutient afin qu'elle pose les pieds sur le pont. La boue qu'ils ont remuée flotte autour d'eux telle une apparition. Emma rit.

— Ce serait drôle, non, de laisser ici des empreintes fraîches? Je parie qu'ils inventeraient un tas d'histoires de fantômes. Ça ferait les manchettes.

— Ça ne ferait qu'augmenter l'affluence ici. Ils vendent déjà des excursions pour le *Titanic* aux touristes assez fortunés.

Elle glousse.

— Quoi ? dit-il en souriant.

— Il y a un gros pichet en verre au fond de mon placard. L'année dernière, après avoir étudié le *Titanic*, j'ai commencé à y accumuler ma monnaie dans l'espoir de participer à une de ces excursions un jour.

Il éclate de rire et la soulève du pont pour continuer à avancer.

— Et tu vas l'utiliser pour quoi, maintenant ?

— Probablement pour acheter une partie du chocolat que Rachel garde dans la maison. J'espère que j'en ai assez.

Il lui fait visiter partout où elle a envie d'aller. Le pont à bâbord, l'ancre, l'hélice géante. Ils pénètrent à l'intérieur, où il lui montre les quartiers des officiers, les grandes salles en ruine, les cadres de fenêtres sans vitre.

— Nous pouvons aller plus loin à l'intérieur si tes yeux s'ajustent.

Elle hoche la tête.

— C'est comme si nous étions au clair de lune. Je vois presque tout si je me concentre.

— Parfait.

Il indique un trou noir dans le plancher.

— Aucun humain n'est jamais descendu ici depuis le naufrage. Ça te dirait ?

Il lit une hésitation dans ses yeux.

— Quoi ? demande-t-il. Te sens-tu mal ? Manques-tu d'air ? La pression est-elle trop forte ?

Il la serre contre lui, prêt à s'élancer si elle répond par l'affirmative à une de ses questions. Mais elle secoue la tête et se mord la lèvre.

— Non, ce n'est pas ça, dit-elle, la voix tremblante.

Il s'écarte.

— Par le trident de Triton, Emma, qu'y a-t-il? Tu... Tu pleures?

— Je ne peux pas m'en empêcher. Tu te rends compte? Plus de 1500 personnes gisent dans ce cercueil de fer. Des mères et leurs enfants sont morts noyés ici. Les gens qui ont marché dans ces couloirs s'y sont retrouvés prisonniers. Ils ont mangé dans cette vaisselle maintenant en mille morceaux. Quelqu'un a porté la botte que nous avons vu plus tôt. Le jour où le navire a quitté le port, les membres de l'équipage ont embrassé leur famille pour la dernière fois. Quand nous avons étudié le *Titanic* en classe, j'étais triste pour tous ces gens. Mais ça ne m'a jamais paru aussi réel que maintenant. Ça me brise le cœur.

Du dos de la main, il caresse sa joue, en imaginant la larme qu'il aurait trouvée s'ils n'étaient pas à 20 kilomètres de la surface.

— Je n'aurais pas dû t'emmener ici. Je suis désolé.

Elle attrape sa main, mais sans la retirer.

— Tu plaisantes? C'est la meilleure surprise que tu aurais pu imaginer. Je ne peux pas imaginer mieux. Sincèrement.

— Veux-tu continuer, alors? Ou en as-tu assez vu?

— Non, je veux continuer. J'ai juste pensé que je devais prendre conscience de ce qui était arrivé ici. Être respectueuse et non pas une touriste sans cervelle.

Il acquiesce de la tête.

— Nous allons explorer pendant quelques minutes encore, mais après, je dois te ramener en haut. Nous devons remonter lentement pour donner le temps à tes poumons de s'adapter si nécessaire. Mais je te promets qu'on reviendra si tu veux.

Elle rit.

— Désolée, mais je crois que j'ai trouvé mon nouveau lieu de prédilection. La prochaine fois, on ferait bien d'amener un pique-nique.

Ensemble, ils s'enfoncent dans le navire.

Le pas de la porte est illuminé par une lueur chaude venant de l'intérieur de la maison. Il coupe le contact, tout en résistant à l'envie de faire marche arrière et de repartir. N'importe où. Tant qu'ils y vont ensemble.

— Ma mère est là, dit doucement Emma.

Il sourit. Ses cheveux sont encore humides en raison de la douche qu'elle a prise chez lui. Un long séjour dans le placard de Rachel au fond d'un sac a quelque peu froissé ses vêtements de rechange — un jean et un t-shirt avec des éclaboussures de peintures. Mais son style décontracté est aussi attirant que la petite robe violette de leur rancart humain. Il est sur le point de le lui dire, mais elle ouvre la porte.

— Eh bien, je suis sûre qu'elle a entendu la voiture arriver, alors je ferais mieux d'entrer.

Il rit en essayant de ravaler sa déception tout en l'accompagnant à la porte. Elle manipule les clés comme si elle essayait de décider laquelle ouvrira le verrou. Considérant que le trousseau n'a que trois clés — et que les deux autres sont des clés de voiture —, Galen se réjouit de voir qu'elle cherche à retarder l'inévitable. Elle n'a pas envie que la journée se termine. Pas plus que lui.

Elle lève les yeux et croise son regard.

— Je n'ai pas de mots pour exprimer à quel point j'ai aimé cette journée. J'ai passé les meilleurs moments de ma vie, je te le jure.

— Tu sais ce que j'ai préféré ? dit-il en faisant un pas vers elle.

— Oui ?

— On ne s'est pas disputé. Pas une seule fois. Je déteste me quereller avec toi.

— Moi aussi. C'est une perte de temps alors que…

Il se penche incroyablement près en soutenant son regard.

— Alors que ?

— Alors qu'on pourrait passer de bons moments ensemble, murmure-t-elle. Mais tu n'as probablement pas trop apprécié ma compagnie, ces derniers temps. Je n'ai pas été très agréable…

Il l'interrompt en posant ses lèvres sur les siennes. Elles sont plus douces qu'il aurait jamais pu l'imaginer. Et il en veut plus. Il enlève ses mains de son menton pour les glisser dans ses boucles humides. Il l'attire vers lui. Elle monte sur ses orteils pour se rapprocher. Quand il la soulève, elle passe les mains derrière sa nuque. Aussi insatiable que lui, elle ouvre la bouche pour l'embrasser passionnément tout en pressant ses courbes délicates contre lui. Et Galen décide qu'il n'y a rien de mieux qu'embrasser Emma.

Tout en elle semble fait pour lui. Son rythme, parfaitement synchronisé au sien. Sa façon de passer sa main dans ses cheveux envoie un électrochoc qui parcourt sa colonne vertébrale. La façon dont ses lèvres fraîches allument un brasier qui lui brûle tout le corps. Elle s'adapte parfaitement à ses bras, et chacune de ses courbes s'emboîte dans son propre corps...

Aucun des deux n'entend la porte qui s'ouvre. Cependant, leurs lèvres se séparent quand la mère d'Emma s'éclaircit la gorge.

— Oh, excusez-moi, lâche-t-elle. J'ai cru entendre une voiture arriver. Euh, eh bien, je serai à l'intérieur.

Elle disparaît après avoir presque claqué la porte.

Galen sourit à Emma, qui est toujours dans ses bras. La satisfaction qu'il ressent vole en éclats quand il lit la douleur dans ses yeux.

Elle se dégage de son étreinte et recule d'un pas.

— Tout ce temps, j'ai craint que tu n'y arrives pas, mais c'est *moi* qui ai presque tout fait foirer.

— Fait foirer? demande-t-il, inquiété par sa lèvre enflée et tremblante.

« Va-t-elle pleurer? »

— Ai-je fait quelque chose de mal? murmure-t-il.

Il tend le bras, mais elle s'écarte.

Avec un sourire forcé, elle dit :

— Non, c'était parfait. Je ne l'ai même pas entendue arriver. Maintenant, elle ne doutera plus du fait qu'on se fréquente, hein?

La vérité le frappe comme une vague déchaînée.

« Emma pense que je l'ai embrassée pour jeter de la poudre aux yeux de sa mère. »

— Emma...

— Pendant un instant, *moi-même*, j'ai presque cru que nous… Enfin, je ferais mieux de rentrer avant qu'elle ne revienne.

— As-tu *perdu la tête*? siffle-t-on depuis les buissons à côté du porche.

Galen n'a pas besoin de se retourner pour deviner que c'est Rayna. Elle monte les marches, le doigt pointé vers Galen.

«Oh non.»

Rayna lui enfonce le doigt dans le torse.

— T'as du culot, tu le sais, ça? Tu l'as poursuivie jusqu'au bout du monde en faisant semblant d'avoir les intérêts du royaume à cœur. Espèce d'anguille visqueuse! Tu l'as embrassée. Je ne peux pas croire que tu l'as embrassée.

Emma rit nerveusement.

— Tu savais que nous allions le faire, Rayna. Nous te l'avions dit.

Horrifiée, Rayna fronce les sourcils.

— Aaaaah, mais non. Il était censé *faire semblant* de t'embrasser. Ce baiser-là était réel. Tu peux me faire confiance. Je le connais depuis plus longtemps que toi.

— Peut-être devrions-nous en discuter du côté de la plage? demande Emma en jetant un coup d'œil à la porte.

Rayna acquiesce de la tête, mais Galen fait signe que non.

— Non, tu peux rentrer, Emma. Rayna et moi, on va en discuter en rentrant.

— Nan. Pas question, Galen. Tu lui dis la vérité.

Si Rayna continue à monter le ton, la mère d'Emma va les entendre. Galen attrape le bras de sa sœur et l'éloigne du porche. En constatant sa résistance, il la fait passer par-dessus son épaule.

— Emma! hurle Rayna en gigotant comme un poisson au bout d'un hameçon. Tu dois être au courant! Dis-lui, Galen! Dis-lui pourquoi tu ne devrais pas l'embrasser.

Emma marche jusqu'au bord du porche et s'accoude sur la balustrade.

— Je sais déjà que je viens de la maison de Poséidon, Rayna. Je ne parlerai pas si tu ne dis rien, dit-elle en souriant à Galen.

— Fais pas l'idiote, Emma, hurle Rayna alors qu'ils passent le coin de la maison, disparaissant de la vue d'Emma. Tu es censée t'accoupler avec Grom. Galen est censé te mener à Grom!

Galen s'arrête. Il est trop tard. Jusqu'ici, la conversation aurait pu être sauvée, mais elle en a trop dit. Il dépose sa sœur par terre. Elle ne le regarde pas. Elle fixe un point derrière lui.

— Croyais-tu que je n'allais pas remarquer? dit Rayna sans lever les yeux.

Une larme chatoie au clair de lune en roulant sur sa joue.

— Que les poissons la suivent partout? Croyais-tu que j'étais trop stupide pour comprendre pourquoi nous avons traversé le grand territoire pour la suivre et pourquoi nous sommes restés avec elle après avoir découvert qu'elle était métisse? Ce n'est pas bien, ce que tu as fait. Sa place est avec Grom. C'est à lui de prendre la décision de s'accoupler avec elle ou pas. Ce n'est pas juste pour Emma non plus. Tu lui plais. De la façon dont Grom devrait lui plaire.

D'une certaine façon, la situation est douce-amère. Sa sœur vient de gâcher la meilleure soirée de sa vie et probablement toutes ses chances d'obtenir ce qu'il veut. Mais elle l'a fait par respect pour Grom. Et pour Emma. Comment pourrait-il lui en vouloir ?

Galen entend ouvrir la porte d'entrée. Rayna se raidit.

— Que se passe-t-il ici ? demande Mme McIntosh.

— Oh, euh. Rien, maman. Nous discutons, c'est tout, dit Emma, depuis le coin de la maison.

Galen se demande depuis combien de temps Emma est là, à regarder son dos. À écouter Rayna l'accuser de toutes sortes de choses horribles. Et vraies.

— J'ai entendu crier, dit sa mère, sceptique.

— Désolée. Je ferai moins de bruit.

Emma s'éclaircit la gorge.

— Galen et moi, nous allons marcher à la plage.

— N'allez pas trop loin, répond sa mère. Et ne m'oblige pas à venir te chercher.

— Maman… grogne Emma.

Mais la porte se referme.

Après avoir entendu le verrou qu'on remet en place, Rayna se détend visiblement. Emma les écarte tous les deux et se dirige vers les dunes derrière chez elle. Après avoir échangé un regard, Galen et Rayna partent à sa suite.

Au bord de l'eau, le clair de lune semble être braqué sur eux comme un projecteur, un peu comme si l'univers avait conscience que cette nuit était celle de toutes les révélations. Emma se retourne pour leur faire face, le visage défait.

Elle regarde Rayna.

— Crache le morceau.

— Je viens de le faire, réplique-t-elle. Je t'ai dit tout ce que je sais.

Elle s'enveloppe de ses bras comme si elle mourait de froid.

— Pourquoi dois-je m'accoupler avec Grom ? Je viens de la maison de Poséidon. Je suis son ennemie.

Rayna ouvre la bouche, mais Galen l'interrompt.

— Attends. Je vais lui expliquer.

Sa sœur le fixe, sceptique. Il soupire.

— Reste, si tu veux. Au cas où j'oublie quelque chose.

Elle relève le menton. Prête à l'entendre, elle acquiesce en silence.

Galen se retourne vers Emma.

— Tu te souviens que je t'ai dit que Grom devait s'accoupler avec Nalia, mais qu'elle est décédée ?

Emma fait signe que oui.

— Dans l'explosion de la mine.

— C'est ça. Ils devaient s'accoupler ensemble parce qu'ils étaient les premiers-nés de la troisième génération de leur maison respective. Bref, la raison pour laquelle ils devaient s'accoupler était qu'il fallait perpétuer le pouvoir des généraux. Pour s'assurer que les pouvoirs...

— Je sais ce que « perpétuer » signifie. Continue.

Galen plonge les mains dans les poches pour résister à l'envie de s'approcher d'elle.

— Je t'ai raconté qu'après le décès de Nalia, le roi Antonis a refusé d'engendrer un héritier. En l'absence d'une héritière pour devenir la partenaire de Grom, les pouvoirs risquent de disparaître. Du moins, selon la loi. Quand le Dr Milligan m'a parlé de toi, quand je t'ai vue, j'ai su que tu étais nécessairement une descendante directe de Poséidon. Alors, je…

Elle fait signe d'arrêter.

— C'est bon. Comme tu l'as déjà dit, je sais comment finit l'histoire, hein.

Elle n'essaie pas d'essuyer le flot de larmes sur son visage. Elle a un rire coupant, venimeux.

— Je le savais, murmure-t-elle. Au fond de moi, je savais que tu avais un mobile caché. Que tu ne m'aidais pas par pure gentillesse. Punaise, je me suis vraiment laissée avoir, hein? Non, je me suis laissée charmer *par toi*. J'ai appris ma leçon, hein?

— Emma, attends…Il tend le bras, mais elle recule.

— Non. Ne t'avise pas de me toucher. Et ne me touche plus jamais.

Elle continue de reculer, comme si elle craignait qu'il l'attaque. L'estomac de Galen se noue.

Galen et Rayna l'observent disparaître entre les dunes devant chez elle en allongeant le pas comme si elle avait peur d'être en retard.

— Tu lui as fait mal, dit doucement Rayna.

— Tu n'as pas aidé.

— Je n'ai rien fait de mal.

Il soupire.

— Je sais.

— J'aime bien Emma.

— Moi aussi.

— Menteur. Tu l'aimes. Ce baiser était sincère.

— Oui.

— Je le savais. Que vas-tu faire?

— Je ne sais pas, dit-il en regardant la chambre d'Emma s'allumer au troisième étage.

Il se gratte la nuque.

— Dans un sens, je suis content qu'elle soit au courant. Je n'aimais pas lui faire des cachotteries. Mais elle n'aurait pas coopéré si je lui avais dit la vérité.

Rayna pouffe.

— Vraiment?

Elle replace une petite boucle de cheveux derrière son oreille.

— D'ailleurs, tout a *teeellement* mieux tourné en le lui cachant.

— D'abord, que fais-tu ici?

Elle hausse les épaules.

— Tu te souviens peut-être d'avoir envoyé mon compagnon dans une espèce de mission secrète. Je m'ennuyais.

— Heureux de t'avoir divertie.

— Écoute, je voulais voir la maison d'Emma. Peut-être rencontrer sa mère. Faire des trucs de filles. Je ne suis pas venue ici pour te gâcher la vie.

Sa voix tremble. Il passe un bras autour d'elle.

— Ne pleure pas. Viens. Je te ramène à la maison, dit-il doucement.

Rayna pince la morve qui coule de son nez. Puis elle recule, tout comme Emma l'a fait, mais en se dirigeant vers l'eau.

— Je connais le chemin, dit-elle avant de se retourner pour plonger.

Ce n'est que la deuxième heure et toute l'école est au courant de leur rupture. Jusqu'ici, il a amassé huit numéros de téléphone, un bisou sur la joue, et un pincement à l'arrière de son jean. Quand il essaie de parler à Emma entre les cours, ses tentatives sont contrecarrées par un ouragan de jeunes adolescentes dont l'objectif premier semble de maintenir séparés les ex-amoureux.

À la sonnerie de la troisième heure, Emma prend soin de prendre une place où d'autres élèves lui serviront de barrage contre lui. Pendant le cours, elle suit avec autant d'attention que si on lui expliquait comme survivre à une dangereuse catastrophe imminente. Au milieu du cours environ, il reçoit un texto d'un numéro qu'il ne reconnaît pas : *Je te ferai des trucs qui te la feront oublier si tu veux bien.*

Aussitôt qu'il supprime le message, un autre apparaît, envoyé d'un autre numéro : *Fais-moi signe si tu veux discuter. Je te traiterai mieux qu'E.*

« Comment ont-elles obtenu mon numéro ? »

Il remet le téléphone dans sa poche et se penche de façon protectrice au-dessus de son cahier, comme si c'était sa dernière possession encore inviolée. Puis, il remarque dessus une écriture étrangère. Une certaine Shena a inscrit son nom et son numéro entourés d'un cœur. Se retenir de le lancer à l'autre bout de la pièce est aussi difficile que de ne pas embrasser Emma.

Pendant le dîner, Emma a pris soin de lui bloquer l'accès en s'asseyant au milieu d'une table à pique-nique entièrement occupée. Il choisit une table directement en face d'elle, mais elle semble inconsciente de sa présence. L'air absent, elle éponge la graisse de sa pizza dans son plat avec des serviettes. Elle accumule au moins 15 serviettes orangées devant elle. Elle ne semble pas voir que Galen la fixe, prêt à lui faire signe aussitôt qu'elle lève les yeux.

Il ouvre le plat de thon que Rachel lui a préparé sans s'occuper de l'explosion de messages textes dans sa poche. Il plante violemment sa fourchette dans un bloc de poisson, qu'il enfourne sans savourer. Mark-aux-dents-blanches raconte quelque chose à Emma. Elle rigole en cachant sa bouche derrière une serviette, alors elle semble trouver ça drôle. Galen manque tomber du banc quand Mark repousse une mèche de cheveux du visage d'Emma. Maintenant, il sait ce que Rachel voulait dire quand elle parlait de marquer son territoire dès le début. Mais que peut-il faire quand son territoire se démarque tout seul? La nouvelle de leur rupture s'est répandue comme un déversement de pétrole, et il semble qu'Emma fasse de son mieux pour l'aider à se propager.

En voyant Emma essuyer délicatement la bouche de Mark avec sa serviette, Galen casse sa fourchette en deux. Quand Mark envoie « accidentellement » une éclaboussure de gelée au coin de sa bouche, Galen lève les yeux au ciel. Emma l'essuie encore, souriant comme si elle s'occupait d'un enfant.

Le fait que la table de Galen se remplisse d'admiratrices ne l'aide en rien. Elles le touchent, gloussent, lui sourient sans raison, ce qui le distrait de ses fantasmes de lui casser sa belle gueule. Sauf que cela ne ferait que donner à Emma une véritable raison d'aider cet idiot à avaler sa gelée.

Incapable de supporter ce spectacle plus longtemps, Galen tire son téléphone de sa poche, compose un numéro et raccroche. Quand on le rappelle, il répond :

— Salut, ma douce.

Les filles à sa table exigent le silence pour mieux écouter. Quelques-unes regardent en direction d'Emma pour voir si elle est son interlocutrice. Satisfaites de voir que non, elles se penchent vers lui.

Rachel pouffe.

— Si seulement tu aimais les sucreries.

— J'ai vraiment hâte de te voir ce soir. Mets donc le t-shirt rose que j'aime bien.

Rachel rit.

— On dirait bien que tu es dans ce que nous, les humains, appelons « de beaux draps ». Mon pauvre, mon magnifique chéri. Emma ne te parle toujours pas ? Elle t'abandonne avec toutes ces filles bourrées d'hormones ?

— Huit heures trente ? C'est si loin. On ne pourrait pas se voir plus tôt ?

Une des adolescentes se lève et transporte son plateau et son dépit à une autre table. Galen essaie de ne pas se montrer trop excité.

— Veux-tu que je vienne te chercher, mon garçon ? Te sens-tu malade ?

Galen lance un regard à Emma, qui enlève un pepperoni de sa pizza et le considère comme s'il était une déjection de dauphin.

— Je ne peux pas manquer l'école encore pour te voir, ma belle. Mais je penserai à toi. *À personne d'autre* que toi.

Quelques autres adolescentes se lèvent et vident leur plateau dans la poubelle. La meneuse de claques en face de lui lève les yeux au ciel et commence à discuter avec la grassouillette brune à ses côtés — celle-là même qu'elle a plaquée contre un casier pour pouvoir parler à Galen il y a deux heures.

— Reste tranquille, mon cœur, dit Rachel d'un ton alangui. Mais sérieusement, je ne comprends pas. Je ne vois pas ce que tu me demandes de faire.

— Pour le moment, rien. Mais je pourrais bien changer d'idée et sécher. Tu me manques vraiment.

Rachel s'éclaircit la gorge.

— Très bien, mon chou. Tu n'as qu'un mot à dire à ta mère, et elle viendra chercher fiston à l'école, d'accord ?

Galen raccroche.

« Pourquoi Emma rit-elle encore ? »

Impossible que Mark soit *si* drôle.

La fille à côté de lui le met au parfum.

— Mark Baker. Toutes les filles l'adorent. Mais pas autant qu'elles t'aiment. Sauf Emma, peut-être.

— En parlant de toutes ces filles, comment ont-elles obtenu mon numéro ?

Elle glousse.

— Il est écrit sur le mur des toilettes des filles. Couloir 100.

Elle lui montre son téléphone. Une photo de son numéro illumine l'écran. Écrit de la main d'Emma.

En fendant les vagues, il sème une écume blanche sur son passage. En voyant un bateau poindre à l'horizon, il s'immerge. Il se propulse si vite que s'ils ont un radar, il n'y apparaîtrait peut-être même pas.

Il s'agit de son deuxième aller-retour en Europe cette semaine. Puisque demain, c'est vendredi, il y retournera probablement. Mais peu importe la distance, peu importe la vitesse, il n'arrive pas à soulager sa tension. Et cela ne change rien au fait qu'Emma ait un rendez-vous galant avec un autre que lui.

Il sent d'autres Syrénas, sans les reconnaître. De toute façon, il n'est pas d'humeur à discuter. En fait, en cet instant, il tient davantage à sa solitude qu'à ses cinq prochains repas. Aller et venir dans les couloirs du secondaire, c'était comme patauger à marée haute avec des pierres dans les bottes : les humaines ont perdu la tête. Elles l'emprisonnent par vagues, l'empoignent, crient les unes par-dessus les autres, se traitent de noms qui, selon Rachel, signifient l'accouplement avec de multiples partenaires. Elles ne se sont montrées solidaires que lorsqu'il a tenté de se réfugier dans les toilettes des hommes — ou quand il a essayé de se diriger vers Emma.

Mais il n'est pas uniquement dégoûté des humains — un Syréna serait mal avisé de tenter de bavarder avec lui en ce moment. Et n'importe quel passant se demanderait pourquoi un membre de la famille royale se trouve si loin des cavernes. Sa réponse n'apporterait pas à son frère le soutien dont il a besoin... et pourrait convaincre son père de lui couper la langue après tout. Et se traîner à genoux aux pieds d'Emma privé de langue serait embêtant.

Il serre les dents et redouble d'efforts. Il fend les vagues, plus rapide que n'importe quelle torpille de fabrication humaine. C'est seulement en atteignant l'endroit appelé la « Manche » qu'il ralentit et refait surface. Il se rapproche d'un lopin de terre familier. Toutefois, son nouveau record ne lui fait même pas esquisser un début de sourire.

« Du New Jersey à Jersey en moins de cinq heures. »

Les 5000 kilomètres qu'il a mis entre Emma et lui ce soir ne représentent rien à côté de l'énorme gouffre qui les sépare lorsqu'ils sont côte à côte en cours de calcul.

La capacité d'Emma à faire semblant de ne pas le voir est un don — mais pas celui accordé par Poséidon. Selon Rachel, il s'agit d'un pouvoir typiquement féminin, indépendamment de l'espèce. Depuis leur rupture, Emma semble être la seule pourvue de ce talent particulier. Elle pourrait même en remontrer à Rayna sur l'art de torturer un mâle épris.

« Épris ? Fanatique serait plus juste. »

Il secoue la tête, dégoûté.

« Pourquoi n'ai-je pas tout simplement filtré dès que j'en ai eu l'âge ? Pourquoi n'ai-je pas trouvé une femelle convenable et douce avec laquelle m'accoupler ? Vivre une vie paisible, avoir une progéniture, vieillir et voir mes alevins devenir parents à leur tour ? »

Il cherche dans ses souvenirs pour voir s'il aurait négligé quelqu'un. Une personne à laquelle il n'aurait pas prêté attention avant, mais qu'il pourrait à présent avoir hâte de retrouver chaque jour. Une femelle docile qui serait honorée de s'accoupler avec un prince triton — plutôt qu'une sirène caractérielle qui tourne sans cesse son titre en dérision. Il fouille dans sa mémoire à la recherche d'une Syréna douce qui prendrait soin de lui, ferait tout ce qu'il demanderait, ne se disputerait jamais avec lui.

Pas une fille élevée par des humains qui tape du pied quand les choses ne font pas son affaire. Qui ne l'écoute que lorsque cela concorde avec un objectif connu d'elle seule. Ou qui lui enfonce une poignée de bonbons au citron dans la gorge lorsqu'il a une minute de distraction. Pas un poisson-ange aux cheveux de nacre dont les yeux le font fondre, dont les rougissements sont plus merveilleux qu'un lever de soleil et dont les lèvres font monter en lui une chaleur explosive qui le transperce.

Il soupire ; le visage d'Emma éclipse celui de centaines de Syrénas plus respectables.

« Voilà un critère à ajouter : quelqu'un qui accepte d'être le deuxième choix. »

Sa mâchoire se crispe tandis qu'il entrevoit son ombre derrière lui, qui bloque les rayons sinueux et argentés de la lune. Il est près de 3 h du matin, alors il ne craint pas de se promener sans s'encombrer de vêtements. Cependant, l'idée de s'asseoir nu sur la plage rocheuse lui sourit bien peu. Et peu importe sur quelle plage il s'installe, il ne peut échapper à la lune qui les unit — et qui lui rappelle sa chevelure.

Il se laisse flotter dans l'eau peu profonde en regardant le ciel, amer. La lune lui rappelle qu'il ne peut échapper à sa conscience. Si seulement il pouvait esquiver ses responsabilités et sa loyauté envers sa famille, envers son peuple. Si seulement il pouvait tout changer en lui, il enlèverait Emma sans le moindre remords. Enfin, si jamais elle accepte de lui reparler un jour.

Fatigué de flotter, il reprend forme humaine et se redresse. L'eau lui arrive aux genoux. Les yeux plissés, il scrute l'horizon, comme s'il pouvait la voir en regardant assez longtemps. Il devrait rebrousser chemin. Bien qu'il n'ait pas senti la présence du rôdeur depuis une semaine, la savoir sans surveillance le rend nerveux. Mais errer aux abords de son balcon le met tout aussi mal à l'aise. D'après les rapports d'écoute téléphonique de Rachel, Mark l'a appelée trois fois cette semaine. Et elle ne lui a pas parlé de Galen une seule fois.

Il secoue la tête de dépit. Il se comporte comme un bébé phoque transi. C'est alors qu'il sent enfin un Syréna reconnaissable. Toraf. Il attend pendant 10 bonnes minutes, jusqu'à ce que son ami émerge enfin.

Toraf lui donne une petite tape sur l'épaule en disant :

— Comme ça, tu as décidé de rester en place plus de deux secondes, vairon. J'essaie de te traquer depuis cinq heures, mais tu te déplaçais trop vite. Où sommes-nous ?

— En Angleterre, répond Galen.

Il sourit. Il a besoin de se changer les idées et il se trouve que le divertissement est l'un des nombreux talents de Toraf.

Toraf hausse les épaules.

— Dieu sait où ça se trouve.

— Alors, dit Galen en croisant les bras. Qu'est-ce qui t'amène de l'autre côté du territoire triton par cette belle matinée ? Tu t'ennuyais de moi ?

Toraf jette un œil à la lune et arque un sourcil.

— J'allais te poser la même question.

Galen hausse les épaules.

— C'est beaucoup plus calme ici, sans cet insupportable bruit de fond.

— Ah. C'est moi qui t'ai manqué. Ça me touche beaucoup, vairon. Tu m'as manqué aussi.

Il jette un œil autour de lui.

— Où est Emma ? L'Ongleterre ne lui plaît pas ?

— An-gle-terre. Elle est chez elle, sans doute paisiblement endormie. Tu ne l'as pas sentie, n'est-ce pas ?

Son pouls atteint un pic l'espace d'un instant. Elle est déjà allée à l'eau sans lui. Chaque fois qu'il est assez près pour la sentir, elle s'en va. Ce qui lui convient parfaitement.

— Oups. Était-ce à mon tour de veiller sur elle ? En fait, je croyais que tu m'avais accordé une pause vu que tu m'as envoyé à la recherche de Paca et tout.

— L'as-tu trouvée ?

Toraf acquiesce.

— Et ?

Il croise les bras en esquissant un sourire.

— Veux-tu vraiment le savoir ?

Toraf éclate de rire quand Galen serre les poings.

— Très bien, très bien, vairon. Je vois que tu es d'humeur bagarreuse, mais je préfère garder mon énergie pour ta sœur.

— Je te jure que…

— Elle détient le pouvoir, Galen.

Plutôt que de faire un pic, son pouls s'emballe.

— Paca a le pouvoir de Poséidon ? En es-tu sûr ?

Toraf hoche la tête.

— Je l'ai vu de mes yeux. Elle peut communiquer avec les poissons. Ils lui obéissent. Elle en a fait la démonstration à son père, à Grom et à moi. Elle a fait faire des acrobaties à un dauphin.

— Dans quel genre ?

Toraf hausse les épaules.

— Ce qu'elle veut, j'imagine. Au bout de quelques cabrioles, nous étions tous convaincus. Émerveillés, même.

— Où était-elle tout ce temps ? demande Galen en croisant les bras.

— En territoire triton, sur la côte de la longue terre. Elle a dit qu'elle s'est réfugiée hors de l'eau au cas où le roi Antonis enverrait des traqueurs à sa poursuite. Elle avait plongé en voulant échapper à des humains qui avaient aperçu son campement sur la plage. C'est comme ça que je l'ai trouvée. Elle semblait contente de me voir.

Les Syrénas désignent l'endroit sous le nom de « longue terre ». Les humains l'appellent la « Floride ».

« Là où nous avons trouvé Emma. »

Galen commence à croire que la Floride est une sorte de terre magique qui engendre le pouvoir de Poséidon.

— Qu'en dit Grom ?

— Grom fait dire qu'il espère que tu ne manqueras pas sa cérémonie d'accouplement, parce que ça lui ferait de la peine.

— Il va s'accoupler avec Paca ? Tu en es certain ?

— Sinon, je ne t'aurais pas suivi jusqu'au bout du monde.

Galen ne tient pas compte de l'excitation qui lui tord l'estomac.

— Elle n'est pas de sang royal.

— Parce qu'Emma l'est ?

— Bon point.

Si Grom accepte de s'accoupler avec Paca, qui n'est pas de sang royal, voudrait-il le faire avec Emma ?

« Ce n'est pas important, idiot. Il s'accouple avec Paca. »

— De toute façon, la cérémonie d'accouplement aura lieu dans deux cycles lunaires. Grom veut que la chose reste un secret pour l'instant, pendant qu'il pense à une façon de communiquer la nouvelle. La seule qui lui vienne à l'esprit est d'organiser une démonstration du pouvoir de Paca en public. Autrement, il aura du sang sur les mains.

— C'est une bonne idée.

Grom navigue déjà en eaux dangereuses en s'accouplant avec un descendant de Poséidon contre la volonté du roi Antonis. De plus, son accouplement avec Paca, une roturière, invaliderait les fondements de la loi en raison de sa lignée — premier-né de la troisième génération de la famille royale triton. Ce qui n'est pas juste, puisque la décision du roi Antonis de ne pas engendrer d'autres descendants l'a forcé à cette extrémité. Mais les habitants des royaumes le comprendraient-ils ? Reconnaîtraient-ils le sacrifice consenti par Grom dans le but de conserver les pouvoirs ? Ou croiraient-ils que son initiative vise à étendre son emprise sur les deux royaumes — surtout avec le penchant de Jagen pour les commérages perfides ?

— Il souhaite que Rayna et toi restiez à l'écart jusqu'à l'annonce de la cérémonie. Je lui ai répondu que tu avais largement de quoi t'occuper.

— Que veux-tu dire ?

— Es-tu aussi écervelé qu'un récif de corail, vairon ? Tu peux avoir Emma, maintenant. Pourquoi perds-tu ton temps en Ongleterre... Galen ? Galen, attends-moi !

25

J'ignore si tous les Syrénas sont doués d'une persévérance à toute épreuve ou si Galen en est particulièrement doté. Encore maintenant, Galen est en train de faire exploser mon téléphone tandis que je verrouille la porte de devant. Mark tient la portière de sa voiture pour moi. Je me glisse à l'avant de sa camionnette et essaie de me composer une expression détendue, même si mes tripes vrillent plus rapidement que dans une baignoire à remous.

Je croyais que Galen s'était découragé d'essayer de me parler. Après tout, qu'y a-t-il à ajouter? Il a joué avec moi comme avec une Xbox. Il est impossible de ramasser tous les fragments de mon cœur brisé. J'ai été tellement stupide. Mais plus maintenant.

À l'école, garder mes distances n'a pas été facile, mais j'y suis parvenue. Et je sors dès que je le sens dans l'eau devant chez moi. Le mercredi, il a cessé de m'appeler. Il n'est même pas venu à l'école aujourd'hui.

« Alors qu'est-ce qu'il me veut? Ne voit-il pas que je dois rester loin de lui? »

« Et pourquoi n'ai-je pas une touche "Ignorer" comme mon téléphone? »

Je presse le bouton, ce qui fait taire la sonnerie. Mais j'ai encore des fourmillements au bout des doigts, comme s'il les avait envoyés par téléphone pour me happer. J'enfouis le téléphone dans mon sac à main — les poches de jean moulant sont sûrement pour la galerie parce que rien d'autre n'y entre — et je souris à Mark.

Ah, Mark. Le quart-arrière typiquement américain aux yeux bleus et aux cheveux blonds. Qui aurait cru que je lui plaisais pendant toutes ces années? Pas Emma McIntosh, sans l'ombre d'un doute. Et Chloé non plus. Ce qui est étrange, d'ailleurs, parce que Chloé collectionnait ce genre d'informations. Peut-être n'est-ce pas le cas. Peut-être que je plais à Mark parce que j'ai plu à Galen : qui *n'aurait pas envie* de fréquenter celle qui est sortie avec le gars le plus canon de l'école? Mais moi, ça me va. Mark est... Eh bien, Mark n'est pas aussi fabuleusement fantastique que je l'avais toujours imaginé.

Cela dit, il est beau, c'est un joueur étoile, et il n'essaie pas de me caser avec son frère.

«Alors, pourquoi ne suis-je pas fébrile?»

La question est sans doute écrite sur mon visage. Mark a un sourcil levé, mais n'a pas une expression désapprobatrice. Son sourcil exprime plutôt l'expectative. S'il espère une explication, il ferait mieux de ne pas trop compter là-dessus, car il risque d'attendre 100 ans.

En plus du fait que ça ne le regarde pas, je ne peux pas *expliquer* précisément la nature de ma relation — véritable ou non — avec Galen. À vrai dire, je ne sais pas comment continuer avec lui. Il a criblé de balles ma fierté. Et ai-je mentionné le fait qu'il m'a brisé le cœur?

Galen n'est pas seulement une passade. Ni quelqu'un qui m'attire d'une façon strictement physique, qui peut me faire oublier jusqu'à mon prénom en *feignant* de m'embrasser. Ni seulement un professeur ou un poisson snob de sang royal. Certes, il est tout cela. Mais il représente davantage. C'est l'homme que je veux. Probablement pour toujours.

Mais je ne suis pas près de devenir « cette fille-là ». Celle qui balance par-dessus bord sa formation universitaire pour épouser un garçon au sortir du secondaire. Celle qui sacrifie toutes ses aspirations pour réaliser ses rêves *à lui*, pour le rendre heureux, *lui*. Celle qui est suspendue au moindre de ses sourires, qui boit ses paroles, qui porte ses enfants, qui lui prépare à dîner et qui se blottit contre lui la nuit tombée. Nan, je ne suis vraiment pas près de devenir comme *elle*.

Parce que Galen ne veut pas de moi. Si son baiser avait été sincère, j'aurais volontiers balancé ma bourse d'études pour le suivre jusqu'à notre île privée ou jusqu'à son royaume sous-marin. Je lui aurais peut-être même cuisiné du poisson.

Évidemment, Galen adorerait que je fasse tout ça. *Avec son frère.*

Alors, aller à un rendez-vous me semble être une bonne initiative pour favoriser mon rétablissement. Même si j'y vais par dépit amoureux et même si j'essaie de me consoler d'une relation qui n'existait pas vraiment. Mes sentiments à moi étaient véritables. C'est tout ce qui compte, non ? Dans le manuel des cœurs brisés, aucune loi ne stipule que la relation devait être réelle, non ? Bien sûr, je marche sur la ligne séparant l'équilibre mental et la folie, mais le principal est qu'il y *a* une démarcation. Et que je ne suis pas encore complètement dingue.

Le fait que Mark soit assis à mes côtés le prouve. J'avance. Je continue de vivre. Je continue de fréquenter l'école. Je m'inscris à l'université. Je cuisine du poulet au lieu de cuisiner du poisson. Je vois d'autres garçons. Et avec un peu de chance, je vais embrasser un autre garçon avant la fin de notre rendez-vous. Même si ça ne veut rien dire.

— Est-ce que tout va bien? demande Mark en empruntant l'autoroute.

— Oui. Pourquoi?

Mais nous savons très bien pourquoi il pose cette question.

Bien sûr, Mark est trop gentleman pour mentionner le fait que je suis plus souvent dans la lune qu'un astronaute.

— Je te trouve silencieuse, ce soir, dit-il. J'espère que je n'ai pas commis de bêtise.

Je ris.

— C'est exactement ce que je me disais. Enfin, que je ne voulais pas commettre de bêtise.

Il hoche la tête avec un sourire entendu.

— Quoi? demandé-je.

Il hausse les épaules.

— Non. Tu m'as lancé un regard, dis-je en croisant les bras.

— Non.

— Je ne fréquente pas les menteurs.

« Plus maintenant. »

Il rit.

— Très bien. Si tu veux absolument le savoir, je ne crois pas qu'il y ait rien que tu puisses faire pour gâcher la soirée.

Je ne peux pas m'empêcher de sourire.

— Oh, tu n'aurais pas dû dire ça.

Beau, intelligent, drôle. Et gentil, maintenant.

« Alors, cesse d'attendre après la sonnerie dans ton sac à main, andouille. »

— Je te rappelle que c'est toi qui m'as forcé à le dire. Mais ne t'inquiète pas. Je ne suis pas superstitieux.

— Moi non plus.

Le trajet pour se rendre à Atlantic City dure une heure. Nous la passons en jouant au jeu des 20 questions. Mark est le plus jeune d'une famille de quatre frères. Il veut devenir soit physicien, soit animateur à Disney World — il s'est promis de décider avant de terminer son cursus universitaire, qu'il paiera avec sa bourse d'études de sport —, et le moment le plus embarrassant de sa vie fut quand il est tombé sur ses parents en plein acte. La semaine dernière.

Ses questions sont presque identiques, mot pour mot. Sauf celle qu'il pose en garant la voiture dans le parc de stationnement le long de la promenade.

— La question numéro 19 : qui n'arrête pas de t'envoyer des SMS ce soir ?

Et voilà. Puisque Mark semble exhaler la décontraction, le tourbillon dans mon estomac s'était réduit à un petit remous aussi inoffensif qu'une chasse d'eau, même quand mon sac bipait. Mais voilà que le remous se transforme en un vortex assez puissant pour avaler une île entière. Les choses vont trop bien pour tout gâcher en disant la vérité, mais puisqu'il est possible que ce rendez-vous soit le premier d'une longue série, un mensonge pourrait aussi gâcher la suite.

— C'est Galen.

Mark inspire sèchement.

— OK. Alors, je vais changer ma question numéro 20 pour une nouvelle : devrais-je m'inquiéter à propos de Galen ?

Je ris.

— De quelle façon ?

— Sous tous les rapports, je suppose. Par exemple, il est costaud. Sait-il se battre ? Sait-il se servir d'un flingue ? Et lui as-tu dit où nous allions, ce soir ?

— Non. Pourquoi ?

— Parce qu'il est à ta fenêtre.

Je me retourne vivement, et mon regard s'arrête sur Galen, les bras croisés, debout à quelques centimètres du camion. Puisque je suis trop abasourdie pour bouger, parler ou respirer, Mark se montre assez courtois pour baisser ma vitre.

— Emma, pourrais-tu venir une minute ? J'ai à te parler, dit-il, le regard dur.

— Salut, Galen. Comment ça va, mec ?

Mark, normalement amical, adopte un ton légèrement agressif.

— Mark, salue Galen, la mâchoire serrée.

— Je suis un peu surpris de te voir, mec. Es-tu avec quelqu'un ?

Pour sauver la face, Mark se débrouille pas mal.

— En fait, oui. Je suis ici avec Emma.

— Vraiment ? Comment ça ?

— C'est ma copine. Je croyais m'être bien fait comprendre, Mark.

Mark éclate de rire.

— Eh bien, je ne sais pas d'où tu viens, mais par chez nous, quand une personne rompt, ça s'applique aux deux moitiés du couple. Moi-même, je l'ai appris à mes dépens, alors je comprends ta douleur, mec.

— Pas encore, marmonne Galen.

— Quoi ? Qu'est-ce que t'as dit ?

D'après son intonation, il n'a réellement pas entendu. D'après l'expression de Galen, il se parlait à lui-même. Mais moi, j'ai entendu. Et je sais ce qu'il voulait dire.

— Il n'a rien dit, dis-je à Mark.

J'ai finalement retrouvé la capacité de débloquer ma mâchoire de sa position béante.

— Si, Emma, murmure Mark en tapotant ma jambe. Ne t'inquiète pas, je m'en occupe.

Sans enlever sa main, il interpelle Galen :

— Bon, qu'est-ce que tu viens de dire ? À moins que ce ne soit des paroles qui ne méritent pas d'être répétées ?

J'ai l'impression d'être submergée par de la lave. Et par la terreur. Je me retourne. Je ne suis pas surprise de me retrouver littéralement nez à nez avec Galen à travers la vitre. Mais c'est Mark qu'il regarde. Mark semble indifférent à son regard noir. Galen parle entre ses dents.

— J'ai dit «pas encore». Tu n'as aucune idée de ce qu'est la douleur. Pour l'instant. Mais si tu n'enlèves pas ta main de sa jambe...

J'ouvre la portière du camion. Galen recule pour me laisser sortir.

— Emma, tout ceci est ridicule. Tu n'es pas obligée de lui parler. S'il tient à ce que la situation dégénère, je suis capable de me défendre, déclare Mark assez fort pour que Galen l'entende.

Tout joueur de football qu'il soit, je doute que Mark se soit déjà fait battre à coups de barre de fer, ce qui est le genre de douleur que lui infligerait un coup de poing syréna. Je lui souris piteusement.

— Ça ne prendra qu'une seconde. Je reviens tout de suite, d'accord ?

En m'éloignant du camion, Galen claque la portière.

— En fait, Mark, ça prendra plus qu'une seconde. Parce qu'elle vient avec moi.

Mark ouvre sa portière d'un coup et nous rejoint à l'arrière de sa camionnette.

— Pourquoi ne pas demander à Emma avec qui elle veut aller ? C'est son choix, pas vrai ?

Le regard que Galen me lance est sans équivoque : « Occupe-toi de lui, sinon je m'en charge. » Ou peut-être qu'il veut dire : « Je m'occuperai de lui avec plaisir. » Dans les deux cas, je n'ai aucune envie qu'on s'occupe de Mark.

Entre ces deux-là, l'air est si saturé de testostérone qu'il en est presque suffocant. Si je choisis Galen, la probabilité que Mark me rappelle est aussi forte que de voir Galen manger un gâteau au fromage à lui tout seul. Si je choisis Mark, les chances que Galen ne brandisse pas ses poings américains intégrés sont aussi minces que d'entendre Rayna complimenter quelqu'un.

Mon désir de sauver ma soirée avec Mark rivalise presque avec celui de le soustraire à une défiguration certaine. Mais sauver le rendez-vous plutôt que son visage s'avérerait égoïste au bout de compte. Résignée, je soupire.

— Je suis désolée, Mark.

Mark expire un grand coup.

— Aïe.

Il se gratte la nuque et éclate de rire.

— Peut-être devrais-je devenir plus superstitieux, hein ?

Il a raison. J'ai tout bousillé. J'aurais dû sauver la soirée, sa fierté. Et j'aurais dû fracasser le nez royal de Galen avec mes propres poings de Syréna. Je me tourne vers Son Altesse.

— Galen, tu me laisses un instant, s'il te plaît ? Tu auras la prochaine heure pour me parler vu que tu me ramènes directement à la maison.

Sans un mot, Galen hoche la tête et s'éloigne.

Je n'arrive pas à regarder Mark dans les yeux en lui disant :

— Je suis tellement désolée. Je ne sais pas quel est son problème. Il ne se comporte jamais ainsi.

Sauf la fois où il a administré à Toraf une solide correction pour m'avoir embrassée. Mais c'était parce que Toraf avait trahi Rayna.

« N'est-ce pas ? »

Mark affiche un sourire forcé.

— Je ne peux pas dire que je lui en veux. Je vois déjà que tu en vaux la peine. Je n'ai tout simplement jamais eu le courage de t'inviter à sortir. Chloé m'a fait des menaces de mort. Tu sais que cette fille pouvait frapper comme un homme, pas vrai ? Elle a dit que tu étais trop bien pour moi. Je crois qu'elle avait raison.

— Qu... quoi ? Chloé savait que je te plaisais ?

— Oui. Elle ne te l'a jamais dit? Bien sûr que non. Selon elle, j'étais un coureur de jupons.

Encore trop stupéfaite d'apprendre que ma meilleure amie a joué les gardes du corps à mon insu, je hoche la tête.

— Oui. Et elle était tout à fait capable de frapper comme un homme.

— C'est ce que dit mon ami Jax en tout cas.

Il poursuit en baissant le ton.

— Purée, je me sens comme une bête traquée. Il a le regard d'un tueur en série, le sais-tu?

Je glousse.

— Que penses-tu qu'il ferait si je te disais au revoir avec un bisou? dit-il sur un ton conspirateur.

— Ne t'inquiète pas, je te protégerai.

Il ne se doute pas de mon sérieux. Quand il se penche, je me tiens prête à me retourner à la première étincelle, les poings brandis. Mais la foudre ne tombe pas. Galen se conduit bien pour l'instant.

Après un très léger bisou, Mark soupire.

— Fais-moi une faveur, murmure-t-il.

— Hum?

— Garde mon numéro. Appelle-moi s'il déconne encore.

Je souris.

— Oui, je te le promets. J'ai passé une bonne soirée.

« Est-ce que j'ai réussi à sauver *et* notre rancart *et* la figure de Mark? Ai-je une chance de me racheter? »

Il éclate de rire.

— Oui, heureux d'avoir fait la route jusqu'à Atlantic City avec toi. La prochaine fois, nous en ferons une véritable aventure; nous prendrons le bus. À plus, Emma.

— Salut.

Je pivote sur mon talon haut, ce qui n'est pas rien sur un sol en gravier. Je marche vers Galen en le regardant droit dans les yeux. Il m'a ouvert la portière et semble imperturbable. En fait, il a l'air carrément impassible.

— J'espère que ça en vaut la peine, dis-je en m'affalant sur le siège.

— Tu aurais dû me rappeler. Ou répondre à mes messages, dit-il, la voix tendue.

Tandis qu'il recule, j'arrache le téléphone de mon sac pour parcourir ma boîte de réception.

— Il n'y a pas eu mort d'homme, alors pourquoi tu as gâché mon rendez-vous, bordel?

C'est la première fois que je dis un gros mot à un membre de la famille royale. C'est libérateur.

— Ou bien est-ce un enlèvement? Est-ce que Grom est dans le coffre? Tu nous emmènes en lune de miel?

«C'est *lui* que tu dois faire souffrir, pas toi, imbécile.»

Je me sens trahie par ma lèvre tremblante. Je regarde ailleurs, mais je devine que son expression s'est adoucie au ton de sa voix:

— Emma.

— Laisse-moi tranquille, Galen.

Il saisit mon menton pour que je le regarde. Je me dégage en frappant sa main.

— Tu ne peux pas aller à 65 kilomètres à l'heure sur l'autoroute, Galen. Tu dois accélérer.

Il soupire et appuie sur l'accélérateur. Une fois que nous avons atteint une vitesse moins embarrassante, ma peine se mue en rage féroce. Je suis devenue «cette fille-là». Pas celle qui échange son doctorat contre des enfants dans un appartement avec deux chambres et deux salles de bain, non.

L'autre sorte. Celle qui troque sa dignité et ses chances de bonheur contre un raté possessif qui la bat si jamais elle croise le regard du gars qui travaille au kiosque à hot-dogs.

Non que Galen me batte, mais que diront les gens après sa petite crise ? Il a eu un comportement débile aujourd'hui. Il m'a filée jusqu'à Atlantic City, m'a bombardée d'appels et de SMS et a menacé mon ami. Bon sang, il a même fait des yeux d'assassin. C'est peut-être un comportement acceptable dans son trou sous-marin, mais sur terre, son attitude lui vaudrait une ordonnance restrictive.

« Et pourquoi sortons-nous de l'autoroute ? »

— Où m'emmènes-tu ? J'ai dit que je voulais rentrer.

— Nous devons parler, dit-il doucement.

Il s'engage sur une route sombre près de la sortie.

— Je te ramènerai quand tu auras compris.

— Je ne veux pas te parler. Tu aurais pu le comprendre en voyant que je ne répondais pas à tes appels.

Il se gare sur l'accotement de la rue « Dieu-Sait-Où » et coupe le contact. Il se tourne vers moi en passant son bras derrière mon siège.

— Je ne veux pas qu'on se sépare.

Mille et un… mille et deux…

— Tu me pistes comme un timbré pour me dire ça ? Tu as gâché mon rendez-vous pour *ça* ? Mark est un gars sympa. Je mérite un gars sympa, ne trouves-tu pas, Galen ?

— Absolument. Mais il se trouve que je suis sympa aussi.

Mille et trois… mille et quatre…

— Tu veux dire Grom ? Et non, tu n'es pas sympa. Tu as menacé Mark.

— Tu as fait passer Rayna à travers la fenêtre. On est quittes ?

— Quand vas-tu cesser de remettre ça sur le tapis ? Et puis, elle m'a provoquée !

— Mark aussi m'a provoqué. Il a mis la main sur ta jambe. Sans parler du baiser sur ta joue. Et ne va pas croire que je ne t'ai pas entendu lui en donner la permission.

— Ah, mais t'es gonflé, grogné-je en sortant de la voiture.

Je claque la porte et je crie :

— Maintenant, tu fais le jaloux au nom de ton frère, dis-je en me retournant. Grom est-il capable de quoi que ce soit sans le secours de Galen le tout-puissant ?

Le fait d'avoir quelques ancêtres mi-poissons me permet de voir à travers mes grosses larmes, alors j'arrive à suivre la ligne jaune continue parce que je la vois parfaitement. En l'entendant derrière moi, j'enlève mes souliers et je commence à courir. Il y a deux mois, ce genre de traitement m'aurait mis les pieds en sang, et Dieu sait ce qui s'y serait introduit. Mais ma nouvelle peau résistante aidant, courir pieds nus équivaut à courir chaussée des dernières Nike.

Toutefois, Galen est apparemment un poisson volant — sa main attrape mon bras, mettant fin à ma pitoyable tentative d'évasion. Il m'attire vers lui et me relève le menton du bout du pouce. Quand je m'éloigne brusquement, il attrape solidement mon visage, me forçant à le regarder. L'ancienne Emma aurait été contusionnée en 10 minutes. La nouvelle Emma est tout simplement furieuse.

— Lâche-moi ! hurlé-je.

Je pousse contre sa poitrine. Mystérieusement, je me retrouve encore plus proche de lui.

— Emma, gronde-t-il au moment où je lui écrase le pied. Qu'aurais-tu fait?

Bon, je ne m'attendais pas à cela. Je cesse de me débattre.

— Quoi?

— Dis-moi ce que tu aurais fait à ma place. Dis-moi ce que tu ferais si tu devais choisir entre la survie de l'humanité — et je parle de bébés et de grands-mères — et toute ta parenté humaine, dit-il, essoufflé.

C'est la première fois que je vois Galen à bout de souffle.

— Dis-moi à quel point il serait facile de les abandonner, si cela signifiait obtenir l'unique chose que tu aies désirée de toute ta vie. Dis, Emma. Que choisirais-tu?

— Je... Je ne... compr...

Il me secoue, la poigne toujours inflexible.

— Si, tu comprends, Emma. Tu sais exactement de quoi je parle. Réponds-moi. Pense à la chose que tu désires le plus. La chose la plus nécessaire à ton existence.

Eh bien, la question ne se pose pas. C'est Galen, sans conteste.

— D'accord.

— Maintenant, imagine ce que tu ressentirais si on te demandait d'échanger cette chose tant aimée contre la survie de l'humanité. Celle de gens que tu ne connais même pas. Celle de personnes qui ne sont même pas encore venues au monde. Le ferais-tu? En serais-tu *capable*? Même si à peu près personne ne saurait l'immense sacrifice que tu as consenti pour eux et que personne ne t'en serait reconnaissant?

Je me libère doucement de son emprise. Il me laisse reculer d'un pas. L'intensité de son regard me fait frissonner de la tête aux pieds.

— Ce serait égoïste de ne pas accepter, dis-je douce-ment. Ce n'est pas vraiment un choix, en fait.

— Exactement. Je n'avais pas le choix.

— Es-tu en train de dire… Qu'es-tu en train de dire?

Est-il… *pourrait-il* être en train de parler de moi?

Il se passe la main dans les cheveux. C'est la première fois que je le vois si ému. Il est toujours tellement maître de lui-même, tellement sûr de lui.

— Je dis que c'est toi que je veux, Emma. Je dis que je suis amoureux de toi.

Il fait un pas et pose la main sur ma joue. Ses doigts tracent une ligne de feu entre ma joue et ma bouche.

— Comment crois-tu que je me serais senti en te voyant avec Grom? murmure-t-il. Comme si quelqu'un m'avait arraché le cœur pour le passer au hachoir, voilà comment. Sans doute pire encore. Ça me tuerait probablement. Emma, s'il te plaît, ne pleure pas.

Je lance les bras au ciel.

— Ne pleure pas! Tu n'es pas sérieux! Pourquoi es-tu venu, Galen? Croyais-tu que je me sentirais mieux en sachant que tu m'aimes, mais que ça ne marchera jamais entre nous? Que je dois quand même m'accoupler avec Grom pour le bien commun? Je ne peux… pas… m… m… m'en empêch…

J'ouvre les vannes.

Galen me regarde, les bras ballants, aussi dénué de res-sources qu'un crabe piégé. Je suis près de l'hyperventilation et je vais bientôt avoir le hoquet. C'en est trop.

Son expression est si grave qu'on dirait qu'il souffre physiquement.

— Emma, souffle-t-il. Emma, est-ce que ça veut dire que c'est réciproque? As-tu des sentiments pour moi?

Mon hoquet rend mon rire plus acéré que voulu.

— Qu'est-ce que ça change, ce que je ressens, Galen? Je pense que c'est clair. Pas besoin d'en rajouter.

— Si, c'est important, Emma.

Il me prend la main et m'attire de nouveau vers lui.

— Dis-le-moi maintenant. M'aimes-tu?

— Si tu n'es pas capable de voir que je suis stupidement amoureuse de toi, Galen, alors tu n'es pas un très bon ambassadeur pour les hum...

Sa bouche couvre la mienne. Ce baiser n'est pas doux comme le premier. Il n'est pas absolument pas caressant. Il est brusque, avide, inquisiteur. Et déstabilisant. Il n'y a pas une parcelle de mon être qui ne fonde, pas une parcelle qui ne brûle au contact fiévreux de Galen.

Je gémis accidentellement. Il réagit en me soulevant de terre pour avoir une meilleure prise. J'interprète son grognement comme une invitation à redoubler d'ardeur.

La sonnerie de son téléphone l'indiffère. Le reste de l'univers m'indiffère. Des phares se rapprochent. Je suis prête à passer outre en continuant de l'embrasser. Galen, en prince qu'il est, se montre un peu plus raffiné. Il sépare doucement ses lèvres des miennes et me dépose. Son sourire est à la fois grisé et grisant.

— Nous avons toujours besoin de parler.

— D'accord, dis-je, mais je secoue la tête.

Il rit.

— Je n'ai pas fait tout ce chemin pour te faire pleurer.

— Je ne pleure pas.

Je me penche vers lui. Il ne refuse pas mes lèvres, mais ne leur fait pas honneur non plus. Il se contente d'un ridicule petit bisou, puis recule d'un pas.

— Emma, je suis venu te dire que tu n'es pas obligée de t'accoupler avec Grom.

Je hausse un sourcil.

— Euh, je n'allais jamais m'accoupler avec Grom.

— Ce que je veux dire, c'est que Grom s'accouple avec quelqu'un d'autre. Quelqu'un qui détient le pouvoir de Poséidon. Ce qui signifie...

— Que je ne suis pas obligée de m'accoupler avec lui, complété-je.

— C'est ce que je viens de dire.

— Alors je n'aurais pas à me sentir coupable d'avoir laissé s'éteindre une espèce entière, parce que je ne m'accouplerai *pas* avec Grom.

Il fait un grand sourire.

— Exactement.

— Mais ça ne change pas ce que je suis : une métisse. Tu n'as toujours pas le droit d'être avec moi, si ?

Pensif, il passe le pouce sur ma lèvre inférieure.

— En ce moment, la loi l'interdit. Mais je crois que si nous sommes patients, nous pourrions demander sa révocation d'une manière ou d'une autre. Et je ne bougerai pas avant de l'obtenir.

Nous retournons vers le VUS. Galen récupère au passage mes chaussures au bord de la route. Il m'aide à monter dans l'Escalade, puis me tend mes chaussures.

— Merci, dis-je tandis qu'il se dirige vers le siège conducteur.

— Il est un peu tard pour rougir, dit-il en bouclant sa ceinture.

— Je ne crois pas que je cesserai de rougir un jour.

— J'espère bien, dit-il en fermant sa porte.

Il prend mon visage entre ses mains et m'attire vers lui. Ses lèvres effleurent les miennes, mais cela ne me suffit pas. Devinant mes intentions, il pose sa main sur la mienne et la boucle de ma ceinture que j'essayais de détacher.

— Emma, dit-il contre mes lèvres. Tu m'as tellement manqué. Mais il ne faut pas. Pas encore.

Je n'essaie pas de faire *ça*, j'essaie simplement de me mettre en meilleure posture pour accepter ses lèvres. Mais le lui dire ne ferait que nous embarrasser tous les deux. Mais il a dit « pas encore ». Qu'est-ce que ça veut dire ? Qu'il veut qu'on attende jusqu'à ce que la loi soit abolie ? Ou va-t-il attendre un peu et ensuite, si les choses ne s'arrangent pas, il enfreindra la loi syréna pour être avec moi ?

Pour une raison quelconque, je ne suis pas assez curieuse pour lui poser la question. Des images de « cette fille-là » surgissent dans ma tête. Je ne veux pas que Galen désobéisse à ses lois — c'est une des raisons pour lesquelles je l'aime tant : sa loyauté à son peuple, son engagement envers lui. C'est un dévouement qui n'existe presque pas chez les humains. Mais je ne veux pas devenir « cette fille-là » non plus. Syréna ou pas, je veux aller à l'université. Je veux expérimenter le monde au-dessus *et* en dessous du niveau de la mer.

Mais ce n'est pas comme s'il fallait prendre une décision immédiatement, n'est-ce pas ? Ce que je veux dire, c'est qu'il faut du temps pour prendre des décisions qui bouleversent une existence. Du temps et de la réflexion. Et une distance entre ses lèvres et les miennes.

Je m'éloigne.

— D'accord. Désolée.

Il saisit quelques boucles de mes cheveux et les glisse sur son visage en souriant.

— Pas autant que moi. Tu devras m'aider à me maîtriser avec toi.

Je ris malgré la charge électrique qui parcourt mes veines.

— Oui, mais non.

Il rit lui aussi et s'apprête à démarrer la voiture, puis s'interrompt. Il lâche les clés.

— Bon. Et notre rupture ? demande-t-il.

— Laisse-moi y réfléchir encore un peu, dis-je.

Son expression me fait presque glousser.

— Je vais voir ce que je peux faire pour t'aider à te décider.

Nous restons garés encore 15 minutes. Mais au moins, nous ne sommes plus séparés.

J'enfonce mes pieds dans le sable et je tends la main à Rayna, qui vient tout juste de s'installer sur une serviette.

— Allez, lui dis-je. Rentrons. Je te ferai une pédicure.

Elle lève les yeux vers moi. Un rayon de lune fait ressortir le violet de ses yeux.

— Ce n'est pas une bonne idée, proteste-t-elle en me prenant quand même la main. Ils ont dit qu'ils revenaient tout de suite.

Je pousse un soupir.

— Rayna, tu sais comment ça se passe. Ils se précipitent chez moi, ils ne trouvent personne, puis ils passent une heure dans l'eau à ratisser les abords de la plage au cas où ils percevraient encore sa présence. Toi et moi, nous savons très bien que Galen ne me laissera pas retourner dans l'eau d'ici la fin de la nuit. Et de toute façon, depuis quand suis-tu les ordres?

Elle hoche la tête.

— Mais je veux que tu le fasses à la française, avec le blanc au bout.

Je souris derrière elle tandis qu'elle court jusqu'à la maison. Elle n'est pas Chloé, mais elle n'est pas ma mère non plus. Elle offre une véritable compagnie féminine.

Rachel m'accueille près de la porte-fenêtre.

— Salut, ma jolie. Ta mère a appelé. Elle est à la maison et veut savoir pourquoi tu n'y es pas.

J'avance le menton, prête à lancer quelques raisons. À commencer par le fait que j'ai 18 ans, pour finir par le fait que même si je n'étais pas majeure, je n'ai pas encore dépassé le couvre-feu. Puis, je me rends compte que ma mère est rentrée de bonne heure, ce qui signifie qu'elle est revenue au moment où Toraf et Galen ont senti mon poursuivant. Quant à savoir s'il s'agit d'une coïncidence ou d'une intuition maternelle inouïe... Jusqu'ici, je ne croyais à aucune des deux hypothèses, mais c'est la troisième fois en une semaine que cela se produit. Rachel me tend son téléphone, que je tente de ne pas lui arracher. Je presse l'icône « Mère d'Emma » sur l'écran tactile.

— Allô? dit-elle, la voix tendue.

— Maman, c'est moi. Tu as appelé?

Pas facile de parler d'une manière détendue quand mon cœur danse la gigue irlandaise.

— Oui, je me demandais seulement où tu étais. Tu ne répondais pas à ton téléphone. Tout va bien?

Elle soupire, mais j'ignore si c'est de soulagement ou d'irritation parentale.

— Tout va bien. Ma batterie est à plat, mais Galen m'a acheté un chargeur pour ici, alors je la recharge.

— Comme c'est gentil de sa part, dit-elle.

Pourtant, elle sait pertinemment qu'il n'a fait qu'obéir à ses instructions.

— Eh bien, je voulais seulement prendre de tes nouvelles. Devrais-je t'attendre? Je n'ai pas aimé le fait que tu aies manqué le couvre-feu ces derniers jours. En théorie, en restant chez eux jusqu'à 4 h du matin, tu dors chez une personne du sexe opposé, ce que je ne permets pas, l'aurais-tu oublié? Ton voyage en Floride avec la famille de Galen était une situation exceptionnelle.

— J'ai passé la nuit chez Chloé plein de fois en présence de JJ.

JJ, le petit frère de Chloé, a huit ans. Pas la meilleure riposte, mais il faudra faire avec.

— Tu sais très bien ce que je veux dire, Emma, rétorque-t-elle sèchement.

— Pourquoi es-tu si grognonne? Et pourquoi es-tu encore rentrée tôt?

— Je ne sais pas. J'imagine que je suis fatiguée. Écoute, j'ai remarqué que tu n'as pas rapporté ton maillot à la maison. J'espère que tu as cessé d'aller dans l'eau. Il fait trop froid pour nager, maintenant, Emma.

Je fais ma lessive moi-même. Pour remarquer l'absence de quelque chose, il faut qu'elle ait fouillé dans mes tiroirs. Est-ce qu'elle cherche aussi des préservatifs ou d'autres objets compromettants habituellement recherchés par les mères ? Rentre-t-elle *dans le but* de fouiller dans mes affaires ? La pensée chatouille ma susceptibilité. Je me promets de m'acheter un nouveau maillot strictement réservé à la maison de Galen. Je dis :

— C'est à *moi* que tu parles ? Tu sais à quel point je suis frileuse.

Mon rire est assez fort pour paraître louche, mais ma mère ne semble pas le remarquer. En revanche, Rachel esquisse un sourire en coin.

— Ne me dis pas que Galen et toi n'avez pas découvert comment rester au chaud dans l'eau.

— Maman !

— Promets-moi que tu n'iras pas dans l'eau, dit-elle, de nouveau tendue. Je ne veux pas que tu tombes malade.

— D'accord. Je te le promets.

— Et reviens avant l'aube, cette fois. Je te parie que tu ne seras pas cap' de n'avoir que des « A » sur ton bulletin. Même pas cap'.

Je prononce les mots silencieusement avec elle. On se serait attendu à ce qu'elle change au moins sa formulation, après toutes ces années. C'est sa menace de prédilection, qu'elle emploie dans presque toutes les circonstances. Mais pour une raison quelconque, elle ne m'effraie pas cette fois-ci. La bravade n'y est pas. Dernièrement, elle s'est adoucie ; je crois que mon interrogatoire sur mon adoption a quelque chose à y voir.

— D'accord. Avant l'aube.

— Bonne nuit, ma puce. Je t'aime.

— Moi aussi, bonne nuit.

Je raccroche le téléphone et le remets à Rachel, qui me l'échange contre une tasse de chocolat chaud où flottent trois guimauves gargantuesques.

— Merci, lui dis-je en traînant les pieds jusqu'à la cuisine derrière elle.

Assise à la table, Rayna sort suffisamment de vernis, de polissoirs et de coupe-ongles pour ouvrir son propre salon de manucure.

— Je sais que j'ai dit que je voulais une manucure française, mais j'aime vraiment cette teinte, dit-elle en brandissant un vernis couleur melon.

Rachel secoue la tête.

— Avec ton teint, tu auras l'air d'une touriste avec ça.

Dans l'espoir d'entendre un autre son de cloche, Rachel secoue la bouteille en ma direction. Je secoue la tête. Avec une moue, elle flanque le vernis sur la table et renverse l'ensemble complet par-dessus.

— Eh bien, y a-t-il *une* couleur qui m'irait bien?

Je m'assieds à côté d'elle.

— Quelle est la couleur favorite de Toraf?

— Celle que je décide.

Je hausse les sourcils.

— Tu ne le sais pas, hein?

Elle croise les bras.

— Ça change quoi? On ne vernit pas *ses* ongles d'orteils.

— Mon sucre d'orge, je crois qu'elle veut dire que tu devrais peut-être te vernir les ongles de sa couleur favorite. Ainsi, il saura que tu penses à lui, dit-elle avec une pincée de tact.

Rayna avance le menton.

— Emma ne met pas de vernis de la couleur favorite de Galen.

Choquée d'apprendre que j'ignore la couleur favorite de Galen, je réponds :

— Eh bien, euh… il n'aime pas le vernis.

C'est-à-dire qu'il n'en a jamais parlé.

Un sourire éclatant illumine son visage. Elle m'a coincée.

— Tu ne sais pas quelle est sa couleur favorite ! s'exclame-t-elle en me pointant carrément du doigt.

— Si, je le sais, dis-je.

Je regarde Rachel en espérant un indice. Elle hausse des épaules pour toute réponse.

Le sourire suffisant de Rayna crie : « Je sais quelque chose que tu ignores ». Mon premier réflexe est de la frapper pour faire disparaître son air railleur. Mais je me retiens, comme toujours, parce que je sais que le baiser échangé avec Toraf lui a fait mal. Parfois, je la surprends avec le même regard que cette nuit-là et alors, même si elle l'avait mérité à l'époque, je me sens comme une pourriture.

Je refuse de plier. Je contemple le buffet de vernis éparpillés devant moi. Je laisse mes doigts vagabonder au-dessus des bouteilles. J'évalue les couleurs en espérant que l'une d'entre elles s'impose à moi. Je serais incapable de trouver une couleur qu'il porterait plus souvent que les autres, même si ma vie en dépendait. Il n'a pas de sport favori, ce qui élimine les couleurs d'équipes sportives. Rachel a choisi ses voitures pour lui, alors pas d'aide de ce côté-là non plus. Je me décide pour un bleu océan en me mordant la lèvre.

— Emma ! Alors là, je suis vraiment gêné, lance-t-il depuis l'embrasure de la porte. Comment se fait-il que tu ne connaisses pas ma couleur favorite ?

Stupéfaite, je laisse retomber la bouteille sur la table. Puisqu'il est revenu si vite, je suppose qu'il n'a pas trouvé la chose ou la personne qu'il voulait — et qu'il ne l'a pas cherchée très longtemps. Toraf se matérialise derrière lui, mais les épaules de Galen sont trop larges pour que les deux puissent tenir sur le pas de la porte. Je m'éclaircis la gorge.

— Je ne faisais que bouger la bouteille pour prendre celle que je voulais.

Rayna est pratiquement en train d'exécuter la danse de la victoire avec ses yeux.

— Qui est? demande-t-elle avec une joie mauvaise.

Toraf écarte Galen et se laisse tomber à côté de sa menue partenaire. Elle se penche vers lui, impatiente de l'embrasser.

— Tu m'as manqué, murmure-t-elle.

— Pas autant que tu m'as manquée, répond-il.

Galen et moi levons les yeux au ciel. Il s'appuie sur la table à mes côtés. Son derrière mouillé répand une flaque d'eau ronde sur le bois luxueux.

— Allez, vas-y, mon poisson-ange, dit-il en désignant les bouteilles du menton.

S'il essaie de me fournir un indice, c'est raté. « Vas-y » pourrait vouloir dire « vert », j'imagine. « Allez » pourrait signifier... Je n'ai aucune idée de ce que le mot pourrait signifier. Et il existe des poissons-anges de toutes les couleurs. Selon moi, il n'y a pas de message codé. Je soupire et m'éloigne de la table pour me lever.

— Je ne sais pas. On n'en a jamais parlé.

Triomphante, Rayna se donne une grande tape sur la cuisse.

— Ha!

Quand je passe devant lui, Galen m'attrape le bras. Il m'attire vers lui et me retient entre ses jambes. Il écrase sa bouche contre la mienne et pose la main dans le creux de mon dos pour que je me rapproche. Puisqu'il ne porte pas de t-shirt et que je suis en bikini, il y a beaucoup de peau nue en contact direct, ce qui est un peu plus intime que ce à quoi je suis habituée en public. Malgré tout, le feu me dévore et s'insinue jusqu'au plus profond de mon être. J'ai besoin de tout mon courage pour résister à l'envie de passer mes bras autour de son cou.

Je pose doucement les mains sur son torse pour mettre fin au baiser, ce qui est quelque chose que je n'aurais jamais cru faire. Je lui adresse un regard qui, je l'espère, lui fait comprendre que c'est un comportement déplacé. Je recule d'un pas. Même sans regarder, je les connais assez pour savoir que Rayna a les yeux exorbités et que Toraf sourit comme une poupée de Casse-Noisette. Avec un peu de chance, Rachel n'aura rien vu. Je lui jette un coup d'œil furtif et vois sa bouche grande ouverte.

« D'accord, c'était aussi terrible que je l'imaginais. »

Comme une enfant, je ferme les yeux comme si cela pouvait les empêcher de me voir. Le feu du baiser se propage dans mon corps, et je rougis des pieds à la tête.

Galen éclate de rire.

— Et voilà, dit-il en passant le pouce sur ma lèvre inférieure. *Ça,* c'est ma couleur favorite. Wow.

Je vais le tuer.

— Galen. Viens. Avec. Moi, dis-je d'une voix étranglée.

Je prends les devants. Mes pieds claquent contre le carrelage, puis écrasent lourdement le tapis et les marches de l'escalier.

Mes picotements m'indiquent qu'il me suit comme un gentil poisson mort. Quand j'atteins l'échelle menant à l'étage supérieur, je lui fais signe de continuer à me suivre. Je grimpe l'échelle et me mets à arpenter la pièce. Je compte plus de chiffres que je n'en ai jamais comptés de toute ma vie.

Il ferme la porte et la verrouille, mais il n'avance pas. Néanmoins, il me semble trop joyeux pour une personne au chapitre de la mort. Je le pointe du doigt, mais je n'arrive pas à décider de ma première accusation, alors je le baisse.

Après quelques minutes de ce manège, il rompt le silence.

— Emma, calme-toi.

— Ne me dites pas quoi faire, Votre Altesse.

Des yeux, je le mets au défi d'oser m'appeler «poupée».

Son regard, loin d'être penaud, m'annonce plutôt qu'il envisage de m'embrasser de nouveau, tout de suite.

C'est une tentative de diversion. Je détourne les yeux de sa bouche et marche à grandes enjambées vers la fenêtre. Je déplace la montagne d'oreillers et m'installe confortablement. J'appuie la tête contre la vitre. Il sait tout aussi bien que moi que si nous avons un lieu de prédilection, c'est celui-là. M'y asseoir sans lui représente le pire affront. Dans la fenêtre, je vois son reflet passer la main dans ses cheveux et croiser les bras. Après quelques minutes, il commence à se dandiner.

Il sait ce que j'attends de lui. Il sait comment gagner sa place auprès de la fenêtre ainsi que mes bonnes grâces. J'ignore si c'est son sang royal ou sa fierté masculine qui l'empêche de s'excuser, mais l'attente ne fait qu'attiser ma colère. Maintenant, des excuses ne suffiront plus. Maintenant, il devra se traîner à genoux devant moi.

Je lance un sourire satisfait au reflet dans la vitre, mais je me rends compte qu'il n'y est plus. Sa main se referme sur

mon bras, et il me relève brusquement. Son regard est ora-
geux, intense.

— Tu crois que je vais m'excuser de t'avoir embrassée ?
murmure-t-il.

— Je... Oui. Mm-mm.

« Ne regarde pas sa bouche ! Dis quelque chose
d'intelligent. »

— Nous ne sommes pas habillés.

Génialissime. Je voulais dire qu'il ne devrait pas m'embrasser devant tout le monde, surtout quand nous sommes
à moitié nus.

— Hum, dit-il en me rapprochant de lui, murmurant
près de mon oreille. Je l'avais effectivement remarqué. C'est
pourquoi je n'aurais pas dû te suivre jusqu'ici.

Sur la table basse, son téléphone vibre, ce qui me fait
presque dresser les cheveux sur la tête. Il sourit et va
répondre, me laissant pétrifiée derrière lui.

— C'est le Dr Milligan, dit-il. Allô ? Attendez,
Dr Milligan, laissez-moi mettre le haut-parleur. Emma est
là.

Galen appuie sur le bouton.

— C'est bon, Dr Milligan. Je vous écoute.

— Eh bien, mon garçon, je voulais te dire que j'ai reçu
les résultats des tests d'ADN. Emma est assurément à moitié
humaine.

Galen me fait un clin d'œil.

— Vous m'en direz tant !

Je me couvre la bouche pour ne pas pouffer de rire.
L'impolitesse ne devrait jamais être contagieuse.

— J'en ai bien peur. Cela dit, j'ignore si elle est capable
de former une nageoire.

Galen éclate de rire.

— En fait, nous nous en doutions déjà, Dr Milligan. Et les Archives nous l'ont confirmé. Il y a une peinture représentant des gens comme Emma à Tartessos.

Dr Milligan soupire.

— Tu aurais pu m'appeler.

— Je suis désolé, Dr Milligan. J'étais... occupé.

— Emma a-t-elle découvert ses origines, alors?

Galen secoue la tête, même si le Dr Milligan ne peut le percevoir depuis la Floride.

— Selon nos informations actuelles, le père d'Emma était métis. Il portait des lentilles, il a leur teint, il adorait les fruits de mer et l'océan. Et il était certainement au courant des anomalies physiques d'Emma.

Galen explique au Dr Milligan sa théorie selon laquelle des métis ont survécu à la destruction de Tartessos.

Pendant quelques secondes, le Dr Milligan garde le silence.

— Quoi d'autre?

Galen me lance un regard perplexe. Je hausse les épaules.

— Que voulez-vous dire? demande-t-il.

— Mon garçon, quelles autres preuves appuient ta théorie? L'homme que tu as décrit aurait pu tout aussi bien être moi. Dans ma jeunesse, j'étais blond. Je porte des lentilles. D'après l'emplacement de mon domicile, on peut déduire que j'adore les fruits de mer et la plage. Je suis également au courant des particularités physiques d'Emma. Si ça se trouve, Emma pourrait être ma fille. C'est ce que tu es en train de me dire? Si ce sont là tes seuls indices, le père d'Emma pourrait être n'importe qui dans le Panhandle. Pas très scientifique.

Galen fronce les sourcils.

— Es-tu là, Galen ? demande le Dr Miligan.

Je m'assois à côté de Galen sur le lit. Je n'aime pas le tour que prend la conversation.

— Oui.

— Très bien. Il y a aussi autre chose à considérer. Si Emma descendait des métis, comme tu l'affirmes, alors elle ne serait plus vraiment une métisse, non ? Elle serait plutôt un quart de Syréna, ou Dieu sait quelle fraction de Syréna. Ce qui aurait dilué le sang d'Emma encore davantage. Honnêtement, quelles sont les chances que le père d'Emma soit un véritable métis ? Pour engendrer un authentique métis, il faut qu'un vilain Syréna soit dans les parages, ne penses-tu pas ? Et si Emma n'est qu'une descendante de ces métis d'autrefois, alors elle serait surtout humaine. Mais ça ne concorde pas avec les résultats de mes tests. Elle est exactement à moitié Syréna.

— Qu'êtes-vous en train de me dire, Dr Milligan ? demande Galen nerveusement.

— Je dis, Galen, que je doute que ce soit l'explication. Je dis que tu dois continuer à chercher. J'aurais vraiment aimé que tu m'appelles. Je t'aurais aidé à remettre de l'ordre dans tes idées, ce qui t'aurait épargné du temps. Mais j'ai une dernière remarque avant qu'on ne se quitte.

— Quoi ? demande Galen, comme perdu dans un rêve.

— Ne m'as-tu pas dit une fois que les jeunes Syrénas atteignent la maturité à neuf ans ?

— Si. Neuf ou dix ans. Certains sont encore plus précoces.

— Et le développement comprend la capacité à sentir ?

— Oui. Et les os sont déjà matures. Ils ont terminé leur croissance.

— Eh bien, tu vois, mon garçon, puisqu'Emma est à moitié humaine, elle s'est développée à un rythme plus lent. Je dirais deux fois plus lentement. Si je ne me trompe pas, cela signifie qu'elle ne serait pas parvenue à la maturité avant l'âge de 18 ans.

Je reste bouche bée. Mes coups à la tête n'ont rien à voir avec mes capacités de Syréna. Je venais d'achever ma croissance. Juste avant le décès de Chloé.

— Je vois, dit Galen.

Il passe son bras autour de moi et m'attire vers lui.

— Eh bien, merci, Dr Milligan. Je suis désolé de ne pas vous avoir appelé avant. Vous ne savez pas à quel point je le regrette.

— Oui, bon, j'essaie juste de vous aider.

Mais il semble mécontent. Comme s'il avait été tenu à l'écart. Ce qui est techniquement exact.

Mais je parie ma culotte de bikini qu'il ne sera plus jamais laissé en plan.

26

Galen écarte les cheveux du visage d'Emma en prenant soin de ne pas la réveiller. Ses joues sont rosies par la lumière du lever du soleil. Sa robe bain de soleil est fichue : l'Atlantique y a imprimé des marques évoquant une chaîne de montagnes. De plus, elle est parvenue à en déchirer l'ourlet en cherchant au clair de lune sa chaussure égarée. Ensuite, elle a étendu sa robe pour lui permettre de s'y allonger, plutôt que sur le sable. Et c'est là qu'il a passé la nuit.

« Voilà pourquoi je n'ai jamais filtré. Personne ne pourrait s'adapter aussi bien qu'elle à mes bras. »

Il se penche et dépose un baiser sur ses lèvres. Elle laisse échapper un soupir, comme si elle le sentait.

Les mouettes cancanent au loin, pressées de déguster le déjeuner. La marée du matin se répand sur le rivage. Le vent se faufile entre les dunes, murmurant un secret qui ne lui semble pas destiné. Et Emma dort.

« La définition même de la paix. »

La définition est gâchée par l'appel de Toraf.

« Pourquoi Rachel a-t-elle acheté un téléphone à Toraf ? Elle me déteste ou quoi ? »

Il tâtonne dans le sable derrière lui. Galen attrape l'appareil précisément au moment où la sonnerie s'interrompt. Il attend quelques secondes et… Et voilà, il rappelle.

— Allô? murmure-t-il.

— Galen, c'est Toraf.

Galen pouffe.

— Vraiment?

— Rayna est prête à partir. Où êtes-vous?

Galen soupire.

— Nous sommes sur la plage. Emma dort encore. Nous revenons dans quelques minutes.

Emma a bravé la colère de sa mère en violant encore une fois le couvre-feu hier soir pour rester avec lui. La cérémonie d'accouplement de Grom a lieu le lendemain, et la présence de Galen et Rayna est nécessaire. Galen devra laisser Emma aux bons soins de Toraf jusqu'à son retour.

— Désolé, Votre Altesse. Je t'ai dit que Rayna est prête. Il vous reste environ deux minutes d'intimité. Elle est partie vous rejoindre.

La ligne se déconnecte.

Galen se penche et parcourt de ses lèvres le cou délicieux.

— Emma, murmure-t-il.

Elle soupire.

— Je l'ai entendu, grogne-t-elle d'une voix endormie. Tu devrais dire à Toraf qu'il n'a pas besoin de crier dans le téléphone. Et que s'il continue, je le briserai accidentellement.

Galen sourit.

— Il finira par s'y faire bientôt. Il n'est pas complètement idiot.

Emma ouvre un œil.

Il hausse les épaules.

— Bien, aux trois quarts, peut-être. Mais pas totalement.

— Es-tu certain que tu ne veux pas que je vienne avec toi ? demande-t-elle.

Elle se redresse et s'étire.

— Tu sais que je le voudrais. Mais je crois que la cérémonie d'accouplement sera déjà assez particulière sans que j'y amène ma copine métisse, ne crois-tu pas ?

Emma rit et envoie sur le côté ses cheveux, qui retombent sur son épaule.

— C'est la première fois que nous serons séparés. Enfin, en tant que couple. Nous ne nous fréquentons réellement que depuis deux semaines. Que vais-je faire sans toi ?

Il l'attire contre sa poitrine.

— Eh bien, j'espère que cette fois-ci, je ne vais pas te retrouver en train d'embrasser Toraf.

Le ricanement à côté d'eux leur apprend que leurs deux minutes d'intimité sont terminées. Il lui prend la main.

— Ouais, ou il y aura des morts, dit Rayna.

Galen aide Emma à se relever et enlève le sable de sa robe. Après avoir fini, il lui prend la main.

— Est-ce que je peux te demander quelque chose, s'il te plaît, sans que tu te fâches ?

Elle fronce les sourcils.

— Laisse-moi deviner. Tu ne veux pas que j'aille dans l'eau en ton absence.

— Mais ce n'est pas un *ordre*. Ni une supplication. Je te prie poliment, sincèrement, de ne pas y aller. C'est ta décision. Mais je serais l'homme-poisson le plus heureux du monde si tu n'y allais pas.

Ils sentent le rôdeur tous les jours, maintenant. Considérant que le Dr Milligan a pulvérisé sa théorie sur le métissage de son père, Galen est plus nerveux qu'il ne saurait dire. En effet, ils ne savent toujours pas qui pourrait être au courant de l'existence d'Emma. Ni sur le pourquoi de sa présence dans les parages.

Emma le récompense avec un sourire à couper le souffle.

— D'accord. Parce que tu me l'as demandé.

«Toraf avait raison. Il suffisait de le demander.»

Il secoue la tête.

— Maintenant, je pourrai dormir cette nuit.

— Parle pour toi. Ne sois pas parti trop longtemps. Ou Mark reviendra me voir d'ici le déjeuner.

Il grimace.

— Je ferai vite.

Il se penche pour l'embrasser. Derrière lui, il entend le plongeon de Rayna.

— Elle part sans toi, murmure Emma sans quitter ses lèvres.

— Elle pourrait partir des heures avant moi que je la rattraperais quand même. Salut, mon poisson-ange. Sois sage.

Après avoir planté un baiser énergique sur son front, il prend son élan, puis plonge.

Et elle lui manque déjà.

Galen retrouve Grom exactement où il ne devrait pas être : dans le champ de mines. À quelques heures de sa cérémonie d'accouplement, il reste dans son coin à regretter encore son amour perdu. Mais qui est Galen pour le juger? Son frère s'accouple avec quelqu'un qu'il n'aime pas — ce qui permet à Galen d'être avec celle qu'il aime.

Grom accueille Galen avec un sourire écœuré.

— Je ne me sens pas prêt, petit frère, confesse-t-il.

— Mais si, tu l'es.

Galen rit et lui donne une tape dans le dos.

Grom secoue la tête.

— J'ai l'impression de... J'ai l'impression de la trahir. Nalia.

Galen se raidit.

« Ah. »

Il ne se sent pas bien placé pour lui faire passer ses idées noires.

— Je suis sûr qu'elle aurait compris, suggère-t-il.

Grom l'étudie, pensif.

— J'aimerais bien le croire. Mais tu ne l'as pas connue. Elle avait un de ces caractères !

Il éclate de rire.

— Je n'arrête pas de surveiller mes arrières, de peur d'être matraqué pour avoir osé m'accoupler avec quelqu'un d'autre.

Ne sachant que répondre, Galen fronce les sourcils.

Grom éclate de rire.

— Je plaisante, bien sûr.

Puis, il hausse les épaules.

— Enfin, à moitié. Je pourrais jurer l'avoir sentie, dernièrement. Ça me paraît si réel. Je dois me retenir à deux mains pour ne pas suivre la pulsation. Penses-tu que je suis en train de perdre la tête ?

Galen secoue la tête par obligation, même si, au fond de lui, il se dit que Grom a peut-être raison.

— Je suis certain que ce n'est que la culpabilité. Euh... je ne veux pas dire que tu as des raisons de te blâmer. Euh, il est simplement naturel que tu te sentes ainsi à la veille de ta cérémonie d'accouplement. La nervosité et tout.

Galen se passe la main dans les cheveux.

— Je suis désolé. Je ne suis pas très bon dans ces trucs-là.

— Quel genre de trucs ? Être mature ? lance Grom, sourire en coin.

— Très drôle.

— Peut-être que tu devrais encore passer du temps sur la terre ferme et revenir me voir ensuite. Être sur terre fait vieillir, tu sais. Ça pourrait te faire du bien.

Galen pouffe.

« Tu parles ! »

— Je l'ai entendu dire.

Sans avertissement, Grom saisit le visage de Galen. Celui-ci résiste, mais Grom l'immobilise. Galen déteste quand il fait ça.

— Laisse-moi examiner ton joli minois, vairon. Oui, c'est ce que je croyais. Tes yeux sont en train de virer au bleu. Combien de temps as-tu passé sur terre ? Ne me dis pas qu'une humaine t'a fait chavirer !

Puis il rit et le relâche tout aussi soudainement.

Galen le regarde, l'œil fixe.

— Que veux-tu dire ?

— Je ne faisais que te taquiner, vairon. Pour t'en faire baver un peu.

— Je sais, mais... pourquoi as-tu dit que mes yeux devenaient bleus ? Qu'est-ce que ça a à voir avec les humains ?

Grom fait un geste ennuyé de la main.

— Oublie ça. Tu dois être encore plus tendu que moi. J'ai dit que je rigolais.

— Grom, si ça a quelque chose à voir avec les humains, je dois le savoir. Je suis l'ambassadeur. Tu m'empêches de faire mon boulot.

La voix de Galen ne reflète pas son trouble intérieur. Il se rappelle la peinture sur le mur de Tartessos. Avec des Syrénas aux yeux bleus plutôt que violets.

— Par le trident de Triton, Galen. Ça n'a rien à voir avec tes responsabilités d'ambassadeur. Ce n'est qu'une rumeur. En fait, je suis étonné que tu ne l'aies jamais entendue.

Galen croise les bras.

— Eh bien, non.

Grom lève les yeux au ciel.

— Tu as raison. Tu n'es pas très doué pour ce genre de chose. Selon la légende, parfois, quand les Syrénas passent beaucoup de temps sur la terre ferme, leurs yeux deviennent bleus. Ce n'est qu'un mythe, vairon. Calme-toi. Tes yeux ne sont pas en train de virer au bleu.

«Peut-être que je passe trop de temps sur terre. J'en sais davantage sur l'histoire humaine que sur l'histoire syréna.»

— Qu'est-ce que vous fabriquez, vous deux? lance une voix féminine derrière eux.

Ils se retournent et voient Paca.

Galen grimace intérieurement. Paca n'est pas à sa place. Elle a beau être sur le point de devenir la compagne de Grom, il reste que l'endroit est sacré. Il voit son frère se raidir à côté de lui. Puis, il sent la pulsation de Rayna qui approche. Jagen la suit de près. Quelque chose ne tourne pas rond.

— Bonjour, Paca, dit Galen poliment. Nous allions justement vous rejoindre, n'est-ce pas, Grom?

Paca n'est pas laide, mais elle n'est pas jolie non plus. On pourrait dire qu'elle est «quelconque». Mais pas seulement quelconque. Dans son regard, il y a quelque chose de pas tout à fait innocent, qui ne paraît pas respectable. La banalité peut inspirer la pitié, mais Galen n'a guère envie de plaindre Paca.

— J'espère que vous allez dire à votre sœur de me lâcher, lance Paca tandis que Rayna s'approche. Elle est assez désagréable.

Galen jette un regard à Rayna, qui avance le menton.

— Paca et son papa grassouillet sont des étrons de baleine! déclare Rayna à ses deux frères.

— Rayna, aboie Grom. Un peu de manières!

Rayna avance le menton un peu plus.

«Et c'est parti.»

— Paca est un imposteur, Grom. Tu ne peux pas t'accoupler avec elle. Désolée de gâcher ta cérémonie. Allez, partons, Galen.

Paca s'étouffe. Jagen rejoint le groupe et bafouille presque de fureur.

— Espèce de... espèce de poisson-pierre! Comment oses-tu insulter ma fille?

Galen attrape le bras de Rayna.

— Qu'as-tu fait? siffle-t-il.

Elle dégage son bras et le toise d'un air supérieur.

— Si Paca détient le pouvoir de Poséidon, moi, j'ai le pouvoir de Triton. Ne me demande pas ce que c'est, parce que je n'en ai aucune idée.

— Assez, Rayna! s'exclame Grom en saisissant son autre bras. Excuse-toi. Immédiatement.

— Pour quoi ? Pour avoir dit la vérité ? Désolée, pas envie.

Elle hausse les épaules, mais n'essaie pas de se défaire de la poigne de Grom.

— Comment peux-tu affirmer qu'elle est un imposteur ? Elle vient de faire la démonstration de son pouvoir ! dit Jagen avec un geste rageur.

Rayna pouffe.

— Elle n'a pas montré son pouvoir à Galen. Galen, l'as-tu vue exercer son pouvoir ? Laisse-la te montrer.

Elle se tourne vers Paca.

— Tu m'entends, princesse Tricheuse-bouffeuse-d'étrons-de-baleine. Montre à mon frère ton pitoyable pouvoir.

Paca lance un regard meurtrier à Rayna, puis elle fixe Grom.

— *Faites quelque chose.* Allez-vous la laisser m'insulter sous votre nez ? Dois-je m'attendre à me faire traiter ainsi une fois accouplée avec vous ?

Rayna rit.

— Tu peux en être s...

— Rayna ! s'exclame Galen. Assez !

Elle lève les yeux au ciel, mais se tait. Galen se tourne vers Paca. Sur un ton d'excuse, il commence :

— Je te prie d'excuser ma sœur, elle manque de...

— Cervelle ? suggère froidement Paca.

Galen sourit. À moitié.

— Paca, je serais heureux de voir ton pouvoir à l'œuvre. Aurais-tu l'obligeance de m'en faire une démonstration ? Toraf nous en a dit tant de choses incroyables.

Paca et Jagen semblent apaisés. Légèrement. Grom desserre même sa main autour du bras de Rayna.

Paca s'incline très bas en signe du plus grand respect. Galen fournit un effort surhumain pour ne pas lever les yeux au ciel.

— Bien sûr, jeune prince. Veuillez me suivre.

Elle les conduit à un endroit considérablement éloigné du champ de mines, ce qui surprend Galen.

Ils passent devant toutes sortes de poissons qui auraient pu servir de cobayes. Plus ils en dépassent, plus Rayna affiche un air suffisant, si tant est que ce soit possible.

— Qu'est-ce qui te prend ? lui glisse Galen à l'oreille.

Pour toute réponse, elle lui lance un clin d'œil.

— Tu verras, prononce-t-elle silencieusement.

Ils vont assez loin pour atteindre les bas-fonds. Galen trouve qu'ils se donnent bien du mal pour une simple démonstration, mais il continue de les suivre. Il serait injuste que Grom soit de mauvaise humeur le jour de sa cérémonie d'accouplement.

— Paca, peut-être que nous pourrions nous arrêter ici. Nous devrons bientôt retourner sur nos pas. Tu ne voudrais pas faire attendre tout le monde, dit Galen.

— Nous sommes presque arrivés, lance-t-elle par-dessus son épaule.

Galen regarde Rayna, mais elle ne dit rien. Elle se contente de sourire comme si elle avait bel et bien perdu la boule.

Quand ils arrivent sur le plateau continental, elle s'arrête. Finalement, elle dit :

— Une minute. Je vais les appeler.

Elle s'élance vers la surface.

Galen regarde Jagen.

— Appeler qui ?

Jagen sourit.

— Les dauphins, mon prince.

Puisque Rayna évite toujours son regard, Galen est contraint d'attendre — impatiemment — que Paca revienne avec son banc de dauphins. Après quelques minutes, elle réapparaît flanquée de trois dauphins.

— Je peux les faire bondir hors de l'eau, nager en cercle ou nager ensemble. Quel est votre choix ?

« Quoi ? »

Il lance un regard incrédule à Rayna, qui lui sourit de toutes ses dents, une rareté.

— Grom aime bien les voir nager en cercle, ma chérie, dit Jagen. Pourquoi ne pas leur demander cela ? Notre jeune prince semble incapable de se décider.

Paca se tourne vers ses amis dauphins et dit :

— En cercle !

Puis elle dessine plusieurs énormes cercles avec ses bras. Les dauphins obéissent.

Galen suffoque.

« Oh, non. Des signaux de la main. »

Elle utilise des signes de la main, comme les dresseurs au Gulfarium. Rayna les a certainement reconnus.

Jagen confond apparemment le hoquet de Galen avec de l'admiration.

— C'est très stupéfiant, n'est-ce pas, mon prince ? dit-il avec un sourire entendu.

— Très, dit-il, la voix étranglée.

Il s'éclaircit la gorge.

— Paca, et ces flets en bas ? Que peux-tu leur faire faire ?

Paca fait la moue.

— Je croyais que vous vouliez voir les dauphins.

— Tu t'en es bien sortie avec eux. Très bien, même. Mais je voudrais bien voir les flets faire quelque chose d'amusant. Peux-tu les faire nager en cercle, eux aussi ?

— Mon prince, ce n'est pas ainsi que le pouvoir de Poséidon fonctionne, intervient Jagen. Il est limité à certains…

— Menteur ! hurle Rayna, ce qui les fait tous sursauter.

Les dauphins bondissent et s'enfuient.

— Rayna, dit Grom.

— Aïe ! gémit-elle. Tu me fais mal.

Le cœur serré, Galen soupire.

— Lâche-la, Grom. Elle dit la vérité. Paca ne possède pas le pouvoir de Poséidon.

Grom la libère en lançant à Galen un regard mauvais. Rayna se réfugie derrière le dos de Galen.

— Ne me dis pas qu'elle t'a fait rentrer dans son petit jeu, lui dit Grom.

— C'est un scandale ! s'écrie Jagen. Grom, apprends-leur à bien se tenir, si tu ne veux pas que je m'en charge moi-même.

Galen lève les yeux au ciel. Jagen a plus de 150 ans. S'il a envie de se battre, Galen l'attend de pied ferme.

— Grom, le pouvoir de Poséidon n'est pas limité à quelques espèces de poisson. Le pouvoir est destiné à nous nourrir tous. Et les Archives, que feraient-elles ? Les dauphins ne vivent pas si profondément. Comment pourrait-elle nourrir les Archives si elles ont en besoin ?

Grom croise les bras, impassible.

— Je crois que tu devrais t'en tenir à ce que tu connais, petit frère. Les humains. Et emmène ta sœur avec toi. Je suis incapable de la regarder.

— Quoi? demande Galen en s'approchant de son frère. Tu me dis de partir?

— Vous avez causé assez de tort aujourd'hui. Nous en discuterons plus longuement après la cérémonie.

— Mais c'est ce que nous nous tuons à te dire! s'exclame Rayna. Il ne devrait *pas* y avoir de cérémonie d'accouplement.

— Rayna, dit doucement Galen. Je m'en occupe. S'il te plaît.

— Non, tu ne t'en occuperas pas, Galen, dit Grom. Tu as insulté ma future reine — *ta* future reine — parce que ton opinion est le reflet d'un esprit borné.

— Mon opinion? répète Galen, furieux.

— Change de ton, mon frère. Ne me force pas à t'expulser. Ce n'est qu'une opinion jusqu'à preuve du contraire. Il n'y a aucune preuve que Paca ne possède pas le pouvoir de Poséidon.

«M'expulser?»

— Elle utilise ses mains! crie Galen. Elle a dressé ses dauphins pour les faire obéir à ses gestes. Le véritable pouvoir de Poséidon ne repose que sur la voix.

Grom hausse un sourcil.

— Vraiment? Pourrais-tu le prouver?

Galen ouvre la bouche, puis la referme.

«Pas sans Emma.»

— Eh bien...

— Non, il ne peut pas le prouver, lâche Rayna.

Elle évite toujours son regard, même si Galen la dévisage.

«Que fait-elle?»

Elle vient auprès de lui.

— Il ne te croira jamais à propos d'Emma, Galen, murmure-t-elle. Ne lui dis rien. Il n'arrêtera pas la cérémonie pour que tu ailles la chercher. Regarde-le. Sa décision est prise.

— Je sais qu'il ne peut pas le prouver, grogne Grom. Et même s'il le pouvait, il aurait dû le mentionner plus tôt. Il est un peu tard pour s'y intéresser maintenant, n'est-ce pas?

— Pourquoi fais-tu ça? Pourquoi t'obstines-tu? demande Galen. Est-ce à cause de Nalia? Prendre une compagne ne te la fera pas oublier. J'espère que ce n'est pas ce que tu essaies de faire.

C'est au tour de Rayna de s'étouffer. Galen a dépassé les bornes, mais il s'en moque. Grom n'est absolument pas raisonnable. En fait, Grom n'est pas du tout lui-même.

Grom devient aussi raide et glacial qu'un iceberg.

— Partez. Tous les deux. Immédiatement.

— Ça y est, alors? demande Galen en mettant les mains derrière la tête. Nous sommes expulsés?

Grom acquiesce de la tête.

— Partons, Rayna, dit Galen, sans cesser de regarder Grom. Rentrons à la maison.

Quand ils atteignent le rivage, Galen est épuisé. Pressé de rejoindre Emma, il a porté Rayna sur son dos pendant tout le trajet pour gagner en vitesse. Il trouve son maillot caché sous une pierre et l'enfile. Rayna trouve sa culotte de bikini quelques mètres plus loin.

Il n'a senti ni Emma ni Toraf dans l'eau. Il se fraie un chemin vers la maison en espérant en dépit de tout y trouver Emma qui l'attend. Elle n'y est pas. Mais Toraf est là. Et il semble mécontent.

— Comment ça s'est passé ? Il faut que je te parle, lâche Toraf.

Galen s'arrête net.

— Où est Emma ? Elle va bien ?

— Elle est chez elle avec sa mère. Elle va bien. Mais il y a un problème.

— Au cas où tu ne l'aurais pas remarqué, je ne t'ai pas interrompu, dit Galen.

Sa mâchoire est si serrée qu'elle pourrait rester figée dans cette position.

— Tu peux poursuivre.

Toraf se tord les mains.

— Ne te fâche pas trop.

— Trop tard.

— OK. Fâche-toi, alors. Mais je l'ai fait pour ton propre bien.

— Par le trident de Triton, Toraf, crie Rayna. Qu'as-tu fait ? Nous avons eu une longue journée !

Toraf expire brutalement.

— J'ai demandé à Yudor de venir m'aider. Je lui ai dit que soit je ne reconnaissais pas le rôdeur, soit je le confondais avec la pulsation de quelqu'un d'autre. Je ne lui ai rien dit d'autre.

— Tu as fait quoi ?

Galen serre déjà les poings.

Toraf lève les mains en signe d'apaisement.

— Galen, il l'a reconnue immédiatement.

— Emma ? souffle Galen.

« Non, c'est pas vrai. »

— Non. La rôdeuse.

— Attends, dit Rayna. *La* rôdeuse ? Qui ça ?

— Galen, dit Toraf. C'est Nalia. Yudor jure sur la mémoire de Triton que c'est elle. Elle n'est pas morte. Il est parti interrompre la cérémonie d'accouplement.

Nalia. Tous les morceaux du puzzle se mettent soudainement en place.

Galen traverse le salon à toute allure pour se rendre à la plage. Toraf et Rayna le suivent de près.

Le sommet des dunes devant chez Emma est illuminé par la maison, ce qui signifie généralement qu'Emma et sa mère sont toutes deux à la maison, vivant des existences séparées dans des pièces séparées.

Galen court vers la porte-fenêtre et frappe. Ce n'est pas le moment de faire des manières. Il fait signe à Toraf et Rayna de rester en retrait. Il voit bien que Rayna préférerait avaler sa propre oreille plutôt que d'obéir, mais Toraf la retient.

Emma vient à la porte, un sourire éclatant sur le visage.

— Il y a une raison derrière cette précipitation ? demande-t-elle.

Ses yeux violets brillent d'excitation.

— J'ai dû lui manquer, lance sa mère depuis la cuisine.

Elle fait un clin d'œil à Galen, totalement inconsciente du bouleversement qui l'attend.

— Beurk, maman ! dit Emma.

Elle remet une serviette à Galen et referme la porte.

— Merci, dit-il. Enfin, pour la serviette.

— Quelque chose ne va pas ?

D'après l'expression d'Emma, l'inquiétude de Galen doit être lisible sur son visage.

Il lui caresse la joue du dos de la main.

— Je t'aime plus que tu ne peux l'imaginer. Quoi qu'il arrive.

Elle se tourne pour embrasser sa paume.

— Oh. Quoi qu'il arrive ? C'est un peu morbide, tu ne trouves pas ? murmure-t-elle. Mais peu importe la morbidité, je t'aime aussi. Tu m'as tellement manqué. Et ça ne fait que 24 heures !

Il se penche, pose ses lèvres sur les siennes en chérissant leur douceur. Normalement, il ne l'embrasserait pas devant sa mère, par respect, mais il considère que la situation est exceptionnelle.

Il se souviendra toujours de ce moment. Celui avant que tout ne bascule. Il lui donne un dernier baiser, puis se dirige vers la cuisine.

— Laissez-moi vous aider, Mme McIntosh.

Elle sourit et secoue la tête.

— Oh, pas besoin, Galen. J'ai presque fini. Et puis, tu es encore trempé.

Galen s'approche de l'évier malgré tout. Les indices épars convergent à chaque pas, pour mener à l'explication complète.

Tout ce temps perdu à soupçonner le père d'Emma.

« Comment ai-je pu être aussi stupide ? »

Son teint de Syréna, ses yeux bleus. Des yeux sans lentilles, qui ont viré au bleu à cause des années passées sur terre.

« Ce n'est pas une légende. Les représentations à Tartessos étaient exactes. »

Et ces mêmes années sont responsables de ses mèches grises — les signes d'un vieillissement accéléré.

Son étrange habitude d'appeler chaque fois que le rôdeur se manifestait. Elle les avait probablement sentis dans l'eau et voulait s'assurer qu'Emma était en sécurité. Si les affirmations du Dr Milligan sont exactes, Emma vient à peine d'atteindre la maturité. Il est possible que sa mère ne l'ait jamais sentie. Peut-être qu'elle ne s'est même pas rendu compte du pouvoir d'Emma.

« Sentie ».

Grom a juré qu'il la sentait de nouveau.

« Peut-il vraiment la sentir de si loin, après tout ce temps ? »

Peut-être que les mythes sont vrais. Peut-être que l'attraction existe.

Ceci dit, attraction ou pas, elle a enfreint la loi — et brisé le cœur de son frère — en passant tout ce temps sur terre. Sans compter le gouffre qu'elle a creusé entre les deux royaumes, qui ne cesse de s'élargir. Malgré son amour pour Emma, Galen ne peut fermer les yeux sur le comportement de sa mère.

Et il ne peut laisser Grom s'accoupler avec la mauvaise personne.

Mme McIntosh lui lance un regard perplexe, mais ne dit rien quand il prend place à ses côtés. Il plonge la main dans l'eau de vaisselle. Et il la sent immédiatement. La rôdeuse. Son regard, sa bouche béante, son coup d'œil au trident sur l'estomac de Galen fournissent à celui-ci la confirmation qu'il attendait.

— Tu nous dois vraiment des explications, Nalia.

REMERCIEMENTS

Au cas où vous vous posiez la question : effectivement, les remerciements sont la partie d'un roman la plus difficile à écrire. Tant de personnes ont contribué à la recette qui a donné naissance à *Poséidon* que, forcément, je vais omettre le nom de quelqu'un. Si je vous ai oublié, je vous prie, je vous supplie de me pardonner ! Cela dit, j'ai décidé que la façon la plus juste (et obsessive-compulsive) de procéder est de suivre l'ordre chronologique. Donc, par ordre d'apparition dans ma vie d'écrivain :

Merci à ma belle-sœur Amanda. Elle est le petit bois qui a allumé le feu qui a tout démarré. Merci à mon amie Elayne, qui fut mon cobaye, mais que je n'ai jamais maltraitée. Merci à mon amie et meneuse de claques, Cathy B., et elle sait exactement pourquoi !

Merci au comité de lecture d'ECW. Un merci tout particulier à Sheryl et Vance, qui ont gentiment démoli mon manuscrit, ce qui m'a forcée à le reconstruire de la BONNE FAÇON. Et saviez-vous que *Poséidon* avait une tatie ? Eh bien si. Tatie Heather, comme toute tante digne de ce nom, a aimé, nourri et puni mon roman lorsque nécessaire. Merci, Tatie Heather !

Merci à mes sœurs, Beatrice Thomas, Beatrice Garrett et Beatrice Lyons, de ne pas m'avoir ri au nez quand je leur ai finalement avoué que j'écrivais un roman. Et qui ont surveillé ma fille tandis que je flottais de bonheur sur un bateau de croisière après avoir reçu «l'appel». Et un merci très, très spécial à Maia, qui m'a écoutée lui faire la lecture, qui a ri quand je voulais être drôle, qui s'est étouffée quand j'essayais de surprendre, et qui a grimacé lorsqu'un personnage dégobillait.

Sincèrement, je ne peux décrire la gratitude que je ressens pour Lucy Carson, mon agente absolument fabuleuse. Elle a démontré ses multiples talents en vendant des manuscrits avec acharnement, en raisonnant des écrivains au bord du précipice et en transformant des ermites en femmes du monde.

Un gigantissime merci à mes réviseurs, Jean et Liz, dont l'expérience et les conseils ont permis au projet d'atteindre son plein potentiel. De plus, merci à l'Autre Anna de ne pas avoir révélé à quiconque le scandale de la révision. Et merci à Holly, qui a tellement travaillé pour mes intérêts en coulisse.

Si j'ai omis quelqu'un — ce qui est certain —, ce n'est pas le reflet de votre manque d'importance. C'est plutôt le reflet de ma capacité (ou de mon incapacité) à me souvenir depuis que j'ai passé les 30 ans.

Euh, attendez. De quoi parlait-on, déjà?

Ne manquez pas la suite

1

Mes yeux refusent de s'ouvrir. C'est comme si mes cils étaient enduits de plomb plutôt que de mascara, rendant mes paupières tellement lourdes que je m'avoue vaincue. Lourdes dans le sens anesthésique du terme.

Je suis désorientée. Une partie de moi est réveillée, comme si j'étais au fond de l'océan et que je nageais vers la surface, mais mon corps me donne l'impression de flotter, comme si j'étais déjà bercée par les vagues.

J'analyse mes autres sens.

Ouïe : le grondement étouffé des pneus sur la route, la répétition d'un refrain kitsch sur les ondes d'une station de radio des années 1980, le râle du climatiseur qui attend depuis trop longtemps qu'on le répare.

Odorat : l'effluve du parfum de maman, le sent-bon à l'odeur de pin qui pend depuis toujours du rétroviseur, le cuir traité de sa voiture.

Toucher : la ceinture de sécurité qui s'enfonce dans mon cou à un angle que je vais sûrement regretter plus tard, la sueur à l'arrière de mes jambes, qui colle au cuir.

« Escapade en voiture. »

C'était quelque chose que j'aimais beaucoup chez mes parents. Je rentrais de l'école, et la voiture était déjà pleine. Nous partions sans destination précise, ma mère, mon père et moi, et parfois même avec ma meilleure amie Chloé. Rouler, regarder et s'arrêter quand nous voulions en voir plus. Des musées, des parcs nationaux et des petites boutiques spécialisées qui vendent des trucs du genre moulages en plâtre d'empreintes du Sasquatch. Nous devenions les victimes du photographe amateur qu'était mon père à ses heures perdues et devions prendre des poses de touristes pour l'appareil photo et dans l'intérêt des souvenirs. Aujourd'hui encore, notre maison est pratiquement tapissée de nos escapades passées ; de photos de nous qui nous faisons mutuellement des oreilles de lapin ou qui croisons les yeux et tirons la langue comme des échappés d'un asile.

La voiture cahote. Mes pensées défilent les unes après les autres et s'enchaînent de façon imprécise. Mes souvenirs tourbillonnent dans un genre de tornade mentale. Quelques images claires ralentissent et s'agrandissent comme des natures mortes d'une journée ordinaire. Maman qui fait la vaisselle. Chloé qui me sourit. Papa qui est assis à la table de la cuisine. Galen qui sort par la porte de derrière.

« Minute. Galen… »

Toutes les images s'alignent, se mettent en ordre et accélèrent pour transformer les natures mortes en un film de ma vie. Un film qui me montre comment j'en suis venue à être attachée dans la voiture de ma mère, étourdie et confuse. C'est à cet instant que je me rends compte que ceci n'est pas une escapade en voiture typique des McIntosh. C'est impossible.

Deux ans et demi se sont écoulés depuis que mon père est décédé d'un cancer.

Trois mois se sont écoulés depuis qu'un requin a tué Chloé dans les eaux de Destin. Ce qui veut dire que trois mois se sont écoulés depuis que j'ai rencontré Galen sur cette même plage.

Et je ne sais pas exactement combien de temps a passé depuis que Galen et son meilleur ami, Toraf, sont partis de chez moi pour aller chercher Grom. Grom, le roi de Triton, le grand frère de Galen. Grom, qui aurait dû être le partenaire de ma mère. Grom, qui est un Syréna, un homme-poisson. Un homme-poisson qui aurait dû être le partenaire de ma mère. Ma mère, qui est aussi Nalia, la princesse de Poséidon, depuis longtemps disparue et soi-disant décédée, qui a passé toutes ces années sur la terre ferme parce que _____.

En parlant de Sa Majesté Maman... elle est devenue complètement folle.

Et j'ai été enlevée.